शिवमूर्ति

शिवमूर्ति का जन्म सन् 1950 में सुल्तानपुर, उत्तर प्रदेश के गाँव कुरंग में एक सीमान्त किसान परिवार में हुआ। उन्हें अल्प वय में ही आर्थिक संकट तथा असुरक्षा से दो-चार होना पड़ा। इसके चलते मजमा लगाने, जड़ी-बूटियाँ बेचने जैसे काम भी किए। उनकी प्रकाशित कृतियाँ हैं–'केसर कस्तूरी', 'कुच्ची का कानून' 'प्रतिनिधि कहानियाँ' (कहानी-संग्रह); 'त्रिशूल', 'तर्पण', 'अगम बहै दरियाव' (उपन्यास); 'कसाईबाड़ा' (नाटक); 'सृजन का रसायन' (सृजनात्मक गद्य); 'मेरे साक्षात्कार' (सं. सुशील सिद्धार्थ)।

कथा-लेखन के क्षेत्र में प्रारम्भ से ही प्रभावी उपस्थिति दर्ज करानेवाले शिवमूर्ति की रचनाओं में निहित नाट्य- सम्भावनाओं ने दृश्य-माध्यम को भी प्रभावित किया। 'कसाईबाड़ा', 'तिरिया चरित्तर', 'भरतनाट्यम' तथा 'सिरी उपमाजोग' पर फिल्में बनीं। 'तर्पण' उपन्यास पर बनी फीचर फिल्म दो फिल्म-उत्सवों में पुरस्कृत हुई। 'तिरिया चरित्तर' तथा 'कसाईबाड़ा' के हजारों मंचन हुए। कहानियाँ अनेक देशी-विदेशी भाषाओं में अनूदित हुईं। कहानी 'तिरिया चरित्तर' को 'हंस' पत्रिका द्वारा सर्वश्रेष्ठ कहानी के रूप में पुरस्कृत किया गया। उन्हें 'आनन्दसागर स्मृति कथाक्रम सम्मान', 'लमही सम्मान', 'सृजन सम्मान', 'अवध भारती सम्मान', 'अमरावती सृजन पुरस्कार', 'श्रीलाल शुक्ल स्मृति इफको साहित्य सम्मान' से सम्मानित किया गया है।

ई-मेल : shivmurtishabad@gmail.com

केशर कस्तूरी

शिवमूर्ति

राजकमल पेपरबैक्स

पहला पुस्तकालय संस्करण
राजकमल प्रकाशन प्राइवेट लिमिटेड द्वारा
1991 में प्रकाशित

राजकमल पेपरबैक्स में
पहला संस्करण : 2007
चौथा संस्करण : 2024

राजकमल पेपरबैक्स : उत्कृष्ट साहित्य के जनसुलभ संस्करण

राजकमल प्रकाशन प्रा.लि.
1-बी, नेताजी सुभाष मार्ग, दरियागंज
नई दिल्ली-110 002
द्वारा प्रकाशित

शाखाएँ : अशोक राजपथ, साइंस कॉलेज के सामने, पटना-800 006
पहली मंजिल, दरबारी बिल्डिंग, महात्मा गांधी मार्ग, प्रयागराज-211 001
1, अनमोल सोराबजी संतुक लेन, धोबी तलाव, मरीन लाइंस, मुम्बई-400 002

वेबसाइट : www.rajkamalprakashan.com
ई-मेल : info@rajkamalprakashan.com

बी.के. ऑफसेट
नवीन शाहदरा, दिल्ली-110 032
द्वारा मुद्रित

मूल्य : ₹250

KESHAR KASTURI
Stories by Shivmurti

ISBN : 978-81-267-2896-1

क्रम

कसाईबाड़ा

गाँव में बिजली की तरह खबर फैलती है कि सनिचरी धरने पर बैठ गई है, परधानजी के दुआरे। लीडरजी कहते हैं, "जब तक परधानजी उसकी बेटी वापस नहीं करते, सनिचरी अनशन करेगी, आमरण अनशन।"

पिछले एक हफ्ते से लीडरजी सनिचरी को अनशन के लिए पटा रहे थे और अब गाँव के हर कान में मन्तर फूँक रहे हैं, "सनिचरी परधान के खिलाफ नहीं, अन्याय, दगाबाजी और शोषण के खिलाफ लड़ रही है, अहिंसा की लड़ाई, महात्मा गांधी का रास्ता। आप सबका कर्तव्य है कि जोर-जुल्म के खिलाफ लड़ी जानेवाली लड़ाई में उस गरीब विधवा को सपोर्ट करें—मनसा, वाचा, कर्मणा।"

परधानजी की दुतल्ली बिल्डिंग के सदर दरवाजे पर बोरी बिछाकर किसी मोटे प्रश्नचिह्न-सी बैठी है सनिचरी। लीडरजी ने गांधीजी का छोटा-सा फोटो देकर कहा है, "इन्हीं का ध्यान करो। अन्यायी का हृदय-परिवर्तन होगा या सर्वनाश।"

अत्याचार के खिलाफ संघर्ष तेज करने के लिए लीडरजी ने स्कूल से छुट्टी ले ली है। इस संघर्ष की सफलता में उनके जीवन की सफलता निहित है। महत्त्वाकांक्षाओं की एक लम्बी शृंखला है उनके सामने—प्रथम तो अगली बार होनेवाले परधानी के इलेक्शन में, जैसे भी हो, पुराने परधान को हराकर गाँव-परधान बनना। प्राइमरी स्कूल की मास्टरी उन्हें गर्दन की मैल लगने लगी है...फिर ब्लॉक प्रमुख, फिर एमेले, फिर मिनिस्टर। एयर कंडीशंस कोच में देशाटन। ये सब कठिन संघर्ष की माँग करते हैं। सतत प्रयत्न। परधानी की फील्ड तैयार करने का इससे बड़ा चांस फिर कब आएगा? शहर से कैमरा लाकर उन्होंने सनिचरी का फोटो उतारा है, अखबार में छपाने के लिए। एक संवाददाता भी पकड़ लाए थे। सारे गाँव को जगाना शुरू कर दिया है, "होशियार हो जाइए आप लोग, आपके गाँव में शेर की खाल में गीदड़। और आप लोगों ने उसे ही परधान बना दिया, सोचने की बात..."

तीन पृष्ठों की दरखास्त लिखकर लीडरजी उस पर सारे गाँववालों के दस्तखत या अँगूठा-निशान ले रहे हैं। इसे लेकर डी.एम. के पास जाएँगे। अखबार में

छपवाएँगे। अत्याचारी को सजा दिलवाएँगे, ''लेकिन आप लोग भी सोचिए और समझिए। गलत आदमी को परधान बनाने का क्या रिजल्ट होता है? आइन्दा के लिए...''

जो परधानजी गाँव में आदर्श विवाह का आयोजन करवाकर तीन-चार महीनों से आस-पास तक के गाँवों में देवता की तरह पूजे जाने लगे थे, उन्हीं का अब घर से निकलना मुश्किल हो गया है। निकलते ही सनिचरी उनका पैर पकड़कर गोहार लगाती है, ''मोर बिटिया वापस कर दे बेइमनवा, मोर फूल ऐसी बिटिया गाय-बकरी की नाईं बेंचि के तिजोरी भरै वाले! तोरे अंग-अंग से कोढ़ फूटि कै बदर-बदर चूई रे कोढ़िया...''

सनिचरी को आज भी आदर्श-विवाह वाले नगाड़ों की गड़गड़ाहट सुनाई पड़ती है। गाँव का पूरब, सड़क के किनारे के अमराई में गाँव-भर के तख्तों को जुटाकर बनाया गया बड़ा-सा मंच। लाल-हरे रंगों वाले शामियाने। कुर्सी, मेज, बेंच, ढोल, मृदंग, नगाड़े, तुरई, बैंड। ए.डी.ओ., बी.डी.ओ., मिडवाइफ। प्रमुख, परधान, सरपंच। सिर पर मौर बाँधे, सजे-सजाए, पढ़े-लिखे, लम्बे-तगड़े दस शहराती दूल्हे। दस दुल्हनें—गाँव की गरीब कन्याएँ। रंग-बिरंगी साड़ियों में पुलकित। सामूहिक आदर्श-विवाह। दहेज-प्रथा और जात-पाँत की संकीर्ण और सड़ी-गली मान्यताओं पर कुठाराघात। एड़ी-चोटी का पसीना एक करके महीनों शहर-शहरात की खाक छानने के बाद परधानजी दस लड़कों को तैयार कर पाए थे। गाँव-समाज के इतिहास में एक नए अध्याय की शुरुआत।

भोंपू में अटक-अटककर प्रेम से बोले थे बी.डी.ओ. साहब, ''आपके ग्राम-प्रधान श्री के.डी. सिंह के अथक प्रयास के फलस्वरूप—एँ...क्या नाम... इंटरकास्ट मैरिज का प्रोग्राम...एँ...ऐसे पिछड़े क्षेत्र में। क्या नाम...अगेंस्ट द कर्स ऑफ डाउरी... एँ...समाज और राष्ट्र के अपलिफ्ट के लिए...क्या नाम...''

मिडवाइफ ने एक-एक डिब्बा उपहार में दिया था सभी दुल्हनों को। कंट्रासेप्टिव पिल्स, फैमिली प्लानिंग का लिटरेचर। सनिचरी निहाल थी अपने दामाद की छवि निहारकर। गोरा रंग, पतली मूँछें, बाँका जवान। कलम चलानेवाला। खुला-खुली गहना-गुरिया देने का हुकम भी नहीं था तो क्या, सनिचरी ने चोरी से बेटी के बक्से में अपने सारे गहने डाल दिए थे—तीन सेर चाँदी। विदा होते समय कैसी कलेजा फाड़ देनेवाली आवाज में रोई थी रूपमती। अपनी बकरी तक को भेंटना नहीं भूली थी।

परधानजी देवता हो गए थे। लीडरजी को सोच हो गया था। ऐन इलेक्शन के छह महीने पहले ही ऐसी जादू की छड़ी घुमाई परधान ने कि सारा गाँव उनके पैर छूने लगा। अब वे मुकाबले में कैसे टिकेंगे? फिर भी कोशिश तो करनी ही है। हर आदमी से अलग-अलग अकेले में भेंट करते लीडरजी और आगाह करते, ''याद

करो, चौबीस रुपए के तीन सौ वसूल किए थे तुमसे इसी रँगे सियार ने। रँगे सियार का किस्सा नहीं जानते? किसी दिन फुरसत से सुनाएँगे। एक मन जौ के बदले रामप्रसाद की बियाई भैंस खोल ले जानेवाला कौन है? बदलुआ को झूठ-मूठ चोरी में फँसानेवाला कौन है? और, अगर फिर इसी को परधान बनाया आप लोगों ने, तो सबका अगवार-पिछवार जोतवाकर चरी बो देगा, देखना।'' लेकिन आदर्श-विवाह का कुछ ऐसा जादू चल गया था लोगों पर कि लीडरजी को लगता, अब जनमत पलटना असम्भव है। उन्हें बार-बार बी.डी.ओ. की बात याद आती, 'बाबू के.डी. सिंह के अथक प्रयास से...' हुँह! खिरोधर सिंह का कितना शानदार संस्करण किया था साले ने। खरखराता ऐसा है कि चार बार नाम ले लो तो गले में खारिश हो जाए।

सनिचरी अपनी बुढ़ौती सफल मान बैठी थी। उसकी बेटी अच्छे घर गई है। परधान का वंश बढ़े। अचानक वज्र गिरेगा, सनिचरी ने कब सोचा था।

अर्द्धरात्रि। सघन अन्धकार। बूढ़ी आँखों में नींद नहीं। सहसा लगा, कोई टाटी खुटकाते हुए पुकार रहा है, ''काकी, काकी रे!'' उसने उठकर टाटी का बेंड़ा खेला तो सुगनी हाँफते हुए उसके गले से लिपट गई, ''काकी रे, हमारी जिनगी माटी हो गई।''

''क्या हुआ? बोल तो इतनी रात में कहाँ से भागी आ रही है?'' उसे इस हालत में देखकर सनिचरी सन्न रह गई थी।

''काकी, अपना परधान कसाई है। इसने पैसा लेकर हम सबको बेच दिया है। शादी की बात धोखा थी। हम सबको पेशा करना पड़ता है, रूपमती को भी। अमीरों के घर सोने भेजा जाता है। आज मैं किसी तरह से निकल भागी। पीछे बदमाश लग गए थे।'' बोलते-बोलते गला सूख गया उसका। उसने घड़े से एक गिलास पानी पिया और साँस लेकर बोली, ''माई से मिलने को जी हुड़क रहा है काकी। चलती हूँ। सबेरे फिर आऊँगी। सब लोगों को मिलकर थाने पर रपट लिखानी होगी।''

सनिचरी जड़ हो गई थी। पेशा! सारी रात वह टाटी से पीठ टिकाए बिसूरती रही और सबेरे जब सुगनी से मिलने उसके घर गई तो सुगनी की माँ ने डाँटा था, ''पागल हो गई बुढ़िया?''

सनिचरी ने सब कुछ बताया था। बार-बार बताया था। घड़े के पास लुढ़का गिलास दिखाकर विश्वास दिलाया था, कि यह सच है। रात आई थी सुगनी, लेकिन आई थी तो अपने घर पहुँचने से पहले ही कहाँ और क्यों गायब हो गई। किसी को भी विश्वास नहीं हो रहा था।

परधानजी ने इसे लीडरजी की लंगेबाजी बताया, ''चुनाव का पैंतरा भाँज रहा है साला। मुझे बदनाम करने के लिए सनिचरी को फोड़ा है। देखते नहीं आप लोग, आधी-आधी रात तक उसकी झोंपड़ी में घुसा रहता है।''

जिन औरतों से सनिचरी की पुरानी खार है, वे कहती हैं, ''बेटी की कमाई पर मौज करती थी। अब खुद कमाकर खाना पड़ा तो भगत बन रही है बुढ़िया।'' लेकिन, जिनकी बेटियाँ उस समारोह में ब्याही गई थीं, उनके अन्दर खलबली मच गई है। करें भी तो क्या! एक तरफ परधान से खिलाफत। बिरादरी में बदनामी। हुक्का-पानी बन्द होने का डर। छोटे बेटे-बेटियों की शादी में रुकावट और दूसरी तरफ बेटी की ममता। सनिचरी की तरफदारी करके बेटी का पता लगाएँ या—हुआ सो हुआ, बात को दबाकर बदनामी से बचें?

लेकिन सनिचरी तो लड़ेगी। लड़कर प्राण दे देगी या अपनी बेटी वापस कराएगी। लीडरजी ने कहा है—वे उसकी बात थानेदार और एस.पी. से लेकर कलक्टर-कमिश्नर तक पहुँचाएँगे। मुख्यमंत्री और परधानमंत्री को लेटर लिखेंगे। परधान को अन्दर कराएँगे।

दरखास्त पर अँगूठा लगवाने के साथ-साथ लीडरजी ने सबको सावधान किया है, ''परधान काला नाग है। उसका विषदन्त उखाड़ना है। बिल्डिंग को घेरकर सब लोग अनशन करो।'' अँगूठे का निशान तो बहुतों ने दिया, लेकिन अनशन करने कोई नहीं आया। अँगूठा-निशानी का क्या? कोरट-कचहरी में फँसने का डर हुआ, तो कह देंगे—धोखे से लीडर ने लगवा लिया था माई-बाप!

शाम का धुँधलका गहराने के साथ-साथ सनिचरी के रोने की आवाज सारे गाँव को थरथराती है। सारा गाँव स्तब्ध है, भयाक्रान्त। काफी रात गए लीडरजी आते हैं। चोरबत्ती की रोशनी में सनिचरी को दरखास्त दिखाते हैं, ''सब फिट हो गया। कल इतवार है। परसों जाकर डी.एम. को दरखास्त दे दूँगा और चौबीस घंटे के अन्दर परधान को हथकड़ी...''

खुलेआम सनिचरी का पक्ष लेकर कोई आगे आया है तो वह है अधपगला अधरंगी। सम्पूर्ण वामांग आंशिक पैरालिसिस का शिकार। बाईं टाँग लुंज, टेढ़ी और छोटी। बाईं आँख मिचमिची और ज्योतिहीन। होंठ बाईं तरफ खिंचे हुए। बायाँ हाथ चेतनाशून्य। आतंकित करने की हद तक स्पष्टभाषी। तीस-पैंतीस की उम्र में ही बूढ़ा दिखने लगा है। पेशा है—गाँव भर के जानवर चराना। मजदूरी प्रति जानवर, प्रति फसल, प्रति माह एक सेर अनाज। सिर्फ परधानजी और लीडरजी के जानवर नहीं चराता, क्योंकि उसके अनुसार ये दोनों गाँव के राहु और केतु हैं। इन दिनों रात में वह गाँव की गलियों में घूमते हुए गाता है—'कलजुग खरान बा, परधनवा बेईमान बा, अधरंगी हैरान बा।' और सोते हुए लोगों की चादर पकड़कर खींच लेता है, ''औरतों की तरह मुँह ढँककर सोनेवाले गीदड़ो, परधान तुम्हारी बहन-बेटियों के गोश्त का रोजगार करता है और तुम लोग हिजड़ों की तरह मुँह ढँककर सो रहे हो। सो जाओ, हमेशा के लिए।'' और चादर फेंककर वह आगे बढ़ जाता है, 'कलजुग खरान बा।'

बात थाने तक पहुँच गई है। परधानजी और लीडरजी दोनों को बुलाया गया है। लीडरजी ने चौकीदार से कहला दिया, ''ऐसे कॉम्प्लेक्स केस में तो खुद दरोगाजी को अब तक गाँव में पहुँच जाना चाहिए था। खैर! कहना, मैं टाइम निकालने की कोशिश करूँगा।'' लेकिन परधानजी फौरन तैयार हो रहे हैं—कहीं लीडर पहले पहुँच गया तो बंटाधार हो जाएगा। वे बार-बार परधानिन को सचेत करते हैं, ''अजी, सुनती हो जी! कुछ भेंट-पूजा के लिए थोड़ा अमावट, खटाई, अचार। तुम्हें पता है कि दरोगाइन कोंहड़ौरी और जामुन का सिरका पहले माँगती हैं। वो जो परेम कुमार की खेलने की खड़खड़िया है न, दे दो। दरोगाजी का लड़का खेलेगा।''

थाने के अहाते में कदम रखते ही एक काला-कलूटा भीमकाय कुत्ता भौंकते हुए दौड़ता है, लेकिन अमावट की महक पाकर पूँछ हिलाने लगता है—कूँ-कूँ...आओ-आओ, स्वागत है। तोंद वाला कुत्ता देखा है कभी? देख लो।

दरोगाजी पूजा पर हैं। मुंशीजी उन्हें बैठाते हैं। घंटों बाद मूँछें उमेठते हुए निकलते हैं दरोगाजी, ''हाँ, तो परधानजी, क्या बदअमनी फैला रखी है आपने? ऐसा क्रिमिनल गाँव मुझे तेईस साल की नौकरी में दूसरा नहीं मिला, जो पैसे के लिए अपनी बेटियाँ ही बेचने लगे।''

परधानजी हाथ जोड़कर खड़े होते हैं, ''पहले बात तो सुनी जाए हुजूर।''

''ऐसी-तैसी बात की। तेईस साल से बात ही तो सुन रहा हूँ। जो भी आता है, खाली बात। मैं कहता हूँ, अगर बुढ़िया मर गई तो दस साल के लिए अन्दर हो जाओगे। अपने कफन-दफन का खर्चा भी गौरमिंट के जिम्मे डालोगे।''

''हुजूर, विश्वास करें, यह सब लीडरजी की करामात है। परधानी से मेरा पत्ता साफ करने के लिए सरकार, अपढ़-गँवार को भड़काकर गांधी, नेहरू और नेताजी के मुँह पर कालिख पोत रहे हैं। हम तो सरकार पबलिक की भलाई वास्ते, गरीबों की मदद वास्ते, जात-पाँत के नासूर वास्ते, सरकार...आदर्श-विवाह हुआ। अखबार में आउट हुआ। गाँव का, जिले का, खासकर आपके थाने का नाम रोशन हुआ...''

दरोगाजी को लगता है कि अगर थोड़ी देर तक परधान और बोलता रहा तो उनकी डाँटने की पावर ही खत्म हो जाएगी, इसलिए बीच में ही टोकते हैं, ''पुलिसवालों को आप बिलकुल ही बेवकूफ समझते हैं क्या? कल ही सी.आई.डी. इंस्पेक्टर इनवेस्टिगेशन रिपोर्ट सबमिट किया है। लड़कियों का धन्धा करनेवाले गिरोह लिस्ट में आपका नाम लाल रोशनाई से लिखा है...।''

सी.आई.डी. का नाम सुनकर परधानजी आतंकित होते हैं। काला कुत्ता बड़ी देर से बूट पर पंजे की खरोंच मारकर दरोगाजी का ध्यान अमावट वाली गठरी की तरफ ले जाने की कोशिश कर रहा है। उसे तजुर्बा है, आठ साल का—गठरी पर नजर

पड़ते ही दरोगाजी की आवाज मधुर हो जाएगी। आखिर दरोगाजी का ध्यान उधर जाता है, "इस गठरी में क्या है?"

"जी हुजूर, थोड़ा-सा अचार, खटाई, अमावट, सिरका, कोंहड़ौरी वगैरह। दरअसल हुजूर, लीडरजी के चलते, जो हो जाए, सो थोड़ा। हमेशा खिलाफ बात। हमारे खिलाफ। आपके खिलाफ। जनता के खिलाफ। मुखमन्तरी और परधानमन्तरी से नीचे तो बात ही नहीं करते। बोलते हैं—दरोगा-एस.पी. को तो मैं पौकिट में डालकर घूमता हूँ।"

"ऐं? ऐसा बोला? साला! इतनी बड़ी पॉकिट? ठीक है। आने दो।"

वे अचार की गठरी को हाथ में लेकर तौलते हुए कहते हैं, "आपको पता होगा, मैं मन्दिर बनवा रहा हूँ थाने के सामने, उसमें यथाशक्ति..."

"क्यों नहीं सरकार, क्यों नहीं। मन्दिर, धर्मशाला के लिए तो..." वे जेब में हाथ डालते हैं, "आजकल तो हुजूर, दुनिया से धरम-ईमान नाम की चीज ही गायब होती जा रही है, लीजिए सँभालिए हुजूर!"

गिनने के बाद दरोगाजी कहते हैं, "आप मजाक समझ रहे हैं। यह सी.आई.डी. केस है।"

"मैं फिर जल्दी ही हाजिर होऊँगा सरकार।"

"अन्दर जाकर सत्यनारायणजी का परसाद ले लीजिए। दरोगाइन को इधर एक ही जगह दो चीजें दिखाई देने लगी हैं, उसी के ठीक होने के लिए कथा की मनौती थी। और हाँ, बुढ़िया का अनशन फौरन खत्म करवा दो। हरिजन उत्पीड़ित नहीं किए जा सकते। जनरल इलेक्शन सिर पर है। ऊपर से सर्कुलर आ गया है कि हरिजनों को..."

परसाद लेकर परधानजी बाहर आते हैं तो दरोगाजी पूछते हैं, "सुना है, तुम्हारे गाँव के ताल में बड़ी बनमुर्गियाँ हैं। किसी दिन शिकार पर आएँगे।"

"जरूर आइए हुजूर, मगर कब?"

"कभी भी, मगर इन्तजाम अच्छा होना चाहिए।"

क्या कहें परधानजी? बाँधकर तो नहीं रखा जा सकता बनमुर्गियों को। वे पंजीरी चाटते हुए बाहर आते हैं। मुँह में इतनी मिठास कहाँ से? पंजीरी की मिठास यह नहीं हो सकती। दरोगाइन अभी तक तगड़ी हैं। चालीस से ज्यादा की नहीं लगतीं। देह अतर गुलाब की तरह महक रही थी। परधानिन की देह से तो गन्ना मिल वाली तेज गन्ध निकलती है। तभी मैं सोचूँ कि उसे इतनी मक्खियाँ क्यों घेरे रहती हैं?...थोड़े से पेठे वाले कद्दू मँगवाए हैं दरोगाइन ने और आँवले का मुरब्बा। वही दे दूँ, फिर चाहे सारा गाँव अनशन करे। कहती थीं, "दरोगाजी की बात का खयाल ना केह्यो। ऐसेई बड़बड़ाते रहते हैं, जब से बिटिया विधवा भई।"

लीडरजी सधे कदमों से थाने की तरफ आ रहे हैं। ललाट पर गम्भीर चिन्तन की रेखाएँ। मंत्री बनने के बाद यही दरोगा पीछे-पीछे चलेगा। नजर से नजर नहीं मिला सकेगा। वे बार-बार टोपी ठीक करते हैं।

लीडरजी को देखकर काला कुत्ता भूँकता नहीं। दूर से ही सूँघकर किसी नतीजे पर पहुँच जाना चाहता है। कोई गठरी नहीं! कोई झोला नहीं!!

''हूँ, तो लीडरजी आप ही हैं?'' दरोगाजी आँखों में आँखें डालकर पूछते हैं।

''जी हाँ, पांडेजी, मैं...।''

''ठीक है, ठीक है।'' पांडेजी सम्बोधन ने दरोगाजी को काट खाया है। वे बीच में ही टोकते हैं, ''लीडरजी, आपका असली नाम है?''

''जी असली नाम तो है रामबुझावन।''

''तो लीडरजी अपने आप बन गए, पैदाइशी लीडर?''

''आप सिर्फ मतलब की बात कीजिए दरोगाजी।''

''ठीक है, तो सुनिए मतलब की बात। सी.आई.डी. हेडक्वार्टर से आपकी पर्सनल रिपोर्ट माँगकर पढ़ी है मैंने—नक्सलपन्थी, एनार्किस्ट, टेररिस्ट।''

घर से ही कसम खाकर चले हैं लीडरजी—उखड़ना नहीं, दरोगा को उखाड़कर लौटना है। दरोगा से ही डर गए तो हो चुकी मिनिस्टरी। वे आवाज में भरपूर गम्भीरता लाते हैं, ''इंस्पेक्टर, मुझे कॉन्फिडेंशियल फाइल की एंट्री मत सुनाओ। बताओ, मुझे बुलाया क्यों?''

दरोगाजी आतंकित होते हैं। कहाँ गया सारा रोब? मूँछें तो पूरी-पूरी ऐंठ रखी हैं। फिर भी...

''यह मत भूलिए मिस्टर कि...''

''भूलने की नहीं, याद रखने की बात कीजिए।''

ऐं, चवन्नी की टोपी की यह हिम्मत कि थानेदार की वर्दी को आँख दिखाए? ठीक है। याद करने की बात करूँगा। सारी उमर के लिए न याद करवा दिया तो...गुस्से से दरोगाजी काँपने लगे हैं, ''सरकार का तख्ता पलटने की साजिश करनेवाले आप। इल्लिटरेट मास में र्‌यूमर फैलानेवाले आप। वायलेंस और डिस्टरबेंस करवानेवाले आप। आप नहीं तुम, तुम्म! सरकारी नीतियों के खिलाफ तुम्म। अन्तर्जातीय विवाह के खिलाफ तुम्म। डेमोक्रेसी के लिए खतरनाक तुम्म। देश के लिए खतरनाक तुम्म। थाने के लिए खतरनाक तुम्म। आपके...नहीं, तुम्हारे...तुम्हारे घर से गाँजा हम निकालेंगे। शराब हम निकालेंगे। अफीम हम निकालेंगे। छोकरी हम निकालेंगे। तुम्हारी लीडरी लील सकते हैं। मास्टरी चाट सकते हैं। करेक्टर मोड़ सकते हैं। फ्यूचर लीप सकते हैं...''

बोलते-बोलते दरोगाजी के मुँह में फिचकुर आ गया है। कुत्ता खिन्न होकर

बाहर जा रहा है। पहले पता होता तो इस आदमी को भूँक-भूँककर बाहर से ही खदेड़ देता। धोती-कुर्ते का लिहाज महँगा पड़ गया।

करेक्टर! फ्यूचर!! लीडरजी को सोच हो गया है—करेक्टर में दाग लग गया तो एमेलेगीरी और मिनिस्टरी धरी रह जाएगी। बुद्धि से काम लेना होगा। आखिर इतने दिनों से प्राइमरी स्कूल में बुद्धि खर्च करने से बचाते आए हैं तो किस दिन के लिए? लेकिन चेहरे पर शिकन नहीं आने देना चाहिए—जै हनुमान ज्ञान गुण सागर...

सोच दरोगाजी को भी है—इतने तगड़े जुलाब से तो बड़े-बड़े चग्घड़ भी उखड़ जाते हैं। और यह है कि कबूतर की तरह अभी भी आँखों में ताक रहा है—टुकुर-टुकुर। पहले ही इससे आँख नहीं मिलानी थी।

तभी दरोगाइनजी का प्रवेश होता है। दो कप चाय और एक प्लेट में पकौड़ियाँ, गरमागरम।

"का हल्ला मचाए हो जी? दरवज्जे पर आए मेहमान से कोऊ ऐसन बोलत है? आप भइयाजी 'चाह' पीयो।"

धन्न हो दरोगाइन। दरोगाजी मन-ही-मन साष्टांग प्रणाम करते हैं। क्या हुआ, जो पढ़ी-लिखी नहीं हैं, पर वक्त की नब्ज पहचानती हैं। लीडरजी भी राहत महसूस कर रहे हैं। वे हाथ जोड़ते हैं, "धन्यवाद!"

"धन्निबाद बाद मा भइयाजी, पहिले चीखौ तौ!"

"हाँ-हाँ, शुरू कीजिए। आपकी लड़ाई मुझसे है, न कि..."

"लड़ाई कैसी साहब?" लीडरजी खिसिया गए हैं।

"तौन ऊ सब सिपहिए मिलिके हमरे पास आए। पूछा, आपके भाईजी आवा हैं का? दरोगाजी बिगड़ा काहे हैं? हमरे भाईजी भी बिलकुल आपै की तरह हैं। दूध-पानी अलग करै वाले, इनसे बिलकुल नाहीं पटत।"

उन्मुक्त हँसी। लीडरजी तो चिल्ला-चिल्लाकर हँसने लगे हैं, "इनके जैसे जीजाजी को नकेल पहनाना आप जैसी बहन के ही वश का है!"

दरोगाइन एक प्लेट पकौड़े और दे जाती हैं।

"बाय द वे," दरोगाजी इस बार बात का सूत्र पूरी सावधानी से सँभालते हैं, "मैं तब्दील होकर इस थाने पर आ रहा था, तभी 'विकल' जी ने मुझसे आपकी बड़ी प्रशंसा की थी। 'विकल' जी को मैं बड़े भाई की तरह मानता हूँ और जो कुछ कड़वा-तीखा आपको कहा है, वह अपने नाते। मुझे क्या नहीं पता कि आपका जीवन गरीबों और असहायों के लिए..."

पुरइन के पात की नाईं खिल गए हैं लीडरजी। राह सूझ गई है। चुप रहना इम्पॉसिबल, "मुझे तो भाई साहब अगर गरीबों के लिए सिर भी कटवाना पड़े तो... लेकिन यह जो परधानजी हैं..."

''शि! शि! मुझे सब मालूम है, सिर्फ ठोस सबूत चाहिए। अगर आपका सहयोग...''

''आपके लिए तन-मन...हाजिर है। मैं चाहता हूँ कि परधान...''

''देखिए, हाई अथॉरिटीज के इंटरफियर से कभी-कभी बनती बात भी बिगड़ जाती है। सुना है, आपने डायरेक्ट डी.एम. को दरखास्त भेज दी। अब बताइए, जाँच-पड़ताल मुझे करनी है या डी.एम. को? और फिर एक बात यह भी याद रखिए कि जो जितनी ऊँची कुर्सी पर बैठा है, वह उतना ही कमजोर और नालायक है। गलत कहूँ तो मुँह पर झापड़ मार देना। इस मामले को जितनी बारीकी से एक दरोगा हल करेगा, उतना दस डी.एम. भी मिलकर नहीं कर सकते।''

''बेशक-बेशक। कहावत है—जेकर काम उही से होय, गदहा कहै कुकुर से रोय, मगर माफ कीजिएगा, आपने मुझे टोटली गलत समझा। क्या यह कभी सम्भव था कि मैं आपसे मिले बिना दरखास्त भेज देता?'' वे कुर्ते की जेब से तीन पन्नेवाली दरखास्त निकालते हैं, ''और जब जाँच का काम इतनी तत्परता से हो रहा है तो दरखास्त देने का क्या औचित्य है? लीजिए, चाहे फाड़िए, चाहे जलाइए, लेकिन हाँ, जाँच जरा जल्दी क्योंकि इस बार मैं भी...''

''जरूर खड़े होइए साहब, माना कि आपको परधानी का लालच नहीं, लेकिन अपने गाँव के कल्याण के लिए कुछ-न-कुछ त्याग...और हाँ, मैं जल्दी ही आ रहा हूँ गाँव में इन्क्वायरी के लिए, शिकार के बहाने।''

''अच्छा, वह मेरे खिलाफ जाँच वाली बात?'' लीडरजी निश्चिन्त हो जाना चाहते हैं।

''ओ डोंट वरी फॉर दैट, मैं फाइनल रिपोर्ट लगा दूँगा, आपके फेवर में। और हाँ, उस बुढ़िया को क्या अनशन कराकर मार ही डालोगे?''

''वह तो जरूरी है पांडेजी, हर आदमी को अपने ढंग से प्रोटेस्ट का राइट है। मेरे पॉलिटिकल प्रॉस्पेक्ट पर भी तो गौर कीजिए। परधानी के इलेक्शन में मेरी एकमात्र गोट ही वही है।''

दरोगाजी थाने के फाटक तक लीडरजी को पहुँचाकर लौट जाते हैं। लीडरजी कुछ गम्भीर किस्म की चीज सोचते हुए लौट रहे हैं। आधे रास्ते तक आकर सहसा वे रुक जाते हैं और जेब से डायरी निकालकर नोट करते हैं—'मिनिस्टर होते ही सबसे पहले इस दरोगा से हिसाब चुकाना होगा। गाली दी है। मुझे नहीं, मेरी टोपी को।' और वापस आते ही उन्होंने सूचित किया है सबको, ''जो दरखास्त मैंने डी.एम. को दी थी, उस पर नोट लगाकर उन्होंने दरोगाजी के पास भेज दी है—कड़ी जाँच की जाए। दरोगा बहुत जल्द जाँच करने आएगा।'' लेकिन अधपगले अधरंगी का मुँह कैसे बन्द करें लीडरजी? वह कहता घूम रहा है, ''परधान और लीडर दोनों गेहुँअन साँप हैं। कलक्टर के पास दरखास देते समय किसी को साथ क्यों नहीं ले

गया लीडर? दरोगा से भी अकेले मिल आया। इसमें रहस-बात है, सोचने की बात।''

उधर परधानजी के गुर्गे हल्ला कर रहे हैं कि दरोगाजी ने लीडर को थाने पर दो घंटे तक मुर्गा बनाए रखा।

बिल्डिंग के बरामदे में रखी जालीदार पेटी के अन्दर बन्द बनमुर्गियाँ कुड़कुड़ा रही हैं—कुड़क-कुड़क! क्रेआँ-क्रेआँ!!

परधानजी ने शहर से एक पेटी बनमुर्गियाँ मँगवाई हैं। दरोगाजी ने कहा था—इन्तजाम करके रखना। हो गया इन्तजाम। शिकार के समय ताल के किनारे ले जाकर बक्से का मुँह खुलवा देंगे—करो शिकार हुजूर।

बिरादरी की आवाज सुनकर ताल की बनमुर्गियाँ भी शाम होते ही बिल्डिंग के चारों ओर चक्कर काट रही हैं—कुड़-कुड़! कुर्र-कुर्र!

लीडरजी रात में लेटे-लेटे लीडराइन को कनविंस कर रहे हैं, ''दो-चार दिन जाकर तू भी कर दे अनशन। परधानी के इलेक्शन में बड़ी सपोर्ट मिलेगी...क्या कहा? गाँव की कोई औरत नहीं जाती? अरे गाँव की साली, परधान तेरे भतार को बनना है कि गाँववालियों के?...गाली देने का काम ही करती है तू। खुद मुख्यमंत्री आकर सन्तरे का रस पिलाएँगे।''

पर नहीं। नहीं मानती वह। लीडरजी सोच रहे हैं—इल्लिटरेट मास को कनविंस करना इम्पॉसिबल। हॉरिबल। टेरिबल। अनपढ़ लोगों को कैसे समझाए कोई। असम्भव, नामुमकिन!

दरोगाजी शिकार खेलने आ गए। साथ में पाँच-छह सिपाही। परधानजी बनमुर्गियों वाली पेटी ताल के किनारे लाकर उसका ढक्कन खोल देते हैं। दसियों बनमुर्गियाँ ताल में कूदती हैं, लेकिन दरोगाजी किंचित् मायूस हो जाते हैं। उनकी तमन्ना थी 'ए' ग्रेड शिकार करने की। कभी बैठकर, कभी उकड़ूँ, कभी लेटकर, कभी दौड़कर। कहीं चट्टान की रगड़ से घुटने छिलते। कहीं झाड़ी से उलझकर खाकी कमीज की बाँह फटती। यह क्या वेजीटेरियन टाइप का शिकार? खैर!

पहला फायर दरोगाजी करते हैं, और फिर सारे सिपाही, लेकिन यह क्या? पलभर में सारी बनमुर्गियाँ भीटे की झाड़ियों में गायब। परधानजी का मुँह छोटा हो जाता है। अभी बिगड़ेंगे दरोगाजी—यही है तुम्हारा इन्तजाम? गाँव की मुर्गियों पर ही कंट्रोल नहीं तो आदमियों पर कैसे?

''दोहाई माई-बाप! रच्छा करो सरकार!'' सनिचरी आकर दरोगाजी के पैरों पर लोट जाती है। लीडरजी ने पहले ही सिखा दिया है, ''घबड़ाना बिलकुल नहीं, तेरे लिए ही आए हैं दरोगाजी। परधान की सारी करतूत...''

''क्या है? कौन है ये?'' दरोगा पैर झटकते हैं, ''क्या बात है?''

''सरकार, एई परधानजी गाँव-भर की बिटिया बेंच दिए। इनका फाँसी देव हुजूर, नाहीं तौ हमें गोली मार देव। हमार बिटिया गुलरी के फूल...''

दरोगाजी पल मात्र में सब कुछ समझ जाते हैं, "हूँ, लड़की बेचकर अब नकल करने चली है साली! क्यों पैदा किया गूलर के फूल जैसी बिटिया? बोल, मुझसे पूछकर पैदा किया?"

सनिचरी को चुप पाकर दरोगाजी को अपना तर्क वजनदार लगने लगता है, "बुला अपने खसम को। साले ने क्यों पैदा की ऐसी लड़की?"

सनिचरी घबड़ाती है। उसके सरगवासी आदमी पर तोहमत लग रही है, तब तो सच बोलना ही पड़ेगा, "हुजूर, पैदा तो इनही परधानजी ने किया था। पूछे का मौका भी नहीं दिए। हमारे आदमीजी तो तब परदेस गए रहे।"

"अच्छाऽआऽआ..." दरोगाजी मुँह बनाकर तर्क करते हैं, ठोस तर्क, "तो कल को अगर परधानजी ने फिर पैदा करके बेच दिया तो मैं फिर रिपोर्ट लिखता फिरूँगा मुफ्त में? तुम पहले थानेवाले शिविर में लूप लगवाओ। मुंशीजी, नोट करो—सनिचरी, लूप केस।"

"कितनी सनिचरियों के लूप लगवाओगे दरोगा साहेब, जब तक परधानजी की जवानी गरम है। लूप लगवाना है तो परधान के लगवाओ।"

दरोगाजी अप्रतिभ होते हैं, "यह अपाहिज कौन है? कहीं सी.आई.डी. ..."

परधानजी तिलमिला गए हैं, "पुराना पागल है हुजूर, इसकी बात पर ध्यान न दें।"

"गाँव का है या बाहर से आया है?"

"गाँव का ही है हुजूर, यहीं पैदा हुआ, अपाहिज हुआ, पागल हुआ।"

दरोगाजी के नथुने फूलने लगे हैं। वे हुमककर अधरंगी के पेट पर लात जमाते हैं, "हरामी के पिल्ले, मैं शिकार खेलने आया हूँ कि जिरह सुनने।"

अधरंगी धड़ाम से गिरता है, लेकिन तुरन्त ही उठने का प्रयास करते हुए चिल्लाता है, "आदमी का शिकार करके पेट नहीं भरा तो चिरई का शिकार करके नहीं भरेगा दरोगा बाबू...ऊ...ऊ।"

"मुंशीजी, इसका भी नाम नोट करो।"

तभी एक सिपाही दौड़कर सूचित करता है, "सर, उधर कोनेवाली रुसहनी में दो बनमुर्गियाँ, जरा होशियारी से सर।"

दरोगाजी दबे पाँव बन्दूक तानकर दौड़ते हैं। परधानजी और मुंशीजी धक्का मार-मारकर अधरंगी को भगा देते हैं। परेम कुमार आकर परधानजी को सूचित करता है, "बाबूजी, चाह-पकौड़े तैयार हैं।"

"ठीक है, हम दरोगाजी को लेकर अभी आते हैं। अपनी अम्मा से बोलना, साड़ी-वाड़ी कायदे से पहन लें।"

परधानजी दरोगाजी की राह देखने लगते हैं, लेकिन दरोगाजी को तो लीडर उसी तरफ लेकर अपने घर चला गया। शिकस्त! मात!

"अरे, यह क्या? थ्री एक्स?" दरोगाजी भाव-विभोर होकर लीडरजी को गले लगा लेते हैं।

दरोगाजी, बकरे की मूँड़ी चबाते हुए लीडरजी की हर बात में सिर हिला रहे हैं। लीडरजी खुश हो रहे हैं। बहुत ही विश्वस्त सोर्स से पता लगाया था लीडरजी ने कि दरोगाइन पक्की ब्राह्मणी हैं। घर में मीट का नाम भी नहीं ले सकते दरोगाजी। उन्हें बाहर ही मुँह मारना पड़ता है। पढ़ी-लिखी नहीं तो क्या, मीट ए-वन का बनाती हैं फूलकुमारीजी। दरोगाजी से बिना बोले नहीं रहा जाता, "आप रियली कमाल का मीट बनाती हैं। हें...हें...हें।" दरोगाजी खीसें निपोरकर हँसते हैं।

लीडराइन उर्फ फूलकुमारी उर्फ मनजौका की चूड़ियाँ बज उठती हैं—खनन-खनन।

घंटों बतियाने के बाद जब लीडरजी दरोगाजी को पगडंडी के मोड़ तक पहुँचाकर वापस लौटते हैं तो परधानजी आकर मिलते हैं सिपाहियों के साथ।

"परधानजी, लड़कियों के मामले में आप बुरी तरह इनवॉल्व हो चुके हैं। दूसरे आपने बलात्कार भी किया है। अब भलाई इसी में है कि जैसे भी हो, बुढ़िया का मसला फौरन साफ करो और थाने में आकर मुझसे मिलो, वरना लीडर तुम्हें ले डूबेगा।"

सारे गाँव में चर्चा है—दरोगा ने सनिचरी के 'लुप्प' लगवा दिया, बुढ़वा पीपल तले।

"लीडरवा के भी लगवा दिया।"

"परधान के भी, अधरंगिया के कहने पर।"

लीडराइन को सोच हो गया है। आखिर रहा नहीं जाता तो सिर में तेल-मालिश करते हुए बोल पड़ती है, "इसीलिए खबरदार करती थी मैं, कि पुलुस-दरोगा की दोस्ती...इतना पूड़ी-परौठा, कलिया, दारू, खिलाया-पिलाया, मगर आपके भी लुप्प लगा गया।"

"कौन कहता है रे छछूँदर? आदमी के कहीं लूप..." लीडरजी गुस्से में लीडराइन का हाथ झटककर उठ बैठते हैं, "बिना पढ़ी-लिखी जनाना का साथ...मैं फिर वार्निंग देता हूँ, लास्ट वार्निंग। पढ़ना-लिखना शुरू कर दो, वरना...तेरे जैसी फूहड़ औरत को लेकर कोई एमेलेज फ्लैट में कैसे रह सकता है?"

चोरबत्ती लेकर वे बिल्डिंग की ओर चल पड़ते हैं। परधानजी के दोनों हलवाहों ने सनिचरी को घसीटकर दरवाजे से दूर बबूल के ठूँठ के नीचे डाल दिया है। घुटने छिल गए हैं। बैठे रहने में तकलीफ होती है। वह लेटे-लेटे ही सराप रही है। लीडरजी जाकर बगल में बैठ जाते हैं, "मैंने बहुत कोशिश की काकी, लेकिन

परधान एस.पी. साहब को एक हजार की पूजा चढ़ा आया है। एस.पी. ने कह दिया, 'परधान को गिरफ्तार नहीं करना।' दरोगा क्या करे? मैं दरोगा से इसी की काट पूछता रहा, घर में बैठाकर। वह कहता था कि मुख्यमंत्री को दरखास्त दो। उनका आडर हो जाए तो दरोगा एक मिनट में परधान को अन्दर कर देगा। मैं कल तड़के ही जाऊँगा मुख्यमंत्री से मिलने। आप इन कागजों पर निशानी-अँगूठा लगा दीजिए। मैं मुख्यमंत्री को साथ ही लेकर आऊँगा।''

सनिचरी चोरबत्ती की रोशनी में कागजों को देखती है, ''ई तौ कचहरी वाला कागद है बेटवा, ऊपर की ओर रुपैया जैसी छापी बनी है।''

बुढ़िया की नजर रात में भी उल्लू की माफिक तेज है। पसीना चुहचुहा आया है लीडरजी के माथे पर।

''मुख्यमंत्री के पास तो वाटर मार्क वाली दरखास्त ही जाती है काकी, बिना कोर्ट फीस और टिकट वाली दरखास्त की कोई वैलू नहीं।''

''कुछ लिखौ नाहीं है, कोरा कागद।''

''इसमें मशीन से टाइप करवाकर लिखना होगा। हाथ की लिखाई नहीं चलेगी।''

सनिचरी अँगूठा-निशान देती है।

लीडरजी मुख्यमंत्री को लेने चले गए हैं, लेकिन अधरंगी को विश्वास नहीं होता। लीडर की नस्ल का पता तो उसे बहुत पहले से था, लेकिन सनिचरी के कारण चुप था, पर जिस दरोगा ने उसके और सनिचरी के साथ जानवर से भी बुरा व्यवहार किया, उसी को लीडर ने कलिया-गोस और दारू में डुबो दिया तो वह कैसे चुप रहे? वह चीख-चीखकर कहेगा कि लीडर दगाबाज, दोमुँहा, दोगला और दरोगा का चमचा है। उसके करने का कुछ नहीं। दो पुतले बनाए हैं अधरंगी ने। एक परधानजी का, दूसरा उनके बेटे परेम कुमार का। अपनी कमीज फाड़कर दोनों के लिए कुर्ता-पायजामा सिला है। सनिचरी को समझा रहा है, ''कोई नहीं आएगा काकी, हमारी मदद के लिए। न परधानमन्तरी, न मुखमन्तरी। न भगवान, न भगौती। हम खुद अत्याचारी को सजा देंगे।''

दूसरे दिन सवेरे ही वह फटा कनस्तर पीट-पीटकर गाँव-भर में ऐलान कर रहा है, ''आज शाम पाँच बजे। पाँच बजे शाम को बिल्डिंग के सामने बबूल के ठूँठ पर लटकाकर गाँव के बेटी-बेचवा परधान और उसके बेटे परेम को फाँसी दी जाएगी। आप सभी हिजड़ों से हाथ जोड़कर पराथना है कि इस शुभ अवसर पर पधारकर...''

और पाँच बजे शाम को अधरंगी ने दोनों को सनिचरी के हाथों से फाँसी दिला दी। परधानजी का शव रस्सी के सहारे बबूल के ठूँठ से लटक रहा है। उनके मुँह पर कालिख पोत दी गई है। परेम कुमार का शव बबूल के तने से बाँध दिया गया है, सिर एक तरफ को लटका हुआ। आने-जानेवाले रुककर देखते हैं तो सनिचरी

हाथ की छड़ी पुतलों पर मारकर परिचय देती है, ''ई खिरोधरा आ। ई परेमवा। ई खिरोधरा...''

अँधेरा घिरने के बाद सनिचरी लेटे-लेटे कारन करती है, ''अरे या परधनऊ, गाँव के नकिया कटाइ के भाग्या। मेहरी कै चुरिया फोराई के भाग्या। महल-अटरिया गँवाई के भाग्या। ऊ-हू-हू-हू...।''

सहसा उठकर खड़ी होती है वह और आकर बिल्डिंग का दरवाजा फटफटाने लगती है, ''अरे या रँड़वा, खोल केवड़वा।'' सन्नाटे को बेधती दरवाजा फटफटाने की आवाज वातावरण को भयावह बना रही है। परेम कुमार चौंककर परधानिन से चिपक जाता है, ''माई रे, डर लगता है।'' परधानिनजी बगल की चारपाई पर सोए परधानजी को आवाज देती हैं, ''सुनते हो जी। अब नहीं सुना जाता है हमसे। एक्कै बेटवा है हमरे। बुढ़ाई दाँव की अकेली निशानी। उसको डाइन ने फाँसी चढ़ा दिया। मैं कहती हूँ, का ई सच है कि...'' वे उठकर परधानजी को झिंझोड़ने लगती हैं।

''चुप ससुरी! चुप्पै सोइ जा नाहीं तो...!''

परधानिन फिर झिंझोड़ती है, ''तोहे हमार कमस, अपने अकेल लरिका के कसम। साफै-साफ बताओ। ई सब सच्च है?''

''तू यह क्यों नहीं पूछती कि जो दोनों कमरों पर लिंटर डाला जा रहा है, उसका पैसा कहाँ से आया? ट्यूबवेल की किस्त कहाँ से दी?''

''हे भगवान!'' परधानिन चीखकर बेटे से लिपट जाती है।

परधानजी भी सोच में पड़ गए हैं—बड़ा हिस्सा बड़े लोगों ने गपक लिया और सारा 'बिख' अकेले उनकी खोपड़ी पर 'बिखा' रहा है। पहले ही उन्होंने सलाह दी थी कि लीडर को भी हिस्सेदार बना लिया जाए, मगर...

अधरंगी सारे गाँव में भचक-भचककर चीख रहा है, ''लिडरा कै नकिया कटाई जाए। थानेदरवा कै बरदी उतारी जाए। बिल्डिंग मा अगिया लगाई जाए। परधनवा का फाँसी चढ़ाई जाए,...चढ़ाई जाए...।''

लीडरजी ने कहा था, ''खुद मुखमन्तरीजी सन्तरे का गिलास लेकर सामने खड़े होंगे—अनशन तोड़िए सनिचरी देवी।'' सनिचरी मुख्यमंत्री के आने की राह देख रही है—लेकिन इतनी देर क्यों कर रहे हैं मुख्यमन्तरीजी? रह-रहकर वह बापू के चेहरे को अँधेरे में देखने की कोशिश करती है। मुस्कराता हुआ पोपला मुँह दिलासा देता है—जरूर आएँगे।

अधरंगी गाँव की परिक्रमा करने के बाद फिर आकर सनिचरी के पास बैठ जाता है। सनिचरी चिन्ता व्यक्त करती है, ''अभी तक नहीं आए।''

अधरंगी कोई तीखी बात कहना चाहता है, लेकिन टाल जाता है।

''अन्याय कै हद होत है तौ ई धरती फाटि जात है अधरंगी बेटवा।''

"अभी तक तो मैंने कभी फटते नहीं देखी।"

"विश्वास से फाटेगी बेटवा, सीता माता के खातिर फाटि रही।"

अधरंगी उठकर चल देता है।

परधानिन सपना देख रही हैं—काली अँधेरी रात। बिल्डिंग के सामने जोर-जोर से चीखते हुए लोगों का एक झुंड जलती आग में कुछ भून रहा है, भाले की नोक में टाँगकर। 'ऐं, सिर है, कटा हुआ। किसका? परेम कुमार के बाबू ऊ-ऊ-ऊ...'

परधानजी मन-ही-मन गरियाते हैं, "साली सोते हुए भी ब्याज जोड़ रही है।"

परधानिन हड़बड़ाकर उठती हैं और जाकर परधानजी का सिर टटोलने लगती हैं तो परधानजी प्यार से उनका हाथ सहलाते हुए फुसफुसाते हैं, "आ जाओ, सो गया परेम।"

हाथ झटककर परधानिन बड़बड़ाने लगती हैं, "ई गाँव लंका है। इहाँ लंकादहन होवेगा। रावन तू ही हो। लीडर बना है भिभीखन। तोहरे दूनो के चलते गाँव का सत्यानास होवेगा। होई रहा है। बहिन-बिटिया बेंचो। हमहूँ का बेचि लेव। रुपया बटोरो। साथ लै जायेब, लेकिन अब हम एहि घरे मा ना रहब। आपन बेटवा लइके भीखकौरा माँगब, मुला..."

परधानजी चिन्तित हो गए हैं। नाहक बता दिया। फुसफुसाते हैं, "तो अब क्या करूँ? चिल्लाकर गाँव बटोरने का इरादा है? बदनामी करोगी? जेहल भेजोगी?"

"बदनामी-जेहल का डर रहा तो बेंचा काहे? लाइके वापस करौ।"

परधानजी को दरोगा की बात याद आती है—जल्दी साफ करो।

"सनिचरी अनशन तोड़ दे तो मैं थिर मन से दो-चार दिन में ढूँढ़कर लाने की कोशिश भी करूँ।"

"हम मनाउब, ओकरे पैर पड़ि के, हाथ जोड़ि के।"

परधानजी कलेजा मजबूत करते हैं। थोड़ी देर बाद दोनों प्राणी बाहर आते हैं। आगे-आगे परधानिन, हाथ में दूध का कटोरा लिये हुए। पीछे-पीछे परधानजी, आहट पाकर सनिचरी उठ बैठती है, "तो अब आए मुखमन्तरी।"

कटोरा रखकर परधानिन पैर पकड़ लेती हैं सनिचरी के, "हमें माफ करौ बहिनी, ये कल ही जाइके रूपमती समेत सबका वापस लइहैं, अब बरत तोड़ौ।"

"मुझे अफसोस है सनिचरी, मैं सबेरे ही जाऊँगा।"

गद्‌गद हो गई है सनिचरी। धन्न हो! धन्न हो! लेकिन अनशन तो वह नहीं तोड़ सकती। फिर मुखमन्तरी को कौन-सा मुँह दिखाएगी।

लेकिन परधानिन इतनी आसानी से माननेवाली नहीं। वे दूध का कटोरा मुँह से

लगा देती हैं। परधानजी सनिचरी के दोनों हाथ पकड़ लेते हैं। ऐं, मुँह बन्द कर लिया। परधानिन मुँह भी खोल देंगी...गटर-गटर।

भोर के चार बजे परधानिन की आँख लग जाती है तो परधानजी दबे पाँव सनिचरी के पास आते हैं। छाती छूकर देखते हैं—ठंडी। साँस बन्द। गुड्ड। अब कुछ कहेगी साली तो डरा दूँगा कि दूध तो तूने ही पिलाया था। तूने ही मिलाया होगा जो कुछ मिलाया होगा दूध में।

सवेरे जानवरों को चराने जाते समय अधरंगी देखता है—काकी अभी तक सो रही है, लेकिन दो घंटा दिन चढ़ते-चढ़ते खबर फैलती है—सनिचरी मर गई। सब लोग आकर बारी-बारी देख जाते हैं, लेकिन लाश ठिकाने कौन लगाए? अनशन करते हुए मरी है बुढ़िया। क्या पता लाश पुलिस ले जाए। लीडरजी अभी मुखमन्तरी को लेकर नहीं लौटे। दो-एक गाँववाले आगे आने की हिम्मत भी करते हैं तो उनकी औरतें खड़ी हो जाती हैं सामने, ''दरोगा ने उसके लुप्प लगाया है। कल को लहास जलाने के बाद आकर अपना लुप्प माँगने लगा तो कहाँ से दोगे? कहती हूँ, मत जाओ लहास के पास। और जाना ही है तो पहले मेरी लहास गिराकर जाओ, हाँ।''

दोपहरी ढल चुकी है। सनिचरी का मुर्दा शरीर काला पड़ गया है। लावारिस समझकर एक गीदड़ उसे पास के अरहर के खेत में घसीटना शुरू कर देता है। दो कदम घसीटता है और भागकर खेत में छिप जाता है। परधानजी बिल्डिंग की खिड़की से झाँक-झाँककर कुढ़ रहे हैं—साला एक कदम भी नहीं घसीटता और खेत में घुसकर घंटों सुस्ताता है।

शाम को वापस आने पर अधरंगी को खबर मिलती है। वह जानवरों को जल्दी-जल्दी ठिकाने लगाता है और सनिचरी की झिलँगा खटिया लेकर लाश के पास पहुँचता है। खटिया उलटकर लाश को लादता है और सिरहाना पकड़कर घसीटते हुए लाकर उसकी झोंपड़ी के सामने रखता है। झोंपड़ी उजाड़कर उसे चिता की शक्ल देता है और लाश को खटिया समेट बीच में घसीटकर आग लगा देता है। सहसा कुछ याद करके बबूल के ठूँठ की तरफ भागता है। ठूँठ से लटके परधानजी और परेम को उतारकर वापस लौटता है तो बिल्डिंग की छत से परधानिन चिल्लाने लगती हैं। अधरंगी पहले परधानजी को टाँग पकड़कर चिता में फेंकता है, फिर परेम कुमार को। तभी दौड़ते-दौड़ते परधानजी आते हैं और परेम कुमार की टाँग पकड़कर खींच लेते हैं। अपनी टाँग उन्हें मिल नहीं रही। सिर्फ परेम कुमार को लेकर लौट पड़ते हैं। अधरंगी चिल्लाता है, ''ले जाओ, ले जाओ। उसे भूना जाएगा, जब बिल्डिंग को तोड़कर चिता बनाई जाएगी।''

चिता की परिक्रमा करते-करते सहसा वह बैठ जाता है और झुककर धरती को घूरने लगता है। सनिचरी कहती थी—अन्याय की हद होती है तो धरती फट जाती है, लेकिन...

लीडरजी एक घंटा रात बीते वापस आते हैं, मुख्यमंत्री से मिलकर। उनके आने के पहले ही गाँव में खबर फैल गई है कि सनिचरी अपना दो बीघा खेत लीडरजी के नाम लिख गई है।

असल में घिसियावन एक घंटा दिन रहते ही वापस आ गया था, तहसील दफ्तर से गाते हुए, ''राज की बात कह दूँ तो...'' उसी ने बताई है राज़ की बात, ''लीडर वाटर मार्क वाली दरखास लेकर कल से ही तहसील में चक्कर काट रहा है।''

कुफार सुनते-सुनते लीडराइन के कान पक गए हैं। वह लेटते ही पूछती हैं, ''सारे गाँव में चर्चा है कि आपने सनिचरी का खेत धोखे से अपने नाम लिखा लिया!''

ऐन सोने के बखत नखरा करती है फूलकुमारी, ''अरे, फूल दि ग्रेट, इसमें धोखा क्या है? मैं नहीं कराता तो परधान कराता।''

तिनककर बैठ जाती हैं लीडराइन, ''धोखेबाज, बेईमान। तुम्हारे ही पाप के कारण मेरी कोख नहीं फल रही है। मैं...''

कितने चाव से बेसन, जीरा वगैरह खरीदकर लाए थे लीडरजी कि आज फुलौरी बनवाकर खाएँगे। साल-भर हुआ फुलौरी खाए हुए, लेकिन यहाँ पहले ही करेमुआ का साग और बजड़ी की रोटी पो रखी थी इस बेहूदी ने, ऊपर से सोते समय पचड़ा शुरू कर दिया। वे लीडराइन का हाथ पकड़कर लिटाने की कोशिश करते हैं, ''मैं तो पहले ही पाँच-छह सौ का धक्का खाकर लौटा हूँ भागवान, मेरा खून मत पियो। यही है तुम्हारी अकल। मास्टराइन के काबिल भी नहीं, मिनिस्टराइन के काबिल तो क्या होगी? अरे पागल, कर्मक्षेत्रे-युद्धक्षेत्रे सब जायज है।''

''तुम लोग कसाई हो। सारा गाँव कसाईबाड़ा है। मैं नहीं रहूँगी इस गाँव में।'' वह हाथ झटककर आँगन में आ जाती है।

''रह साली, कर नखरा, लेकिन याद रखना, जब हम मिनिस्टर होंगे...और हाँ...'' सहसा वे सीरियस हो जाते हैं। तीली रगड़कर ढिबरी जलाते हैं और डायरी खोलकर नोट करते हैं—मिनिस्टर होते ही सबसे पहले सनिचरी की मौत के कारणों की जाँच के लिए एक जाँच-आयोग बैठवाऊँगा।

अकाल-दंड

सुरजी के साथ सिकरेटरी बाबू ने गजब कर दिया। लेकिन उसने इस हादसे के बारे में किसी से मुँह नहीं खोला, क्या फायदा? सिकरेटरी के खिलाफ इस गाँव में बोलनेवाला कौन है? उलटे अपने ही 'पत-पानी' से हाथ धोना पड़ेगा।

अपने टोले की ओर वापस लौटते हुए वह 'घटना स्थल' पर पहुँचती है तो दिल की धड़कन तेज हो जाती है। लगता है सिकरेटरी बाबू अभी भी खाई की आड़ में घात लगाए दुबके हैं।

भैंसे जैसा बड़े-बड़े काले बालोंवाला उघड़ा शरीर, लम्बी सफेद दाढ़ी-मूँछ और 'बन बिलरा' जैसी खीस।

सुरजी के कदम तेज हो जाते हैं।

पहर भर भी दिन नहीं चढ़ा और हवा में इतनी गर्मी! अन्धड़ शुरू। टाटी खोलकर वह झोंपड़ी में घुसती है। प्यास से गला सूखा जा रहा है। वह गगरी से उड़ेलकर एक लोटा पानी पीती है। मन करता है पूरी गगरी का पानी पी जाए। लेकिन गगरी में पानी बचा ही कितना है? मुश्किल से डेढ़-दो लोटा। पता नहीं कब उसकी बूढ़ी अन्धी सास पानी की रट लगाने लगे। पानी का टैंकर आएगा शाम को सूरज डूबने के समय। कभी-कभी नागा भी कर देता है।

गगरी ढककर वह आँचल से चेहरे का पसीना पोंछती है और कोने में पड़ी झिलँगा खटिया पर पड़ जाती है। रोम-रोम से पसीने की धार फूट चली है।

सालोसाल अधपेट रूखे-सूखे भोजन के चलते देह की अतिरिक्त चिकनाई कब की गल चुकी है। शेष है तो प्रकृति से मिला गोरा रंग, पानीदार आँखें, बरबस खींच लेनेवाला बोलता चेहरा। और चौबीस-पच्चीस की उम्र वाले शरीर की स्वतःस्फूर्त चमक। इसे इस दुर्दिन में कहाँ छिपाकर ले जाए वह। और इसी पर सिकरेटरी की नजर चढ़ गई है।

यह तीसरा सावन है, पानी की एक बूँद नहीं पड़ी इस इलाके में। भयानक सूखा। पिछले साल से ही सारा इलाका अकालग्रस्त क्षेत्र घोषित किया जा चुका है।

कुओं का पानी तो पिछली गर्मी में ही सूख चला था। इस साल तो अधिकतर ट्यूबवेल भी पानी पकड़ना बन्द कर रहे हैं। कहीं-कहीं कोई ट्यूबवेल घंटे-आध घंटे के लिए पानी पकड़ता है तो पानी लेनेवालों की भीड़ लग जाती है।

गरम हवा का झोंका खर-पतवार लेकर झोंपड़ी में घुसता है तो सुरजी की तन्द्रा टूटती है। बोरे पर गठरी बनी सिकुड़ी पड़ी बूढ़ी पर जर्जर झोंपड़ी के छेदों से छनकर धूप के बड़े-बड़े चकत्ते पड़ रहे हैं। वह बोरे सहित बूढ़ी को खींचकर दूसरे कोने में करती है। बूढ़ी के इस गले-पचे जर्जर शरीर के पता नहीं किस कोने में जान अटकी पड़ी है कि निकलते-निकलते रुक जाती है।

उसका मरद साल भर पहले गाँव छोड़कर निकला है, इस बूढ़ी को उसके गले में बाँधकर। और उसे छोड़ गया है यहाँ गीधों से देह नोचवाने के लिए। बूढ़ी न होती तो वह कब की अपने मायके निकल गई होती।

वह उठकर फुटही थाली में सत्तू घोलने लगती है।

हाँड़ी में पाव-डेढ़ पाव सत्तू और बचा है। झोंपड़ी की कुल सम्पत्ति।

"अम्मा! ए अम्मा!" वह बुढ़िया को सहारा देकर उठाती हुई पुकारती है।

"का?" चिड़िया के बच्चे जैसी महीन आवाज और हाथ-पैर में नामालूम-सी हरकत।

सुरजी सत्तू का घोल मुँह तक लाती है तो बुढ़िया चिड़िया की चोंच की तरह मुँह खोल देती है।

तार-तार हुई मैली चीकट धोती में मक्खियों से घिरी बुढ़िया किसी प्रेत-योनि की अवतार लगती है। अशक्त चुचके लटकते चमड़ेवाले हाथ-पाँव, लत्ता जैसी लटकी सूखी छातियाँ। बदरंग बिखरे सन हुए बाल। पकी बरौनियों के अन्दर से झाँकती दो बुझी आँखें। जैसे नुचे पंखों वाली बूढ़ी मरियल मुर्गी। बूँद-बूँद सत्तू का घोल हलक से नीचे उतारती। कहाँ खो गया है इस बुढ़िया का 'कागद'?

...खोराक खींचने से अभी भी पीछे हटने को तैयार नहीं। लेकिन दूर-दूर तक, जहाँ तक दृष्टि जाती है, ऊपर नीला आसमान और नीचे तपते वीरान खेतों के बड़े-बड़े चक। बेवाई की तरह फटी हुई धरती। नंगे ठूँठ पेड़। पेड़ों के पत्ते सूखकर झड़ चुके हैं या मवेशियों के पेट में चले गए हैं। बकरे-बकरी लोगों के पेट में चले गए हैं और गायें-भैंसें बिक चुकी हैं। जिन्होंने नहीं बेचा उन्हें अब कोई मुफ्त में ले जाने को तैयार नहीं है। लेकिन बाँधकर रखें तो खिलाएँ क्या? तो गले से 'पगहा' खोलकर हाँक दे रहे हैं लोग—जाओ 'फिरी' कर दिया आज से। 'सुतंत्र' हो। मरने के लिए सुतंत्र। नेह-नाता तोड़ो। चारे-पानी की खोज करते हुए मरो। लेकिन दूर जाकर। दुर्गन्ध से तो बचा दो गाँव को। इन फिरी हुए जानवरों को किसी भी ठूँठ पेड़ के नीचे पड़े पैर पटकते, पूँछ ऐंठते और आँख के बड़े-बड़े कोयों से आँसू बहाते देखा जा सकता है। मरने का इन्तजार करते जानवर। जानवर नहीं, उनकी ठठरी

जिनके निष्प्राण होने का इन्तजार पेड़ के ठूँठ पर बैठे गिद्धों को कभी-कभी तीन-तीन, चार-चार दिन करना पड़ जाता है।

बैलों को लोग अन्त तक बचाए रखना चाहते थे। कभी पानी बरसा तो जोताई कैसे होगी। लेकिन चारे और पानी के अभाव और बीमारी के चलते अब वे भी धीरे-धीरे साफ हो रहे हैं। सरकार की तरफ से मिलनेवाला प्रति जानवर चारा एक वक्त के लिए भी पूरा नहीं पड़ता। अब बैल बचे हैं तो कुछ गाड़ीवानों के पास या गाँव के दो-चार बड़े घरों में। 'जबरा' लोगों के पास। जो दबदबेवाले हैं। पानी का टैंकर आने पर जो पहले अपने बैलों को पिलाने के लिए बड़े-बड़े ड्रम और 'छोड़' भर लेते हैं, तब गाँव के कमजोर लोगों की बारी आती है—अपने लिए गगरा-गगरी भरने की।

चिड़ियों की बोली के नाम पर अब मध्य दोपहरी के आकाश में वृत्ताकार उड़ती चील की टिंहकारी ही सुनाई पड़ती है। या मृत जानवर के शव पर झपटते गिद्धों की चीं-चीं! किच-किच! बाकी पक्षी या तो भूख-प्यास से मर गए हैं या किसी अनजाने देश को उड़ गए हैं।

सरकार की ओर से राहत के लिए गाँव के पास बनवाई जा रही सड़क का काम इस साल पूरा हो गया। अब मजूरी करनी है तो दो कोस दूर जाइए। वहाँ भी रोज-रोज काम मिलना निश्चित नहीं। सौ लोगों को लगाकर दो सौ की भर्ती दिखाई जाती है। जो बच गए वे वापस जाएँ। मेट और ठीकेदार जिसे चाहें रखें जिसे चाहें वापस भेज दें। मजदूरी देने के नाम पर भी दो-अंखी। ऊँची जाति वालों का नाम रजिस्टर में दर्ज करा लिया जाता है लेकिन वे कोई काम नहीं करते। ठूँठ पेड़ों की छाँह में आकर बैठ भर जाते हैं। और शाम को आधी मजूरी मिल जाती है। काहे भाई? शुरू-शुरू में बहुत कहा-सुनी हुई लेकिन कोई सुनवाई नहीं। बोलनेवाला अगले दिन काम से बाहर।

तो युवा किशोर बेजमीन मजदूर तो पहले ही साल परदेश भाग गए। इस साल खेत वाले किसान भी घर का अन्न समाप्त होने और माल-मवेशी साफ होने के बाद गाँव छोड़कर भाग रहे हैं। विवाहिता बेटियाँ ससुराल भेज दी गई हैं और नई पतोहुएँ मायके। अगर उनके यहाँ सूखा नहीं है तो गाँव में रह गए हैं बूढ़े-बूढ़ियाँ, बच्चे, सयानी कुँवारी लड़कियाँ या बड़े किसान परिवार जिनके घरों में थोड़ा-बहुत अन्न शेष है या जो सहायता सामग्री हथियाने में माहिर हो गए हैं।

सरकारी सहायता से ज्यादा भरोसा गाँववालों को राहत समिति से मिलनेवाली सहायता का है। 'मारवाड़ी समाज', 'साहू-समाज' जैसे जातीय संगठनों ने कई राष्ट्रीय-अन्तर्राष्ट्रीय विस्तार वाले क्लबों के साथ मिलकर अकाल प्रभावित गाँवों में सहायता कार्यक्रम चलाने के लिए राहत समिति का गठन किया है। दूर-दराज के शहरों से सहयोगी संस्थाएँ सहायता भेज रही हैं। इस समिति द्वारा नियुक्त को-ऑर्डिनेटर या सिकरेटरी ही वास्तविक वितरण व्यवस्था के लिए जिम्मेदार होता है।

इसलिए गाँव के लोग उसे ही अन्नदाता का अवतार मानकर पूज रहे हैं। राहत समिति की सहायता नियमित होने के साथ-साथ सरकारी सहायता अनियमित होती जा रही है। गाँव में बँटने के बजाय यह सहायता अब ब्लॉक पर बँटने लगी है। बँटने का दिन भी तय नहीं। जब तक पता लगाकर छह किलोमीटर चलकर पहुँचिए, पता चलता है, दफ्तर बन्द। गल्ला खत्म। ऐसे में सारा गाँव सिकरेटरी के जिलाए ही जी रहा है।

और उसी सिकरेटरी ने आज सुरजी के साथ...

उसकी तन्द्रा टूटती है जब पड़ोस की लड़की अनारा सड़क की ओर जाते हुए पुकारकर बताती है कि दूध बाँटनेवाली गाड़ी आई है।

वह भी पतीली लेकर उधर बढ़ जाती है।

सामने से दूध लेकर लौटती करमा बुआ बड़बड़ाती आ रही है--तनी देखो लोगो! एतना 'डंड' पाकर भी आँख नहीं खुलती किसी की। गाढ़ा-गाढ़ा दूध जो मनई के पीने लायक था उसे तो सरपंच ने खड़े होकर बड़के टोला के लोगों में बँटवा दिया—उनकी अलग 'लेन' लगवाकर, और हम लोगों की बारी आई तो एक-एक ड्रम में चार-चार बाल्टी पानी मिलवा दिया। तनी देखो! ई पीने लायक रह गया है?

देखने की फुरसत कहाँ है सुरजी को। वह तेजी से लपकती है।

रास्ते में बैठा मरियल झबरा कुत्ता दौड़कर आगे-आगे चलने लगा सुरजी के। पतीली देखकर साथ हो लिया है। अब कुत्ते भी राहत शिविर के सामने लाइन लगाना सीख रहे हैं। कमजोरी के चलते अब वे 'दुलकी' छोड़कर ऊँटकी चाल पकड़ रहे हैं। आधे तो मर गए। जो हैं वे भी भूँकना भूल रहे हैं। किसको भूकें और क्यों? पहले मुर्दा जानवरों को खाते गिद्धों को ये खदेड़-खदेड़कर भगाते थे। अब गिद्ध उन्हें खदेड़ने लगे हैं। डर लगता किसी दिन ऐसा भी दृश्य देखने को न मिले कि दस-पाँच गिद्ध मिलकर राह चलते किसी आदमी को घेर लें और...

ऊपर तपता सूरज और नीचे पथरीला मैदान। दोनों के मध्य लोटा और पतीला लिये पंक्तिबद्ध बूढ़े, बच्चे, औरतें पाउडर-मिल्क का पनियल घोल लेने के लिए खड़े पिघल रहे हैं।

ब्लॉक के ड्राइवर चपरासियों के लिए कैसा अकाल! उनका मन चौबीस घंटे, बारहों मास जवान रहता है। भरी भीड़ में भी बेलज्ज होकर मजाक करने से बाज नहीं आते। बोली बोलते हैं, ''दुधारुओं को दूध लेने का 'अडर' नहीं है।''

''ऐ डरेवर! खड़े तो हैं लाइन में, फिर काहे इधर-उधर से घिस्सा-घिस्सी।'' एक लड़की असहाय आँखें तरेरती है। लगता है अब किसी ने थोड़ा भी चिढ़ाया तो रोने लगेगी।

आज ही राहत बँटने की भी बारी है इस गाँव की। यहाँ से छूटकर राहत शिविर के सामने लाइन लगानी होगी।

घंटे-भर की किचकिच के बाद मिला दूधिया घोल बुढ़िया को पिलाकर सुरजी खुद पीती है और खटिया पर पड़ जाती है। धूप के मारे खोपड़ी टनकने लगी है।

सुरजी की हिम्मत नहीं पड़ रही है राहत लेने जाने की।

सिकरेटरी की जलती आँखें और लार टपकाती खीस।

सिकरेटरी के मन में इतना पाप पल रहा है इसकी जानकारी उसे आज सवेरे तक नहीं थी। आज से नहीं, जब से सुरजी ने गोबर काढ़ने का काम पकड़ा वह मुँह-अँधेरे ही मालिक टोले की ओर निकल जाती है। जानवर अब बचे ही कितने हैं। पहले तो दोपहर हो जाता था। जाने कैसा संजोग आन पड़ा आज कि इधर से वह निकली और उधर से सिकरेटरी बाबू हाथ में लोटा लिये 'डोलडाल' जाने के लिए निकल आए। बीच रास्ते में आमने-सामने नीम-अँधेरे में भी काया देखकर पहचान गई सुरजी और 'परनाम' करके रास्ता छोड़ दिया।

लेकिन आगे बढ़ने के बजाय हँसते हुए रुक गए सिकरेटरी बाबू। फिर बोले, ''जरा अपनी दाहिनी हथेली तो दिखाना सुरजा।''

बाप रे! नाम कैसे याद है इनको? लाज और संकोच से सिकुड़ गई वह। इतने बड़े आदमी। सुबह-सुबह मसखरी पर उतर आए।

बड़े जोर से हँसे सिकरेटरी बाबू, ''घबड़ा गई न। अरे, मैं ज्योतिष-शास्त्र का पंडित भी हूँ। फलित ज्योतिष। उस दिन राहत का गेहूँ लेते समय रजिस्टर पर अँगूठा निशान लगा रही थी तो एक झलक मिली थी तेरी हथेली की। तब से बेचैन हूँ तेरी हथेली हाथ में लेकर 'गणना' करने के लिए। दे आगे कर।''

सुरजी ने संकोच के साथ दाहिना हाथ आगे बढ़ा दिया। सिकरेटरी बाबू कुछ देर तक टॉर्च की मरी रोशनी में हथेली को आड़े-तिरछे करके देखते रहे ऐन झुककर। फिर उसके चेहरे पर रोशनी डालते हुए बोले, ''तुम्हारे तो 'राज-योग' है सरजा! राज-योग जानती हो? रानी-महारानी बनकर राज करने का योग। मैं सोच रहा हूँ कि कैसे हो सकता है यह इस सूखा अकाल में?''

हथेली पर पकड़ ढीली नहीं होने दे रहे हैं सिकरेटरी बाबू। सुरजी का हथेली छुड़ाने का प्रयास बेकार कर दे रहे हैं।

''एक उपाय है। हमारी राहत समिति में शामिल हो जाओ। हमारे पास 'लेडी वर्कर' की बहुत कमी है। एक पूरे गाँव का चार्ज दे देता हूँ। सचमुच राज करो।''

सुरजी ने हथेली छुड़ाई तो सिकरेटरी बाबू का हाथ उसका सिर सहलाने लगा—लोगों का दुख-दर्द समझो और दूर करो।

सिकरेटरी बाबू की गरम-गरम साँसें सुरजी के चेहरे पर पड़ने लगीं। सिर सहलाता हाथ उतरकर पीठ पर आया, फिर बाँह पर आ गया। सुरजी को लगा आवाज के साथ-साथ सिकरेटरी बाबू की देह भी काँप रही है। देह में आया 'भूडोल'। ''सेवा का व्रत धारन कर लो। रानी बन जाओगी। लेकिन 'फलित

ज्योतिष' का 'फल-विचार' सुनानेवाले को 'फल-दान' की ही व्यवस्था दी गई है शास्त्र में।''

इस व्यवस्था वर्णन के साथ सिकरेटरी बाबू का हाथ बाँह से आगे की यात्रा पर चला तो चिहुँककर सुरजी ने जोर का झटका दिया। डोलडाल का लोटा लुढ़कता खनखनाता जाकर खाई में गिरा।

तेजी से दूर जाती सुरजी को ताकते हुए सिकरेटरी बाबू ने कातर स्वर में 'अरदास' लगाई, ''दूसरे का दुख-दर्द दूर करने से बढ़कर कोई पुन्न नहीं है सूरजकली। मेरी बात पर फिर-फिर गौर करना।''

सोच-सोचकर गला सूख जाता है सुरजी का। वह उठकर फिर एक लोटा पानी पीती है।

सचेत होती है, जब पानी के टैंकर का हॉर्न सुनाई पड़ता है।

सिकरेटरी बाबू कल से ही बेचैन हैं।

तम्बू के अन्दर चौकी पर औंधे-मुँह पड़े हैं। हमेशा खीं-खीं करते रहनेवाले सेवादार रामफल की खीस बन्द है। सुबह से सिकरेटरी बाबू की देह मीजते-मीजते हलकान है।

सियरापार की राहत सामग्री लेने के लिए आए गाड़ीवान रात से ही परेशान हैं। कल शाम ही राहत का गल्ला बैलगाड़ियों पर लद जाना था। अब तक गाँव पहुँच गया होता। सेवापुरी की राहत तो कल ही बँट जानी थी। राहत सामग्री कल भेजी भी जा चुकी है। लेकिन सिकरेटरी साहब के न पहुँचने के कारण वहाँ भी बँटाई नहीं हो सकी। सेवापुरी के लोग रात से ही आकर कैम्प को घेरे खड़े हैं। सिकरेटरी बाबू के कार्यक्षेत्र में आनेवाले गाँवों में से यही गाँव पक्की सड़क से जुड़ा है। इसलिए ट्रकों से आनेवाली सारी राहत यहीं 'अनलोड' होती है। यहाँ से आगे की ढुलाई बैलगाड़ी से।

गुर्राते ट्रकों, मौन खड़ी बैलगाड़ियों, आम-महुए के ठूँठों के नीचे पसरे पगुराते दुपहरिया काटते मरियल बैलों, और पकाते-खाते ड्राइवरों-गाड़ीवानों से कैम्प हमेशा गुलजार रहता है।

नीचे दूर-दराज के गाँवों को जाती बैलगाड़ी की टेढ़ी-मेढ़ी लीक और ऊपर हाईटेंसन विद्युतधारा परिवहन करते तारों की समान्तर रेखाएँ। लम्बे-लम्बे डैने फैलाए पंक्तिबद्ध खड़े विशालकाय खम्भे। शक्ति के अतिरेक से अनवरत झंकारते-फुफकारते। यही विद्युतधारा दूर-दराज के शहरों को रोशनी से जगमगा रही होगी। करोड़ों गैलन पानी से मीलों लम्बे पार्कों और विहारों को तर करते रंगीन फव्वारे छूट रहे होंगे लेकिन यहाँ गाँवों के लिए इस शक्ति का कोई अर्थ नहीं है।

सिकरेटरी बाबू काँखते हुए करवट बदलते हैं।

भंडारी शरबत का लोटा लेकर हाजिर होता है।

शरबत देकर बाहर आते ही भीड़ उसे घेर लेती है।

"क्या हुआ सिकरेटरी बाबू को? सोते हैं जागते? केतना बोखार है?"

"अपना बकलेली तो बोखार झाड़ता है।"

"क्या एक दम्मै नहीं निकलेंगे? पूरे दिन?"

भंडारी बताता है, "मूढ़, एकदम 'हाफ' है। कल 'डोलडाल' जाते समय गंगाजी हाथ से गिर गई थी। तब से सोच है। गंगाजी का 'पतन' बहुत खराब लच्छन।"

"सो तो है! दो गाँवों का उपवास उसी पतन के ही चलते न।"

"भंडारीजी, तनी आप समुझाइए न।"

बकलेली अपने भतीजे राजबरन को कोने में ले जाकर उसके कान में कुछ फुसफुसाता है। राजबरन सिर हिलाता है।

सहसा बकलेली राजबरन के बाल पकड़कर उसे घसीटते हुए तम्बू के गेट तक लाता है और चिल्ला-चिल्लाकर गरियाने-मारने लगता है।

राजबरन गला फाड़कर चीख रहा है।

"क्या हुआ? क्या हुआ?"

"सब गड़बड़ इसी ससुरे के चलते होइ रहा है।" बकलेली दहाड़ता है, "इस ससुरे ने कल झाड़ा फिरकर पानी नहीं छुआ। ढेला लगाकर काँछ बाँध लिया। इसी कुलच्छनी के कारण गंगाजी का 'पत्तन' हुआ है। मैंने 'विचार' लिया।"

बकलेली 'राजबरना' के सीने पर चढ़ बैठा है। उसके मुँह से फेन झरने लगा है। राजबरना धू-धू करते हुए हाथ-पैर फेंक रहा है। लोग बकलेली को खींचकर अलग करने की कोशिश कर रहे हैं।

मरियल कुत्ते भूँकने लगे हैं। पगुराते बैल चौंककर खड़े हो गए हैं। भड़ककर पूँछें उठा ली हैं। 'कौआरोर' सुनकर सिकरेटरी बाबू बाहर निकल आए हैं, कहीं लूटपाट तो नहीं शुरू हो गई।

"क्या है? क्या..." वे धोती की लाँग बाँधते हुए पूछते हैं।

बकलेली दौड़कर सिकरेटरी बाबू के पैर छान लेता है, "दोहाई अन्नदाता! इस लौंडे का कसूर माफ करो महाराज! इसी हरामी के चलते भवा गंगाजी का पत्तन।"

'गंगाजी का पत्तन।' सिकरेटरी बाबू को हैरानी होती है। 'पबलिक में कैसे गई यह बात? और कौन-कौन सी बात गई?'

"बच्चे भूख से मर जाएँगे सरकार!"

"कोई नहीं मरने पाएगा। हम अभी करते हैं इन्तजाम। अब तो पैर छोड़।"

बोरों की तौलाई शुरू। पबलिक खुश हो गई है।

बकलेली को घेरकर सारे गाड़ीवान उसकी अकल की दाद दे रहे हैं।

सिकरेटरी बाबू दिन भर काम-काज में अपने को व्यस्त रखने की कोशिश करते हैं लेकिन रात होते-होते फिर चित्त अशान्त होने लगता है। स्नान करके माथे और छाती पर चन्दन का लेप लगवाते हैं। सफेद सूती तहमद बाँधते हैं। और पानी छिड़कवाकर बिस्तर बाहर खुले में लगवाते हैं। फिर सेवादार रामफल को आवाज देते हैं, ''मालिश।''

भंडारी आकर बताता है, ''उसका बाप लबेजान है। घर चला गया।'' आखिर में भंडारी का हेल्पर छोटा भंडारी—नरबहादुर—बुलाया जाता है।

नरबहादुर सेवादार रामफल के भागने से परेशान हो चुका है। पैर दबाते हुए वह शिकायत करता है, ''कितनी बार किसी का बाप मरता है, इसका हिसाब होना चाहिए। साल भर में दो बार मर चुका सेवादार का बाप। अभी कोई चाहे तो लखपतिया की झोंपड़ी में घुसकर रँगे हाथ पकड़ सकता है उसे। साथ में कैम्प का दस-बीस किलो राशन भी निकल आएगा।''

छोटे भंडारी का चार्ज लेने के साथ ही नरबहादुर के हाव-भाव बदल गए हैं। अब वह बैरा तो है नहीं।

लेकिन इतनी जरूरी सूचना पर भी ध्यान देने को तैयार नहीं हैं सिकरेटरी बाबू। पता नहीं कहाँ खोए हैं। नरबहादुर का उत्साह घट जाता है।

अचानक वे पैर झटककर चिल्लाते हैं—''साला! जान नहीं है तेरे हाथ में रे! हरामी का पिल्ला। मिचिर-मिचिर ताकता क्या है? चल भाग।''

शेरे पंजाब होटल की बैरागीरी से नया-नया परमोशन पाया भंडारी नरबहादुर नेपाली अचकचा जाता है—इस गुस्से का मतलब?

शेरे पंजाब होटल का मालिक भी हाथ-पैर मिजवाते-मिजवाते आधी रात के सन्नाटे में अचानक इसी तरह 'गरमाता' था। इसको भी वही रोग है क्या? आँखें फैल रही हैं। लगता है, अभी देह गिनगिनाना शुरू करेगी।

ऐसे में वह हमेशा होटल मालिक की पकड़ से निकल भागने का दाँव खोजने लगता था। अब परमोशन के बाद भी।

वह इज्जत के साथ वहाँ से हट जाता है।

सिकरेटरी बाबू आँख बन्द किए पड़े हैं। राहत लेने भी नहीं आई ससुरी।

सुरजी को सोच है।

राशन लेने गई नहीं, अब बूढ़ी को खिलाए क्या?

गोबर कढ़ाई वाले किसी घर से कुछ नहीं मिला। किसी ने कल पर टाल दिया, किसी ने आठ दिन बाद पर।

काफी बिसूरने के बाद वह करमा बुआ के घर जाने की हिम्मत करती है।

करमा बुआ अकेली है। दामाद परदेश चला गया है। दस-बारह साल का नाती घर से पिछले साल भाग गया। इलाहाबाद में सिलाई सीखता है। बेटी पक्की सड़क पर दिहाड़ी करने निकल गई है। लेकिन बुआ अभी भी रो-गाकर बेटी और नाती के हिस्से का राशन लेती जा रही है। एकाध बोरा राशन जरूर इकट्ठा हो गया होगा। झोंपड़ी के अन्दर किसी को घुसने नहीं देती। नैका भुजइन की भरसार में चार-पाँच लड़कियाँ-औरतें जुटी हैं।

सुरजी को देखकर एक आवाज देती है, "का हो भउजी! बहुत 'लैट' मार रही हो। हमरे साथ ब्लाक चलौ सुई लगावे सिखाय देई।" सुरजी मुड़कर मुस्करा देती है।

गाँव की जिन औरतों-लड़कियों ने ब्लॉक के अफसरों, डॉक्टरों, कर्मचारियों या शहर के सेठों के घर चौका-बासन, झाड़ू-पोंछा करने का काम पकड़ लिया है, उनकी चाल-ढाल, बोली-बानी में गजब की ढिठाई और 'बेपर्दगी' देख रही है सुरजी। हफ्ते-दस दिन पर गाँव लौटती हैं तो लगता है 'बम्बई' कमाकर लौटी हैं।

उस दिन पानी के टैंकर का ड्राइवर कह रहा था—जनम के रँडुवे भी फेमिली वाले बन गए इस सूखे में।

बी.डी.ओ. का चपरासी कूट करता है—बित्ता भर के क्वाटर में केतना फेमिली राखल जाव, ए भाई!

नाक में दम है, देह में दम ही नहीं।

ई का हो रहा है—सुरजी सोचती है। बाढ़ में नहीं सूखे में 'बहने' लगा है गाँव।

वह बिना रुके आगे बढ़ जाती है।

सेर भर चावल की माँग सुनकर बुआ ऐसे चौंकती हैं जैसे सुरजी उनका झोंपड़ा लूटने आई हो।

"तू काहे नहीं गई कल राहत उठाने?"

"कहा न बुआ! पेट में दरद..."

"बहुत-बहुत मेर का दरद देखा है बुढ़िया ने। ई कौन मेर का दरद था? किसका दरद? कब का दरद?"

सेर भर चावल देने के पहले घंटे भर तिखारती रही बुढ़िया।

समझौता कर लिया सुरजी ने।

समझौता करना पड़ा। कितने दिन न करती।

आधी मजदूरी पर समझौता। एक हफ्ते से वह भी पक्की सड़क पर काम के

लिए जा रही है। सवेरे छह बजे निकलती है तो रात आठ बजे लौटती है। करमा बुआ दोपहर में आकर बुढ़िया को दाना-पानी दे जाती है।

अँधरी रात। तपन और मच्छर।

चारों तरफ पसरा मरघट का सन्नाटा।

दिन भर की थकान। सोचते-बिसूरते सुरजी को नींद लग जाती है। लेकिन सिकरेटरी बाबू की आँखों में नींद नहीं।

सेवादार रामफल आज भी गायब है।

सिकरेटरी बाबू को उसकी तकदीर से डाह होता है। सबके सो जाने के बाद वे टॉर्च लेकर उठते हैं। चारपाई के नीचे से लोटा उठाते हैं और चश्मा-चप्पल पहनकर चल पड़ते हैं।

टटिया की खरखराहट से सुरजी की आँख खुल जाती है। वह घबराकर पूछती है, "को है?"

"हम हैं सूरजकली जी! जरा आस्ते बोलो।"

वह हड़बड़ाकर खड़ी होती है। तब तक सिकरेटरी बाबू टटिया गिराकर अन्दर घुस आते हैं।

घुप्प अँधेरे में चमकती दो जोड़ी आँखें।

कोने में पड़ी बुढ़िया कराहती है।

चौंकते हैं सिकरेटरी बाबू। टॉर्च के मुँह पर हाथ रखकर रोशनी की पतली धार डालते हैं नीचे—ओ! अशक्त! मृतप्राय!

टॉर्च का गोला सुरजी के चेहरे पर पड़ता है, फिर अँधेरा।

वे अपनापा दिखाते हैं, "बूढ़ी की ऐसी हालत। और तूने खबर तक नहीं किया। राहत लेने भी नहीं आई। एकदम त्याग दिया। पागल कहीं की। जान देना है क्या?"

वे झिलँगा खटिया पर बैठने का प्रयास करते हुए मीठी झिड़की देते हैं, "बैठ।"

फिर अँधेरे में सुरजी को टटोलने का प्रयास करते हैं।

"काहे आपकी मती भरिस्ट भई है सिकरेटरी बाबू।" आवाज दूसरे कोने से आती है—"हम गरीबन का भी दुनिया मा इज्जत-आबरू के साथ परा रहे देव। हाथ जोड़ित हैं। चले जाव।"

"तेरी अकिल पर जहालत का जाला पड़ा है पागल। मैं यह जाला साफ कर देना चाहता हूँ। 'पारसमणी' है तू। जिसे छूकर लोहा भी सोना बन जाता है। अपने 'गुन' से वाकिफ नहीं है। मैं तेरा उद्धार करूँगा।"

"उद्धार जाकर अपनी माई-बहिन का कर दाढ़ीजार। उन्हीं को पढ़ा अपना यह 'परेमसागर'।"

अरे? गरम हो गई यह तो। लेकिन सिकरेटरी बाबू को गरम नहीं होना है आज। ठंडई से जितना काम निकल जाए।

''तुम्हारी झोंपड़ी राशन-पानी से भर देंगे सूरजकली। हम अभी तक 'गरभ-कुँआरे' हैं। तुम्हें गऊदान का पुन्न मिलेगा। तुम चाहो तो हम उमर भर के लिए हाथ पकड़ने को तैयार हैं।''

सिकरेटरी की काली छाया आगे बढ़ती देख गुर्राती है सुरजी, ''ख-आन... खबरदार जो आगे बढ़ा।'' वह दूसरे कोने की ओर पिछड़ती जा रही है, ''मुँह झौंसि देब दहिजार के पूत।''

बुढ़िया गों-गों करने लगी है।

सिकरेटरी बाबू तनिक झिझकते हैं। लेकिन खाली हाथ लौटकर जाने के लिए तो आए नहीं हैं। टॉर्च फेंककर लिपटने का प्रयास करते हैं।

हाथा-पाई। छीना-झपटी शुरू।

देर तक।

लेकिन कहाँ चौबीस-पच्चीस की सुरजी, कहाँ पचास-पचपन के सिकरेटरी बाबू। चार ही लतेरे में उनका भाँग का नशा गायब हो जाता है। लात का पक्का धक्का पिछवाड़े लगता है तो औंधे मुँह जाकर बाँस के चौखट से टकराते हैं। आगे के दोनों दाँत—घोड़ा-दन्त निकल भागे। बाप रे! उठकर खून थूकने तक की ताब नहीं। पड़े-पड़े भैंसे की तरह हाँफ रहे हैं।

फिर गुर्राती है सुरजी, ''भलमानसी चाहौ तो अब चुप्पै भाग जाव। नाही त अबही गोहार लगाय देब त तोहर भद्दरा (भद्रता) उतरि जाए।''

मुँह का खून थूकते और माथे का खून धोती के छोर से पोंछते बाहर निकल गए हैं सिकरेटरी बाबू! पस्त! परास्त!

कितनी सारी निशानियाँ छोड़े जा रहे हैं पीछे—टॉर्च, चश्मा, चप्पल, लोटा। और आगे के दोनों दाँत।

टटिया लगाकर सुरजी झिलँगा खटिया पर गिरती है और फूट-फूटकर रोने लगती है।

इस गोरी चमड़ी और दप-दप जलती रूप-राशि का क्या करे वह? दुर्दिन की मार भी जिसका तेज मन्द नहीं कर पा रही है।

उसे अपने परदेशी पति की याद आ रही है।

पाँच-छह साल पहले, जब वह इस घर में नई-नई ब्याहकर आई थी, उसका पति ट्रक पर कलिंजरी करता था। 'डरेवरी' सीख रहा था। रूप की डोर में बँधे उसके पति को तब डरेवर उस्ताद की लात की मार का डर भी नहीं रोक पाता था। हर हफ्ते किसी न किसी बहाने भागकर घर आ जाता। आखिर इसी रूप के चलते उसकी कलिंजरी छूट गई। लगा रहता तो पक्का डरेवर बनकर निकल आया होता अब तक। इसके लिए वह खुद को गुनहगार मानती है। एक-दो बार भी अगर झिड़क दिया होता कसकर...

लेकिन झिड़कती कैसे ? वह क्या सोचता ? सचमुच ही तो वह अपनी 'पारसमणी' समझता था उसे। डरता रहता कि कोई चुरा न ले जाए। अगली बार लौटे तो झोंपड़ी में 'मणी' का उजाला न मिले। जाते हुए सावधान करता जाता—अकेले बाहर नहीं निकलना। जंगल-सिवार नहीं जाना। अकेले कमाकर खिलाऊँगा उमर भर।

जाते हुए अकसर कहता—

खुदा गारत करे गाड़ी बनानेवाले को।
घर से बेघर कर दिया गाड़ी चलानेवाले को।

उसका बस चलता तो अपना घर और घरवाली 'टरक' पर साथ-साथ लेकर चलता। एक बार आया तो साथ में स्टील की थाली ले आया। थाली में बने दो छेदों से लोहे की पतली जंजीर लटक रही थी। जयमाल की तरह थाली उसके गले में डाली और खींचकर गले से लगा लिया था।

"यह कौन सा गहना है—लोहे की थाली वाला ?"

"गहना नहीं पगलू!" दोनों गालों को अपनी खुरदरी मोबिल-ऑयल और कालिख से काली हथेलियों में लेकर उसने कहा था, "यह डिठौना है। 'मरसरी' में इसी तरह का डिठौना लगाते हैं। देख न क्या लिखा है इस पर—बुरी नजर वाले तेरा मुँह काला। हा-हा-हा! तू ही तो है मेरी मरसरी! बाहर निकलते समय इसे गले में पहनना नहीं भूलना।"

सुरजी की आँखों से बहते आँसू उसके गाल पर लुढ़कते रहे—आखिर डरेवर उस्ताद ने ढकेल ही दिया उसे टरक से नीचे—अपनी घरवाली, 'मरसरी' ही जाकर सँभाल ससुर। टाटा की 'मरसरी' तेरे नसीब में नहीं।

पता नहीं कहाँ किस हाल में है उसका जोड़ीदार। उसका दिया हुआ 'डिठौना' भात खाने के काम आ रहा है। लेकिन जंजीर वाले छेद के चलते दाल का पानी बहकर बाहर चला जाता है। अपना डिठौना साथ न रहने के चलते कितनी-कितनी राह चलती नजरें मैली कर रही हैं उसकी मरसरी को, कौन जाकर उसको बताए ?

सिकरेटरी बाबू दबे पाँव आकर अपनी चौकी पर लेट जाते हैं। यह पेट्रोमेक्स रात भर जलता हुआ छोड़ने की क्या जरूरत थी ?

तब तक सेवादार रामफल नमूदार होता है। कहाँ से चला आ रहा है झूमता-झामता ?

रामफल आकर सीधे सिकरेटरी बाबू के पैरों पर झुकता है, "आज सेवा नहीं कर सका सिरी-चरनों की।"

बदबू का भभका। आँखें लाल।

"अबे हट! पीकर आया है क्या ?"

शरीर पस्त! भीगा हुआ। पसीना कि पानी ? चावल का माड़ है यह तो। माड़ से लथपथ कुरता-धोती। किसने फेंका जूठा ? हुजूर माथे पर यह चोट! इतना खून!

धोती भी तर है! कैसे हुआ? सेवादार घबड़ा गया है।

"चुप-चुप! सोजा जाकर।" सिकरेटरी बाबू डाँटते हुए मुँह पर हाथ रख लेते हैं। लेकिन हल्ला सुनकर चौकीदार भी दौड़ा आता है। थोड़ी दूर पर सोए तीन-चार गाड़ीवान भी।

बाप रे! देह भर में खरोंच! खुनियाई देह।

सिकरेटरी बाबू पेट्रोमेक्स गुल करवाते हैं, सबको डाँटकर भगाते हैं और सिर से पैर तक चादर ओढ़कर लेट जाते हैं।

नींद इतने पर भी नहीं आती। मन अँधेरे में भटकते-भटकते दूर तक निकल जाता है। तिरिया-फाँस! नाग-फाँस!...तिरिया ने उनको ठगा है बार-बार। तिरिया के चलते हाथ-पाँव टूटे हैं कई बार! सिरमुंडन हुआ है तिरिया के चलते। फिर भी तिरिया मोहिनी मूरत साँवली सूरत नैना। सिकरेटरी बाबू के मन पर चोट लगी है।

तन की चोट तो दवा-दारू से ठीक हो जाएगी लेकिन...

मन की इस गिरानी दशा में उन्हें वेदानन्द गुरुजी की याद आ रही है। तिरिया-फाँस के चलते एक साल का अज्ञातवास सिकरेटरी बाबू ने स्वामी वेदानन्द जी महाराज का करताल बजाते हुए ही काटा है। लड़की के बाप ने गुंडे लगा दिए थे पीछे—छोकरे का सिर चाहिए। भय से काँपते हुए एक दिन और एक रात भागकर प्रयाग पहुँचे थे सिकरेटरी बाबू। दो दिन से पेट में अन्न का एक दाना नहीं गया था। गुरुजी के आश्रम में कीर्तन चल रहा था। शामिल हो गए। फिर एक चेले के हाथ से करताल ले लिया और भाव-विभोर होकर नाचने लगे। कभी किसी कैलेंडर में चैतन्य महाप्रभु की भाव-विभोर मुद्रा देखी थी। ठीक वही छवि उतर आई मुख-मंडल पर। कीर्तन की समाप्ति पर उठकर गले से लगा लिया गुरुजी ने। हीरा-रूप! पटु शिष्य! फिर पट्ट शिष्य!

रोज प्रातः प्रवचन में शिष्यों को सचेत करती गुरुजी की अमरित वाणी बीसों साल बाद आज फिर कानों में प्रतिध्वनित हो रही है—

स्तनो मांस ग्रन्थी कनक कलशावित्युपमिती
मुखं श्लेषमागारं तदपि च शशाकेन तुलितम्

अरे मूर्खो! कवियों के झूठे बहकावे में मत पड़ो। जिन उरोजों को वे कनक-कलश कहते हैं, वे मात्र मांस-पिंड हैं। जिस मुख की उपमा चन्द्रमा से देते हैं...जिस जाँघ की उपमा...

कहाँ होंगे आज गुरुजी? लगता है एक बार फिर उन्हीं के श्री-चरणों में लौटना होगा।

बँटवारे के समय माँ-बाप, भाई-बहनों के साथ भागे सिकरेटरी बाबू तो इस पार पहुँचते-पहुँचते अकेले रह गए। कुछ दिन भटकने के बाद एक जैन परिवार में शरण मिल गई तो कई वर्षों तक मध्य प्रदेश के जंगलों में तेंदू पत्ता तुड़वाते-लदवाते

रहे। नई उमर थी। अनजान जगह! लेकिन फैमिली का अभाव इस जंगल में भी कभी नहीं खला उन्हें। विश्वास प्राप्त कर लेने के बाद तो आश्रयदाता जैन परिवार तक में फैमिली बनाने से बाज नहीं आए। फिर तो जो दिल दरियाव हुआ तो सिंगल फैमिली में बँधकर रहने लायक ही नहीं रह गया। कितने घाट-बाट पार करते यहाँ तक पहुँचे हैं सिकरेटरी बाबू। पिछले दस साल से गौरैया के भेजे का शोरबा पीते आ रहे हैं, एक हकीम साहब का नुस्खा। और लाल लँगोटा अभी तक बाँधते हैं। कहते हैं उनके पसीने में इतनी ताकत आ गई है कि मकरध्वज जैसा पुत्र पैदा हो जाए। कहाँ नहीं हैं उनके पसीने के मकरध्वज? मध्य प्रदेश के जंगल हों या स्वामी वेदानन्दजी के आश्रम का पड़ोसी मोहल्ला, आश्रयदाता सेठ की हवेली हो या सूखा पीड़ित क्षेत्र के गाँव। जहाँ थोड़ी भी छाँह मिली कि...मकरध्वज।

'पावर' को हमेशा दोनों हाथ से पकड़ा है और बरफी-जलेबी-क्रीम-पाउडर पर खुले हाथ से खर्च किया है। उमर रीत गई इस राह चलते, कभी ऐसी आन-बान वाली जनाना से पाला नहीं पड़ा। जितना रूप उतना ही नखरा। प्राण से प्यारी दाढ़ी का आधा बाल बीन लिया है साली ने। बिल्ली की तरह सारा शरीर नोच डाला है। ऐसी करारी शिकस्त...नहीं। अब और नहीं। फिर नहीं पड़ना इस 'फरफन्द' में। अँधेरे में दोनों कान पकड़ लेते हैं सिकरेटरी बाबू।

—दोहाई गुरु वेदानन्दजी महाराज।

स्तनो मांस ग्रन्थी...

भोर होते-होते हल्ला होता है।

गुनी पंडित की पतोहू फाँसी लटक गई है। भीतर घर की बड़ेर में उबहन डालकर गगरे का फन्दा गले में फँसा दिया। जीभ बाहर निकल आई है। होंठों पर मुँह के कोने से निकली खून की दो बूँदें। गर्दन कितनी लम्बी हो गई है। सारा गाँव टूट पड़ रहा है।

बूढ़ी सास रोते-रोते बताती है—दो साल से बेटा घर नहीं आया। लंका की लड़ाई लड़ने गया है। परसों पड़ोस का एक फौजी आया था। उसने बताया कि बेटे का कोई अता-पता नहीं। बस इसी बात पर इसने दाना-पानी छोड़ दिया था। और आज।

दादी की गोद में खड़ा तीन साल का नाती चीख रहा है—माई को उतारो दादी, माई को उतारो। लेखपाल जी नहीं दीखते। शायद थाने में खबर करने गए हैं।

गजब हैं गाँव की औरतें भी। गमी के मौके पर भी जबान बन्द नहीं रख सकतीं। सहानुभूति जताने के साथ-साथ भनभनाना शुरू।

किसको नहीं पता कि फाँसी लगाने की असली जड़ कौन है? यही लेखपाल

ही तो। दामाद बनकर रहता था। साल भर से गुनी बाबा के दालान में टिकता था रात में। राशन-पानी से घर भरे रहता था। बूढ़ा-बूढ़ी मौज कर रहे थे। तब नहीं समझ में आया। बेटे का 'मनीऑर्डर' सीधे पोस्ट ऑफिस में जमा हो रहा था। सब पता था बुढ़िया को। बूढ़े को पता नहीं लगने दिया। अब मुँह में लगा 'करिखा' बहाना करने से छूटेगा?

सरपंचजी की बेटी माला कहती है, "डाक्टरी होगी। लहास चीर-घर जाएगी। पेट चीरते ही सब कुछ आउट..."

तब तो जरूर लेखपलवा टिप्पस भिड़ाने गया होगा पुलिस में ताकि लहास चीर-घर न जाने पाए।

गुनी बाबा अपने मुँड़हे से बाहर नहीं निकल रहे हैं। चौकी पर बैठे-बैठे आँसू पोंछ रहे हैं। किसी को दोख नहीं देते गुनी बाबा। सब इस कलिकाल के अकाल का दोख है।

गुनी बाबा की तेरह साल की नातिन को दाँती लग गई है रोते-रोते। सिकरेटरी बाबू सुनते हैं तो चौकन्ने हो जाते हैं। उनकी राह का बहुत बड़ा काँटा था यह लेखपाल। कदम-कदम पर शिकस्त दे रहा था। आज मौका मिला है। 'मकड़जाल' में लपेट ही लेना है।

रात की सारी उदासी, निराशा, हताशा और वैराग्य गायब। गँवार औरत की बेवकूफाना हरकत से निराशा क्यों? सिकरेटरी बाबू की एक ही अपील पर अच्छे-भले पढ़े-लिखे खानदानी परिवारों की दर्जनों लड़कियाँ राहत कार्य में सहयोग करने के लिए स्वेच्छा से आगे आई हैं। हर गाँव में सर्वे का कार्य लड़कियाँ ही सँभाल रही हैं। राहत सामग्री की आवश्यकता, आवंटन, बीमारी, लोगों के पलायन आदि का सारा ब्योरा वही तैयार करती हैं। कभी राहत बँटनेवाले दिन की पूर्व सन्ध्या पर उन्हें सारी रिपोर्ट देती हैं। रिपोर्ट लेते-देते कभी रात के बारह-एक बज जाते हैं लेकिन मजाल है कि किसी ने कभी भूल से भी जबान खोलने की गुस्ताखी की हो। फिर इस जाहिल की क्या औकात...

आगे के इन दाँतों का टूटना ठीक नहीं हुआ। जीभ बार-बार वहीं पहुँच रही है। वे शीशा लेकर टूटे दाँतों का निरीक्षण करते हैं। सोने के दाँत 'मिढ़वाने' होंगे।

बाहर निकलते ही भीड़ से घिर जाते हैं। लेकिन अब किसी की सहानुभूति की जरूरत नहीं उन्हें।

"ऐ रमफलवा साले! आधी रात को पी-पाकर लौटा और अभी तक टाँगें फैलाए पड़ा है। उठ हरामजादा। झाड़ू क्या तेरा बाप लगाएगा रे?"

"ऐं! कौन गाड़ीवान है रे! ऐन गेट के सामने बैल बाँध रखा है?"

"चौकीदार कहाँ गया रे? तेरी बहन को पलीता लगाऊँ साले। गोदाम में दो-दो बकरियाँ घुसी हैं। तू साला वहाँ गाँजे की चिलम साध रहा है।" डाँट-डपट,

गाली-गलौज करके मन का बोझ एकबारगी उतारकर फेंक देते हैं सिकरेटरी बाबू। फिर छोटे भंडारी को हुकुम देते हैं, ''रंगी बाबू को बुलाया जाए।''

छोटा भंडारी लौटकर बताता है, ''रंगी बाबू शहर चले गए।''

सिकरेटरी बाबू जल्दी-जल्दी नित्यकर्म से निपटते हैं। रंगी बाबू के न होने के कारण उन्हें खुद ही थाने जाना पड़ेगा।

गुनी बाबा की पतोहू की लहास पोस्ट-मार्टम के लिए भिजवाकर ही लौटे हैं सिकरेटरी बाबू। उनकी कोशिश तो थी लेखपाल के ऊपर हत्या का मुकदमा दर्ज हो। ऐसे दुराचारी-भ्रष्टाचारी को सरकार ने नौकरी कैसे दे दी। लेकिन दरोगा जी को उनके इस तर्क में कोई दम नहीं नजर आया—दुराचारी-भ्रष्टाचारी नहीं तो क्या सदाचारी-ब्रह्मचारी कर सकेंगे सरकारी नौकरी? सरकारी नौकरी करना कोई खिलवाड़ है?

तम्बू के अन्दर औंधे पड़े गरम-गरम हल्दी-तेल की मालिश कराते सिकरेटरी बाबू के चेहरे का तेज प्रतिपल बढ़ रहा है। हार मानना तो उन्होंने सीखा ही नहीं आज तक।

टकराकर गिरने से माथा फूट गया, दाँत टूट गया यह बात तो समझ में आती है लेकिन हाथ-पाँव खरोंच उठा, पीठ-पेट लहूलुहान हो गया, यह किसी तरह किसी की समझ में नहीं आ रहा है।

सिकरेटरी बाबू ने सेवादार को फिर हुकुम दिया, ''रंगी बाबू को बुलाया जाए।''

शहर से लौटते ही रंगी बाबू को सूचित करती हैं उनकी सिरीमती जी, ''सिकरेटरी बाबू व्याकुल हैं। आठ बार आदमी आ चुका।''

पानी न दाना। आते ही सिकरेटरी। कोई और समय होता तो रंगी बाबू काट खाते रंगी बहू को। लेकिन आज नहीं। आज तो 'रसराज मिष्ठान भंडार' का 'सोहन-हलवा' और 'रस-मलाई' खींचकर लौटे हैं—भरपेट! चाहकर भी मन पर गुस्से की लकीर नहीं खिंच रही है।

मउनी में मिठाई के टुकड़े और लोटे में पानी लेकर हाजिर होती हैं रंगी बहू तो एक बार फिर पूछ लेती हैं, ''क्या बात है, सिकरेटरी...''

''सिकरेटरी ससुर अपने बाप का सार है। और क्या बात है!'' रंगी बाबू को गुस्सा आ जाता है। इतना अविश्वास! पिछले एक साल से सिकरेटरी का गेहूँ-चावल थोक में ब्लैक कर रहे हैं रंगी बाबू। कभी शिकायत का मौका नहीं दिया। तब भी...आठ बार आदमी! बनिया की औलाद! लेकिन इसको यह कैसे पता चला कि आज मैं पेमेंट लेकर लौटा रहा हूँ?

अब इस समय रंगी बहू उन्हें गुनी महाराज की पतोहू का 'मरन' क्या बता पाएँगी!

रंगी बाबू लालटेन चारपाई के पास लाते हैं और जेब से डायरी निकालकर पहले से तैयार हिसाब फिर से 'दुरुस्त' करते हैं...बहुत ईमानदारी दिखाने में भी कोई फायदा नहीं। बेईमानी के सौदे में बेईमानी करना कोई बेईमानी नहीं।

डायरी जेब में डालकर वे झोले से रुपए निकालकर गिनते हैं, जेब में सँभालकर रखते हैं। फिर झोला पत्नी को देकर टॉर्च जलाते-बुझाते गढ़ी की ढलान उतरने लगते हैं।

रंगी बाबू की गढ़ी गाँव में सबसे अलग और सबसे ऊँचाई पर बनी है। बड़े-बड़े पत्थरों से बनी सौ-सवा सौ साल पुरानी इमारत! बीघे भर में फैली हुई है। किसी जमाने में इलाके के आतंक की पर्याय थी यह गढ़ी। रंगी बाबू के पुरखे नामी लड़ाके। छोटे-मोटे राजे-रजवाड़े तक अपनी लड़ाई लड़ने और दूसरों को लुटवाने के लिए बुलाते थे। गढ़ी के अन्दर से ही भागने के लिए गुप्त रास्ता पीछे की पहाड़ी में किसी जगह जाकर निकलता था। अँगरेजों के सिपाही पकड़ने आते तो उसी राह से गायब। पता नहीं कितना सच कितना झूठ। रौ में आने पर रंगी बाबू बताते हैं—आँगन के नीचे विशाल तलघर है। चुनार के किले वाला तलघर देखा है न। ठीक वैसा ही। उनकी दादी उन्हें बताती थीं—दक्षिण भारत से काशी-प्रयाग और विन्ध्याचल दर्शन के लिए आनेवाले मालदार यात्रियों की लाशों का मांस इसी तलघर में चारों कुत्ते साफ किया करते थे। सिर जाता पीछे की 'खन्ध' बने अन्धे कुएँ में और ठठरियाँ टाँग दी जातीं तलघर की खूटियों पर। साल-छह महीने में कभी एक साथ ले जाकर उन्हें गंगा-लाभ करा दिया। रात में तलघर में जाने पर दीया-बत्ती साथ ले जाने की जरूरत नहीं थी। ठठरियाँ अपने आप उजाला किए रहतीं।

बड़े प्रतापी पूर्वजों के वंशज हैं रंगी बाबू। बहादुरी के अलावा जिन्होंने और कुछ जाना ही नहीं। पर अब न वह रंग रहा न वह बहादुरी। जात-कुजात सब बराबरी में बैठने लगे हैं। सोना-पीतल एक भाव। तलवारों में इतनी जंग लग गई है कि म्यान से अलग करना मुश्किल है। दशहरे के दिन पूजा-सफाई करने तक के लिए निकालने का मन नहीं करता। तलघर में रखने के लिए भूसा तक नहीं 'जुरता' अब। वक्त-वक्त की बात। नहीं तो इस तरह होती 'सियार' के सामने 'सिंह' की हाजिरी!

खबर पाते ही अन्दर बुलवा लेते हैं सिकरेटरी बाबू, "आइए बैठिए!"

सामने की चौकी पर इतमीनान से पालथी मारकर बैठते हैं रंगी बाबू।

बहुत बर्दाश्त करने पर भी सिकरेटरी बाबू को कहीं कुछ खल जाता है।

दरअसल अपने से छोटी जाति के किसी आदमी को अपनी तरफ से पहल करके दुआ-सलाम करने का रिवाज रंगी बाबू के खानदान में कभी नहीं रहा। छोटी जाति के लोग खुद ही आगे बढ़कर 'राम जोहार' करते रहे हैं। रंगी बाबू भी जब तक निभ सके, इस परम्परा को निभाते रहना चाहते हैं। इसलिए वे भरसक छोटी जाति के किसी बड़े अफसर के सामने पड़ने से कतराते हैं। इसी 'पेंच' के चलते

सिकरेटरी बाबू का पूरा आदर–मान देने के बावजूद रंगी बाबू उनके सम्मान में हाथ नहीं उठा पाते। ठीक इसी मौके पर सिकरेटरी बाबू के 'दिल' में कहीं कुछ 'गड़' जाता है। दूसरा कोई होता तो सिकरेटरी बाबू उसे कैम्प के अहाते में न घुसने देते। लेकिन इस 'ऐब' के बावजूद सिकरेटरी बाबू उन्हें दुत्कार नहीं पाते तो इसका कारण है रंगी बाबू का लम्बा कुरता, लम्बी मूँछ और दो–नाली बन्दूक। जो हमेशा सिकरेटरी बाबू की सेवा में हाजिर रहती है।

इसलिए दोनों लोग बिना अभिवादन के ही मिल–बैठने का रिवाज कायम कर रहे हैं। दुआ–सलाम एकमुश्त चार–छह महीनों के लिए उस दिन, बल्कि उस रात कर लेते हैं जिस रात पहर रात गए बोतल और गिलास लेकर बैठते हैं। उस रात विदा होते समय हाथ मिलाते भी हैं, हाथ जोड़ते भी हैं और कभी–कभी गले लगकर घंटों रोते भी हैं। उस बाढ़ में सारी तिताई, सारा माख, गिले–शिकवे बह जाते हैं। दोनों की आत्मा 'निर्मल' हो जाती है। पवित्र!

"कब लौटे?"

"चला ही आ रहा हूँ।" रंगी बाबू डायरी निकालकर उसके पन्ने खोलते हुए बताते हैं, "मंडी चला गया था। दरअसल चौरी के सौदे में कोई जल्दी हिसाब–किताब करने के लिए..."

"छोड़िए हिसाब–किताब की बात सिंह जी!"

छोड़िए! क्या कहता है यह आदमी! फिर क्यों...सारे दिन इसे माटा काटते रहे?...और भंडारी बता रहा था, रात कहीं...

"हाँ ए दाँत कैसे...सुना कहीं गिर–गिरा गए थे?"

"गिरने–पड़ने को मारिए गोली, इधरहैं आइए मेरी बगल में।"

रंगी बाबू बगल में आ जाते हैं, "कोई खास बात? इतने सोच में क्यों पड़े हैं?"

"ऐसा है," सिकरेटरी बाबू धीमी आवाज में बताते हैं, "आपकी एक 'परजा' ने कमेटी में 'कम्प्लेन' भेज दिया है कि हम और आप मिलकर राहत का गल्ला ब्लैक करते हैं। एक किलो बाँटकर रजिस्टर में पाँच किलो दर्ज करते हैं।"

"मेरी परजा?"

"जी हाँ! और उसकी जाँच के लिए खुद संचालक जी आनेवाले हैं।"

"आज के जमाने में कौन किसकी परजा सिकरेटरी बाबू! फिर भी, उसका नाम तो बताइए!"

"आपके गाँव की सुरजी।" कहते हुए सिकरेटरी बाबू के चेहरे पर दर्द की काली छाया उमड़ आई है।

रंगी बाबू का मन करता है ठठाकर हँसें। सुरजी को तो अभी 'कम्प्लेन' और कमेटी का मतलब भी नहीं पता होगा। इसका मतलब कोई बेवकूफ बना रहा है सिकरेटरी को। लेकिन जब यह खुद इतना डरा हुआ है तो उनका इस मामले को

फूँककर उड़ाना ठीक नहीं। यह गोजर को साँप समझ रहा है तो मुझे उसे खतरनाक नाग कहना चाहिए।

वे चिन्तित रूप से कहते हैं, "उस ससुरी से ऐसी उम्मीद तो नहीं थी। जरूर किसी ने भड़काया होगा।"

"एकदम! वह जो लेखपाल है न। आजकल उसी के झंडे के नीचे है। राहत लेना बन्द कर दिया है। उसी के पास रहती है रात-दिन। उसी ने कराई है शिकायत।"

"तो उसे ही पहले देख लेते हैं।"

"नहीं, उसका इन्तजाम तो मैं कर आया आज। जेल न भी गया तो इस इलाके से बाहर तो चला ही जाएगा। लेकिन वह यह खुद भी दूध की धोई नहीं है।"

"नीच जाति है तो दूध की धोई होने का सवाल ही नहीं पैदा होता। ये तो पेट से छल-छन्द लेकर उपजती हैं। लेकिन मुझे बताएँ तो! करना क्या है?"

"पहला काम तो यह करना है कि उसे संचालक जी के सामने हाजिर करवाकर बयान दिलवाइए कि उसे मुझसे कोई शिकायत नहीं है।"

"ठीक! हुआ समझिए। जब जहाँ कहिएगा मुर्गी की तरह टाँग पकड़कर हाजिर कर दूँगा। जो चाहे बयान दिलवाइए और कुछ?"

"हाँ!" सिकरेटरी बाबू तौल-तौलकर कदम रखते हैं—"दूसरी बात भी है। दूसरी बात यह है कि वह मेरे चरित्र पर भी उँगली उठा रही है। जगह-जगह मेरी बेइज्जती कर रही है। और बेइज्जत होने का बदला बेइज्जत करके ही निकालने की मेरी आदत है। इसीलिए आपको बुलाया है।"

ओ! यह है असली बात। थोड़ी-बहुत भनक उनके कान में भी पहुँच रही है दो-चार दिन से। हो सकता है सुरजी के नाम से 'कम्प्लेन' भी इसने खुद ही भिजवाया हो। उसे घेरे में लेने के लिए।

"लेकिन सिकरेटरी बाबू, मैं उसे जानता हूँ। अगर वह बेइज्जत होने के लिए तैयार न हुई तो? वह खास मेरे गाँव की है। बाहर की बात और है। बात 'पबलिक' में गई तो?"

"तो? तो क्या मैंने आपको अपना मुँह देखने के लिए बुलाया है?" सिकरेटरी बाबू जान-बूझकर वक्त से पहले उखड़ जाते हैं।

रंगी बाबू को चोट लगती है। लेकिन वे बात बदल देना चाहते हैं। जेब से नोटों का बंडल निकालते हुए कहते हैं, "अब, जरा आज का हिसाब-किताब हो जाए। लीजिए..."

"हिसाब-किताब कौन भडुवा माँगता है रंगी बाबू। इज्जत से बढ़कर रुपया-पैसा नहीं होता। जिस गाँव में इज्जत चली जाए वहाँ कौन-सा मुँह लेकर रहेगा कोई? न सही इस गाँव में हम दूसरे गाँव में चलकर तम्बू गाड़ देंगे। आप जाइए। आराम करिए।"

कहने के साथ-साथ उठकर खड़े हो जाते हैं सिकरेटरी बाबू।

जीभ बार-बार टूटे दाँतों को टटोलने पहुँच जाती है।

वापस लौटते हुए रंगी बाबू बे-आवाज भद्दी-भद्दी गालियाँ दिए जा रहे हैं सिकरेटरी बाबू को। सहसा जूते उतारकर सिकरेटरी बाबू की अधगंजी खोपड़ी पर, पर-पर पीटने लगते हैं—बे-हरकत।

बारह-तेरह औरतों-लड़कियों से गाँव छूट रहा है आज। विधवा ब्राह्मणी सरजूपारी चाची की अगुआई में 'अयोध्या जी' जा रही हैं सब। सरजूपारी चाची महीनों से राजी कर रही थीं इन्हें।

सरजूपारी चाची विधवा होने के बाद लगातार तीर्थाटन कर रही हैं। साल-छह महीने में कभी महीने-पन्द्रह दिन के लिए गाँव आकर हाल-चाल ले लेती हैं। इस बार लौटी तो गाँववालों का दुख नहीं देखा गया। कहती हैं, "भगवान के दरबार में हाजिर होकर मत्था टेकने भर की देर है, कोई रोटी बिना नहीं मर सकता...जो ब्राह्मण के पेशाब से पैदा है उन्हें तो चिन्ता करने की कोई बात ही नहीं। साधु-सन्तों की पंगत में ही जीमने को मिलेगा। लेकिन जो 'सेवाधर्मी' जाति की हैं उन्हें अपने साथ एक-एक जवान टहलुई भी ले चलना होगा। घर में नहीं तो अड़ोस-पड़ोस से तैयार करो। सौ-सौ 'मुरती' का परसाद सुबह-शाम तैयार होता है रोज अखाड़े पर। बूढ़ी हड्डियों में इतना जाँगर कहाँ कि आधी रात तक रोज राँधना, परोसना, माँजना, धोना कर सकें। महन्त जी की सेवा से लौटूँ तो मेरे लिए भी एक हाथ-पाँव दबानेवाली चाहिए। और भी कोई ऊँच-नीच पड़ जाए तो परदेस है, झेलना पड़ेगा।"

"जिसको भगवान ने 'बुद्धी' दिया हो उसे खटने की भी जरूरत नहीं।" सरजूपारी चाची कहती हैं, "बिधवा, गुलाबो सहुआइन है लेकिन पक्की ब्राह्मणी बनी तिलक लगाए भगवा पहने चौकी पर बैठी 'रमैन' बाँचती है—चलकर देखना। महन्त जी के साथ मथुरा-बिनरावन, कासी-रमेसर कहाँ-कहाँ नहीं घूम आई है। 'बुद्धी' चाहिए।"

सुरजी को भी 'मुक्ती' का आसान रास्ता सुझाया था सरजूपारी चाची ने। खुद चलकर आई थीं। सुरजी की सास की 'मुक्ती' और सुरजी की सास से 'मुक्ती' दोनों साथ-साथ। सरजू जी में जल-समाधि दिलाकर, 'सरग' का द्वार चौपट खुला मिलता है इस रास्ते। खुद भगवान रामचन्द्र जी इसी रास्ते गए थे अपने धाम।

लेकिन सुरजी ने मना कर दिया। अन्धी बूढ़ी को जीते-जी पानी में ढकेलना। और फिर जवान लड़कियाँ ले चलने की शर्त क्यों? क्या सिर्फ सेवा-टहल के लिए।

बड़ी बखरी की मालकिन कह रही थीं, "अकिल हो तो अजोध्या जी वाला सुख घर बैठे भी मिल सकता है।"

टाटी खोलकर ढिबरी जलाते ही धक से रह जाती है सुरजी। अन्दर बुढ़िया कीचड़ में लिथड़ी पड़ी है।

करमी 'भतार काटी' कहाँ मर गई आज? आठ आने रोज के हिसाब से उससे वसूल लेती है और इस अन्धी को लगता है बिना दाना-पानी के मार डाला है आज। वह मूँड़ से गोड़ तक 'जर' जाती है।

दोपहर में प्यास लगी होगी बुढ़िया को। घिसटते हुए घड़े तक पहुँची होगी। मुँह लगाने की कोशिश में लुढ़का होगा घड़ा। मन में आया तुरन्त जाकर करमी का झोंटा पकड़कर झकझोरे।

घंटे भर वह बूढ़ी की देह और कपड़े पोंछती रही। बुढ़िया सिर्फ टुकुर-टुकुर ताक रही थी।

घड़ा लेकर वह करमा के घर की ओर लपकी गुस्से में पैर पटकती हुई।

लेकिन यह क्या? ढिबरी की काँपती लौ में झोंपड़ी के बीचोबीच बाल छितराए बैठी बुढ़िया जोर-जोर से रो रही है। सामने की दीवार पर उसकी लहीम-सहीम परछाईं लौ के साथ काँप रही है। चारों तरह फ्रॉक, खिलौने, धोती, ब्लाउज के कपड़े तथा लइया-बताशे बिखरे पड़े हैं।

"फूआ! का भवा फूआ?" वह पास जाकर बैठ जाती है।

बुढ़िया अँकवार में भर लेती है सुरजी को और जोर-जोर से फफकने लगती है।

"कुछ बताओ ना। ई कपड़ा-लत्ता-लाई-गद्दा कहाँ से आवा?" बड़ी देर बाद बुढ़िया का रोना थमता है तो बताती है—"उसका ग्यारह-बारह साल वाला नाती आया था, जो इलाहाबाद में सिलाई करने लगा है किसी दुकान पर। आया था हम लोगों को—मुझे, अपनी माँ को, छोटी बहिन को—साथ ले चलने के लिए। दो-तीन सौ रुपया महीना कमाने लगा है—कहता था यह देख, माँ के लिए, बहिन के लिए, मेरे लिए कपड़े लाया था। लइया-बताशा, खिलौना लाया था। कहता था, अब भूखों नहीं मरने देगा। लेकिन..."

"लेकिन का?"

लेकिन क्या बताए बुढ़िया। उसकी बेटी तो पन्द्रह दिन पहले उसी 'मेट' के घर 'बैठ' गई जिसके 'हाथ नीचे' सड़क पर काम करती थी। "बोरे-बोरे गेहूँ-चावल का लालच देकर नाश कर दिया मेरी बेटी का। दो बच्चों की माँ होकर उसके झाँसे में आ गई। अपनी जाति-बिरादरी का भी नहीं है। महीने-बीस दिन बाद लौटकर आएगी। वह सारे कपड़े-लत्ते छोड़कर गया है अभी। सास को कह गया है कि महीने भर बाद फिर आएगा। माँ को कहना फिर काम पर जाने की जरूरत नहीं। अब मैं अपने करम को रो रही हूँ बिटिया। महीने भर बाद लौटेगा, उसे पता चलेगा तो मैं उसके आगे कैसे पड़ूँगी?"

सुरजी बड़ी देर तक दिलासा देती रही करमा बुआ को। पानी लेकर लौटते हुए उसकी आँखों में दस-बारह साल का बालिग लड़का कौंधता रहा, माँ-बहन से मिले बिना उदास लौटकर जाता हुआ।

सबेरे-सबेरे रंगी बाबू की आवाज से नींद खुलती है सुरजी की। दिन भर पत्थर तोड़ने के बाद रात को पलकें बन्द होती हैं तो जैसे चिपक जाती हैं।

रंगी बाबू उसके दरवाजे पर और वह भी भोर-भिनसारे। सपना तो नहीं देख रही है। वह घूँघट काढ़कर बाहर निकल आती है।

पल भर को रंगी बाबू कुछ बोल नहीं पाते। फिर खँखारकर पूछते हैं, ''तुमसे एक जरूरी बात करनी है। तूने सिकरेटरी के खिलाफ कहीं कोई दरखास भेजा है?''

''का कहत हैं बाबू साहेब, हम का जानी दरखास!''

''लेखपाल ने किसी कागज पर अँगूठा वगैरह लगाया हो?''

''ना बाबू इहौ ना।''

''हूँ।'' वे कुछ सोचते हुए कहते हैं, ''तब तुझे एक दिन संचालक जी के सामने चलकर कहना होगा कि तुझे सिकरेटरी से कोई शिकायत नहीं।''

''शिकायत तो उनसे हमें बहुत है बाबू साहेब। हमें अकेली-बेसहारा जान के दो-दो बार हमरी इज्जत पे हाथ डारा चाहे।''

''क्या कहती है? इज्जत पर हाथ डाला? कब?'' पूरी बात सुनकर कुछ देर के लिए चुप रह जाते हैं रंगी बाबू। फिर पूछते हैं, ''तूने पहले क्यों नहीं बताया? मेरे रहते मेरे गाँव में ऐसा हो सकता है कभी...लेकिन मैं तो दूसरी शिकायत की बात कर रहा था। गेहूँ-चावल ब्लैक करने की शिकायत।''

''हमें और दूसरी कौनो शिकायत नहीं है बाबू साहेब।''

''तो मेरे कहने से संचालक जी के पास चलकर यही बयान देना होगा।''

''सिकरेटरी झूठा और मक्कार है बाबू। ऊ बहाना करके फिर धोखा करा चाहत है।''

''उसकी तो ऐसी-तैसी। मैं देखूँगा न। दाढ़ी-बाल सफेद हो गए, फिर भी अगर मन में...''

''दाढ़ी-बाल भले सफेद होइगा बाबू, मगर दिल अबही तक काला है।''

''तू निश्चिन्त रह। मैं साथ रहूँगा। दरअसल मैंने अनजाने में वचन दे दिया सिकरेटरी को कि सुरजी का बयान करा दूँगा। उसकी नौकरी पर बन आई है।''

क्या कहे सुरजी। मना भी कर दे तो यह जल्लाद रात-ब-रात उठवा सकता है अपने आदमियों से। अभी तो 'मनई धारन' बोल रहा है। तब न जाने क्या गत बनाए! चीख-पुकार करने पर भी इसके मुकाबले कोई नहीं आनेवाला।

"आपकी छाया है तो हमें कौनो चिन्ता नहीं है बाबू साहेब। जब कहौ, जहाँ कहौ बयान दै देई। अँगूठा लगाय देई।"

"परसों शाम सियरापार कैम्प तक चलना होगा। डरने की कोई बात नहीं।"

रंगी बाबू के जाने के बाद वह खाने बैठी तो सोच के मारे कौर नहीं धँस रहा था गले में।

सोच रंगी बाबू को भी है।

साफ हो गया कि सिकरेटरिया मन में पाप पाले बैठा है। लेकिन सुरजी भी तो अब उनकी शरणागत हो गई है। वे रक्षा के लिए वचनबद्ध हो चुके हैं...तो क्या सुरजी के लिए वे सिकरेटरी से बिगाड़ कर लेंगे? यह सिकरेटरी की संगत का ही 'परताप' है कि गल्ले की चोर-बाजारी करके हर महीने हजार-डेढ़ हजार रुपए पीट लेते हैं। राशन-पानी की इफरात ऊपर से। वरना आज उन्हें भी राशन लेने के लिए लाइन लगानी पड़ती तो क्या इज्जत रह जाती? और लाइन में न लगते, गहना-गुरिया बेचकर पेट पालना चाहते तो कितने दिन? अब तक घर में भूँजी भाँग भी न बचती...एक-दो एहसान होते सिकरेटरी के तो भी वे भुलाने की कोशिश करते। 'सर्वेयर' की स्कीम आते ही सिकरेटरी ने सबसे पहले उनकी लड़की को सर्वेयर नियुक्त करवाया था। फिर छह महीने के अन्दर सर्वे सुपरवाइजर बनवा दिया। ऐसे आदमी से बिगाड़ किस भाव पड़ेगा? जो भी फैसला करना होगा, खूब आगा-पीछा, नफा-नुकसान सोचकर करना होगा।

...और वे खुद भी तो दूध के धुले नहीं हैं। सिकरेटरी की संगत में रहते हुए, न सही अपने गाँव में, दूर-दराज के गाँवों में उन्होंने भी सावन-भादों की उमड़ती गंगा में 'असनान' का सुख लूटा है। इस उमर में किसको बदी है ऐसी चीज?

...बिना जोरू-जाँता वाले आदमी में थोड़ी-बहुत 'फिसलन' तो आ ही जाती है इस उम्र में। जवानी से भी ज्यादा 'भरमाने' वाली होती है यह उम्र। लेकिन इस अकाल में राह-बाट में हर जगह घाट ही घाट तो खुले हैं। जहाँ मरजी 'डुबकी' लगा लो। फिर बँधे घाट के पानी में नहाने की चाहत क्यों करे कोई? पराए आँगन में कुएँ में डूब मरने की जिद क्यों करे कोई? सुरजी को वे पाँच-छह साल से देख रहे हैं। वह 'ऐसी-वैसी' जनाना तो है नहीं। तो क्या वे सिकरेटरी को दिए गए आश्वासन से पीछे हट जाएँ? लेकिन आश्वासन तो उन्होंने सिर्फ बयान कराने का दिया है...राहत कैम्प दूसरे गाँव ले जाने की धमकी दे रहा था। क्या वे इतना भी नहीं समझते! मतलब, ब्लैक के काम में उनकी साझेदारी खत्म। रंगी बाबू को लगता है कि चावल और गेहूँ के बोरे उन्हें लगातार गूँगा बनाते जा रहे हैं। गूँगा और बहरा दोनों...लेकिन पहले वाली आन-बान और जबान पर मर मिटने का रोग पाल लिया तब तो जिन्दगी और भी नरक बन जाएगी।

"माला की अम्मा मैं क्या करूँ?" सहसा उनके मुँह से निकलता है।

"क्या बात है?" हाथ-पैर में तेल लगाती रंगी बहू चौंककर उन्हें हिलाने-डुलाने लगती है, "कोनों सपना देखत हौ का?"

बूढ़ी को खिला-पिलाकर लेटा देती है सुरजी, फिर दो-चार कौर अपने मुँह में डालती है। निकलने से पहले कमर में कोई चीज खोंसती है, ढिबरी बुझाती है और बाहर निकलकर टाटी लगा देती है।

बाहर रंगी बाबू का हलवाहा राधे साइकिल लिये खड़ा है। रंगी बाबू गाँव के बाहर पगडंडी पर मिलेंगे। किसी से कुछ बताने को मना कर दिए हैं। कह रहे थे—दस-ग्यारह बजे तक लौट आएँगे।

वह राधे की साइकिल पर पीछे बैठ जाती है।

सियरापार कैम्प पहुँचने पर पता चलता है कि सिकरेटरी बाबू अभी शाम को रामपुर कैम्प चले गए हैं। बताकर गए हैं कि दस बजे तक लौट लाएँगे।

अब क्या करें रंगी बाबू? उनके लिए कोई सन्देश भी नहीं। कहीं संचालक जी का कार्यक्रम अचानक सियरापार की जगह रामपुर के लिए तो नहीं बन गया? फिर साइकिल पर सियरापार से रामपुर छह किलोमीटर?

और रामपुर-कैम्प पहुँचते-पहुँचते नौ बज जाते हैं।

बेस-कैम्प से किसी माने में कम नहीं रामपुर कैम्प।

बिजली तो अकेले इसी कैम्प पर है।

लम्बे-चौड़े मैदान में हर तम्बू दूर-दूर! अन्दर-बाहर हर कोने पर ट्यूब लाइट और चारों कोनों पर फ्लड-लाइट! सिकरेटरी का तम्बू तीन खन्द वाला। पहले ऑफिस फिर रिहाइश! पीछे आँगन!

एक महीने पहले इस कैम्प पर लूट की घटना हो गई। आठ बजे शाम को ही। तब से ही विशेष चौकसी की गई है।

घुसते ही पहले स्वागती-तम्बू। ऑफिस के सामने गोदाम-घर! बाईं तरफ कर्मचारी के तम्बू। दाईं तरफ रसोई-घर। पीछे एक तम्बू सर्वेयर्स का। सामने इमली के ठूँठ के नीचे बैलों, गाड़ीवानों और पल्लेदारों का डेरा।

गाड़ीवानों के डेरे में अभी भी चहल-पहल है। धुआँ उठ रहा है। पकती दाल, प्याज और लहसुन की गन्ध हवा में तैर रही है। कोई अधेड़ गाड़ीवान जमीन पर लेटा 'बिरहा' की अस्पष्ट दुखियारी पंक्ति गुनगुना रहा है। वही पंक्ति बार-बार! बैठे पगुराते बैलों के गले की घंटियाँ रह-रहकर टुनटुना जाती हैं। हवा में तैरती गोबर-गन्ध...और कैम्प के सारे कुत्ते तो लगता है यहीं पंक्तिबद्ध हो गए हैं।

स्वागती-तम्बू बिलकुल सूना है। आधे हिस्से में जमीन पर थोड़ा-सा पुआल बिछा है। बल्ब भी नहीं। गेट की फ्लड लाइट का प्रकाश अंशतः अन्दर भी पड़ रहा है।

रंगी बाबू सुरजी और राधे को स्वागती-तम्बू में बैठा देते हैं और स्वयं ऑफिस कैम्प की ओर बढ़ जाते हैं।

बिलकुल सन्नाटा!

प्रवेश-द्वार पर खड़े बल्लमधारी चौकीदार को नजरअन्दाज करके अन्दर घुसने लगते हैं तो वह रोक लेता है।

"अन्दर जाने का हुकुम नहीं।"

रंगी बाबू उसे घूरकर देखते हैं। इस तरह रोके जाने से अपमानित हुए हैं। नेपाली चौकीदार नई-नई बहाली पाया है शायद। उसकी आँखों में पहचान का कोई चिह्न नहीं। लम्बे कुर्ते, लम्बी काया और ऐंठी मूँछ का कोई आतंक नहीं। बिना आँख से आँख मिलाए बिट्-बिट् ताकता है।

"कौन-कौन है अन्दर?" वे घुड़कते हैं।

"मालूम नहीं साहेब जी। साहेब मीटिंग करता। किसी को अन्दर नहीं जाने को बोला।"

"ठीक है। तू जाकर बोल—बाबू रंगबहादुर आए हैं।"

"हाम भी नहीं जाने सकता साहेब जी।"

मन में आता है इस नेपाली बन्दर को ढकेलकर धड़धड़ाते हुए अन्दर चले जाएँ। संचालक जी की बात न होती तो वे यही करते। लेकिन लगता है संचालक जी आ चुके हैं। तभी इतनी खबरदारी की गई है। वे आस-पास देखते हैं। कोई परिचित भंडारी, सेवादार, पल्लेदार नजर आए तो किसी तरह खबर कराएँ। सिकरेटरी को यह तो पता ही हो जाना चाहिए कि सुरजी आ चुकी है। क्या पता उसी के इन्तजार में वे संचालक जी को इधर-उधर की बातों में उलझाए हुए हों...लेकिन कोई परिचित दीखता नहीं।

वे एक सिगरेट सुलगाते हैं और टहलते हुए फिर स्वागती-कैम्प तक आते हैं। सुरजी धोती से चेहरा ढँककर कोने में बैठ गई है। राधे ने दोनों साइकिलें उठाकर अन्दर रख ली हैं और तम्बू के बाहर जमीन पर बैठा बीड़ी पी रहा है।

वे राधे से कहते हैं, "मैं जरा 'मैदान' होकर आता हूँ। देखते रहना, सिकरेटरी बाबू बाहर निकलें तो बता देना सुरजी आ गई है। बुलाएँ तो अन्दर भेज देना।"

फिर सुरजी को समझाते हैं, "घबड़ाना नहीं। संचालक जी से यही कहना है कि तूने सिकरेटरी की शिकायत नहीं किया है।"

सुरजी स्वीकृति में सिर हिलाती है। फिर कहती है, "आपौ जल्दी लौटैं बाबू साहेब।"

"मैं गया और आया, बस।"

रंगी बाबू गाड़ीवानों के पास जाकर एक लोटे में पानी लेते हैं और भंडार-घर के बगल से होकर पीछे की पहाड़ी की ओर जाने लगते हैं।

अरे, यह भंडारी तो परिचित लगता है। वे रुककर पुकारते हैं, "का हो भंडारी जी, सिकरेटरी बाबू का कर रहे हैं?"

"कौनो मेटिंग कर रहे हैं बाबू। दू घंटा होइगा। अब निकलना चाहिए। खा-पीकर आज ही सियरापार-कैम्प लौटना है। शायद आप ही के आने की बात थी वहाँ। इसीलिए जल्दी लौटना चाहते थे।"

"अब तो हम यहीं आ गए भाई! ई बताओ, कौन-कौन लोग हैं अन्दर?"

"ई त मालूम नहीं बाबू।" फिर तनिक मुस्कराकर कहता है, "बड़े-बड़े लोगन की बड़ी-बड़ी बात! चाहें तो आपौ अन्दर जाएँ।"

"ऊ सरवा नैपलिया घुसने नहीं देता।"

"आइए, हम खबर करते हैं।"

"करो। तब तक हम मैदान होकर आते हैं।" सिगरेट खत्म हो रहा है। सिकरेटरी बाबू की रिहाइस वाले भाग के बगल से गुजरते हुए रंगी बाबू रुककर थोड़ा झुकते हैं और कान उटेरकर अन्दर की हलचल का जायजा लेते हैं...ऐं! चूड़ियों की खनक! नारी-कंठ की दबी-दबी खिलखिलाहट!

साला सिकरेटरी! वे आगे बढ़ते हुए भुनभुनाते हैं, "यही 'मेटिंग' कर रहा है इतनी देर से। रातों-दिन 'मेटिंग'! ठहरो, लौटकर बताता हूँ।"

हुँह। पिछवाड़े में भी बल्लमधारी चौकीदार!

सहसा वे कँटीले तारों की बाड़ में उलझते-उलझते बचते हैं। अरे! यह बाड़ कब लगी? रास्ता किधर से है? वे वापस मुड़ते हैं।

ठीक इसी समय सिकरेटरी बाबू के तम्बू के पीछे दरवाजे से एक नारी मूर्ति बाहर निकलती है और एक बार दाएँ-बाएँ देखकर सीधे सर्वेयर्स के तम्बू की ओर बढ़ जाती है।

ऐं! काठ हो गए हैं रंगी बाबू। माला? माला ही तो है। वही चाल-ढाल! वही परिचित साड़ी! उनकी नजरें धोखा तो नहीं खा रही हैं? वे आँखें मीजते हैं। फ्लड लाइट की तेज रोशनी और पचास गज की दूरी। चेहरा तक साफ दीख रहा है।

नारी मूर्ति सर्वेयर्स के तम्बू में समा जाती है।

रंगी बाबू के आगे धरती और आसमान एक साथ घूमने लगते हैं। भूचाल! कैम्प के तम्बू उलट-पलट हो रहे हैं। हाथ से लोटा छूटना चाहता है।

वे जमीन पर बैठ जाते हैं।

"हा-हा-हा! उट्ठो! उट्ठो!" पिछवाड़े की ड्यूटीवाला चौकीदार दौड़ा चला आ रहा है, "कइसा लोग है? अन्दर में 'निपटान' करने बैठ गया।"

पास आता है तो रंगी बाबू का राख हुआ चेहरा देखकर थोड़ा हिचकता है। फिर हिम्मत बटोरकर गुर्राता है, "इधर में 'निपटान' नहीं करने का। उधर भागो। बाहर!"

रंगी बाबू की चेतना क्रमश: लौट रही है, वे उठकर खड़े होते हैं। मन करता है लोटा उठाकर सीधे इस पहाड़िया की खोपड़ी पर मारें।

''निपटान कौन करता है रे गधे की औलाद!'' वे दाँत किटकिटाते हैं और आगे बढ़ जाते हैं। कँटीले तारों के बीच छोड़ा गया रास्ता अब साफ नजर आ रहा है।

नेपाली चौकीदार गौर से आस-पास देखता है। सचमुच कहीं मिट्टी तक गीली नहीं हुई है। तब कर क्या रहा था वह लम्बू?

रंगी बाबू पहाड़ी की ढलान पर एक बड़े पत्थर का सहारा लेकर काँछ खोलकर बैठ जाते हैं।

धार-धार पसीना! पसीने से नहा गए हैं।

और इतनी खुलासा हाजत तो जिन्दगी में आज तक कभी रफा नहीं हुई थी उन्हें।

खबर पाते ही सुरजी को अन्दर बुलवा लेते हैं सिकरेटरी बाबू। चौकीदार फिर मुस्तैद हो गया है।

''आओ बैठो सूरजकली।'' तहमद पहने, नंगे बदन, जनेऊ से पीठ खुजाते सिकरेटरी बाबू मुस्कराकर स्वागत करते हैं।

सुरजी बिना किसी प्रतिवाद के पलंग के पैताने बैठ जाती है।

दुग्ध-धवल लम्बी दाढ़ी पर हाथ फेरते सिकरेटरी बाबू सशंकित नजर से सुरजी का चेहरा पढ़ने की कोशिश करते हैं—विरोध का कोई चिह्न तो नहीं?

अगरबत्ती और सेंट की खुशबू से कमरा गमक रहा है। दारू की गन्ध दब गई है।

झीने सफेद आवरण से ढकी छोटी-पतली ट्यूबलाइट का दूधिया प्रकाश आँखों को सुख दे रहा है।

पान की प्लेट बढ़ाते हुए सिकरेटरी बाबू तनिक लड़खड़ाती आवाज में इसरार करते हैं, ''पान खाओ सूरजकली! मघई है।''

सुरजी मुस्कराकर पान का बीड़ा उठा लेती है।

ऐं गजब! इस परिवर्तन से सिकरेटरी बाबू पूरी तरह आश्वस्त और मस्त हो जाते हैं।

रंगी बाबू कब से काँछ खोले बैठे हैं, वे खुद अन्दाज नहीं लगा पाते। तन्द्रा टूटती है तो आत्मग्लानि में डूब जाते हैं। वे हैरान हैं कि उनका खून क्यों नहीं खौल रहा है? अब तक उन्हें बन्दूक उठाकर सिकरेटरी की छाती पर चढ़ बैठना था—धाँय। धाँय...लेकिन उलटे वे खुद भयभीत हो रहे हैं। किससे भला?

सहसा वे अपने दोनों गालों पर कस-कसकर दो-दो झापड़ लगाते हैं—जा रे रंगिया साले! चुल्लू भर पानी में डूबकर मर जा रे जनखे। कहाँ गया तेरा तेज, तेरा जलजला रे घुरवा?

तब तक कैम्प की ओर से चीत्कार की आवाज आती है।

फिर क्रमशः बढ़ता हुआ कोलाहल!

वे काँछ बाँधते हुए लपकते हैं। सिकरेटरी के तम्बू के अन्दर-बाहर भीड़ जमा हो गई है। अन्दर का दृश्य बड़ा भयानक है। सिकरेटरी बाबू पलंग पर नंग-धड़ंग पड़े छटपटा रहे हैं। सुरजी ने हँसिए से उनकी देह का नाजुक हिस्सा अलग कर दिया है और पिछवाड़े के रास्ते भागकर अँधेरे में गुम हो गई है।

सिरी उपमा जोग

किर्र-किर्र-किर्र घंटी बजती है।

एक आदमी पर्दा उठाकर कमरे से बाहर निकलता है। अर्दली बाहर प्रतीक्षारत लोगों में से एक आदमी को इशारा करता है। वह आदमी जल्दी-जल्दी अन्दर जाता है।

सबेरे आठ बजे से यही क्रम जारी है। अभी दस बजे ए.डी.एम. साहब को दौरे पर भी जाना है लेकिन भीड़ है कि कम होने का नाम ही नहीं ले रही। किसी की खेत की समस्या है तो किसी की सीमेंट की। किसी की चीनी की, तो किसी की लाइसेंस की। समस्याएँ ही समस्याएँ।

पौने दस बजे एक लम्बी घंटी बजती है। प्रत्युत्तर में अर्दली भागा-भागा भीतर जाता है।

''कितने मुलाकाती हैं अभी?''

''हुजूर, सात-आठ होंगे।''

''सबको एक साथ भेज दो।''

अगले क्षण कई लोगों का झुंड अन्दर घुसता है लेकिन दस-ग्यारह साल का एक लड़का अभी भी बाहर बरामदे में खड़ा है। अर्दली झुँझलाता है, ''जा-जा, तू भी जा।''

''मुझे अकेले में मिला दो।'' लड़का फिर मिनमिनाता है।

इस बार अर्दली भड़क जाता है, ''आखिर ऐसा क्या है, जो तू सबेरे से अकेले-अकेले की रट लगा रहा है। क्या है इस चिट्ठी में, बोल तो, क्या चाहिए—चीनी, सीमेंट, मिट्टी का तेल?''

लड़का चुप रह जाता है। चिट्ठी वापस जेब में डाल लेता है।

अर्दली लड़के को ध्यान से देख रहा है। मटमैली-सी सूती कमीज और पायजामा, गले में लाल रंग का गमछा, छोटे-कड़े-खड़े-रूखे बाल, नंगे पाँव। धूल-धूसरित चेहरा, मुरझाया हुआ। अपरिचित माहौल में किंचित् सम्भ्रमित, अविश्वासी और कठोर। दूर देहात से आया हुआ लगता है।

कुछ सोचकर अर्दली आश्वासन देता है, ''अच्छा, इस बार तू अकेले में मिल ले।'' लेकिन जब तक अन्दर के लोग बाहर आएँ, साहब ऑफिस-रूम से बेड-रूम में चले जाते हैं।

ड्राइवर आकर जीप पोंछने लगता है। फिर इंजन स्टार्ट करके पानी डालता है। लड़का जीप के आगे-पीछे हो रहा है।

थोड़ी देर में अर्दली निकलता है। साहब की मैगजीन, रूल, पान का डिब्बा, सिगरेट का पैकेट और माचिस लेकर। फिर निकलते हैं साहब, धूप-छाँही चश्मा लगाए। चेहरे पर आभिजात्य और गम्भीरता ओढ़े हुए।

लड़के पर नजर पड़ते ही पूछते हैं, ''हाँ, बोलो बेटे, कैसे?''

लड़का सहसा कुछ बोल नहीं पा रहा है। वह सम्भ्रम नमस्कार करता है।

''ठीक है, ठीक है।'' साहब जीप में बैठते हुए पूछते हैं, ''काम बोलो अपना, जल्दी, क्या चाहिए?''

अर्दली बोलता है, ''हुजूर, मैंने लाख पूछा कि क्या काम है, बताता ही नहीं। कहता है, साहब से अकेले में बताना है।''

''अकेले में बताना है तो कल मिलना, कल।''

जीप रेंगने लगती है। लड़का एक क्षण असमंजस में रहता है फिर जीप के बगल में दौड़ते हुए जेब से एक चिट्ठी निकालकर साहब की गोद में फेंक देता है।

''ठीक है, एक हफ्ते बाद मिलना।'' साहब एक चालू आश्वासन देते हैं। तब तक लड़का पीछे छूट जाता है। लेकिन चिट्ठी की गँवारू शक्ल उनकी उत्सुकता बढ़ा देती है। उसे आटे की लेई से चिपकाया गया है।

चिट्ठी खोलकर वे पढ़ना शुरू करते हैं—'सरब सिरी उपमा जोग, खत लिखा लालू की माई की तरफ से, लालू के बप्पा को पाँव छूना पहुँचे...''

अचानक जैसे करेंट लग जाता है उनको। लालू की माई की चिट्ठी! इतने दिनों बाद। पसीना चुहचुहा आया है उनके माथे पर। सन्न!

बड़ी देर बाद प्रकृतिस्थ होते हैं वे। तिरछी आँखों और बैक मिरर से देखते हैं—ड्राइवर निर्विकार जीप चलाए जा रहा है। अर्दली ऊँघते हुए झूलने लगा है।

वे फिर चिट्ठी खोलते हैं—''आगे समाचार मालूम हो कि हम लोग यहाँ पर राजी-खुशी से हैं और आपकी राजी-खुशी भगवान से नेक मनाया करते हैं। आगे, लालू के बप्पा को मालूम हो कि हम अपनी याद दिलाकर आपको दुखी नहीं करना चाहते लेकिन कुछ ऐसी मुसीबत आ गई है कि लालू को आपके पास भेजना जरूरी हो गया है। लालू दस महीने का था, तब आप आखिरी बार गाँव आए थे। उस बात को दस साल होने जा रहे हैं। इधर दो-तीन साल से आपके चाचाजी ने हम लोगों को सताना शुरू कर दिया है। किसी-न-किसी बहाने से हमको, लालू को और कभी-कभी कमला को भी मारते-पीटते रहते हैं। जानते हैं कि आपने हम

लोगों को छोड़ दिया है, इसलिए गाँव भर में कहते हैं कि 'लालू' आपका बेटा नहीं है।

वे चाहते हैं कि हम लोग गाँव छोड़कर भाग जाएँ तो सारी खेती-बारी, घर-दुवार पर उनका कब्जा हो जाए। आज आठ दिन हुए, आपके चाचाजी हमें बड़ी मार मारे। मेरा एक दाँत टूट गया। हाथ-पाँव सूज गए हैं। कहते हैं, गाँव छोड़कर भाग जाओ, नहीं तो महतारी-बेटे का मूँड़ काट लेंगे। अपने हिस्से का महुए का पेड़ वे जबर्दस्ती कटवा लिये हैं। कमला अब सत्तरह वर्ष की हो गई है। मैंने बहुत दौड़-धूप कर एक जगह उसकी शादी पक्की की है। अगर आपके चाचाजी मेरी झूठी बदनामी लड़के वालों तक पहुँचा देंगे तो मेरी बिटिया की शादी भी टूट जाएगी। इसलिए आपसे हाथ जोड़कर विनती है कि एक बार घर आकर अपने चाचाजी को समझा दीजिए। नहीं तो लालू को एक चिट्ठी ही दे दीजिए, अपने चाचाजी के नाम। नहीं तो आपके आँख फेरने से तो हम भीगी बिलार बने ही हैं, अब यह गाँव-डीह भी छूट जाएगा। राम खेलावन मास्टर ने अखबार देखकर बताया था कि अब आप इस जिले में हैं। इसी जगह पर लालू को भेज रही हूँ।''

चिट्ठी पढ़कर वे लम्बी साँस लेते हैं। उन्हें याद आता है कि लड़का पीछे बँगले पर छूट गया है। कहीं किसी को अपना परिचय दे दिया तो ? लेकिन अब इतनी दूर आ गए हैं कि वापस लौटना उचित नहीं लग रहा है। फिर वापस चलकर सबके सामने उससे बात भी तो नहीं की जा सकती है। उन्हें प्यास लग आई है। ड्राइवर से कहते हैं, ''जीप रोकना, प्यास लग आई है।'' पानी और चाय पीकर सिगरेट सुलगाया उन्होंने। तब धीरे-धीरे प्रकृतिस्थ हो रहे हैं।

जीप आगे बढ़ रही है।

उनके मस्तिष्क में दस साल पुराना गाँव उभर रहा है। गाँव, जहाँ उनका प्रिय साथी था—महुए का पेड़, जो अब नहीं रहा। उसी की जड़ पर बैठकर सबेरे से शाम तक 'कम्पटीशन' की तैयारी करते थे वे। गाँव, जहाँ उनकी उस समय की प्रिय बेटी कमला थी। जिसके लाल-लाल नरम होंठ कितने सुन्दर लगते थे। महुए के पेड़ पर बैठकर कौआ जब 'काँ-काँ!' बोलता तो जमीन पर बैठी नन्ही कमला दुहराती—काँ! काँ! कौआ थक-हारकर उड़ जाता तो वह ताली पीटती थी। वह अब सयानी हो गई है। उसकी शादी होनेवाली है। एक दिन हो भी जाएगी। विदा होते समय अपने छोटे भाई का पाँव पकड़कर रोएगी। बाप का पाँव नहीं रहेगा पकड़कर रोने के लिए। भाई आश्वासन देगा कन्धा पकड़कर, आफत-बिपत में साथ देने का। बाप की शायद कोई धुँधली-सी तस्वीर उभरे उसके दिमाग में।

फिर उनके दिमाग में पत्नी के टूटे दाँत वाला चेहरा घूम गया। दीनता की मूर्ति,

अति परिश्रम-कुपोषण और पति की निष्ठुरता से कृश, सूखा शरीर, हाथ-पाँव सूजे हुए, मार से। बहुत गरीबी के दिन थे, जब उनका गौना हुआ था। इंटर पास किया था उस साल। लालू की माई बलिष्ठ कद-काठी की हिम्मत और जीवट वाली महिला थी, निरक्षर लेकिन आशा और आत्मविश्वास की मूर्ति। उसे देखकर उनके मन में श्रद्धा होती थी उसके प्रति। इतनी आस्था हो जिन्दगी और परिश्रम में तो संसार की कोई भी वस्तु अलभ्य नहीं रह सकती। बी.ए. पास करते-करते कमला पैदा हो गई थी। उसके बाद बेरोजगारी के वर्षों में लगातार हिम्मत बँधाती रहती थी। अपने गहने बेचकर प्रतियोगिता परीक्षा के शुल्क और पुस्तकों की व्यवस्था की थी उसने। खेती-बारी का सारा काम अपने जिम्मे लेकर उन्हें परीक्षा की तैयारी के लिए मुक्त कर दिया था। रबी की सिंचाई के दिनों में सारे दिन बच्ची को पेड़ के नीचे लिटाकर कुएँ पर पुर हाँका करती थी। बाजार से हरी सब्जी खरीदना सम्भव नहीं था लेकिन छप्पर पर चढ़ी हुई नेनुआ की लताओं को वह अगहन-पूस तक बाल्टी भर-भर कर सींचती रहती थी, जिससे उन्हें हरी सब्जी मिलती रहे। रोज सबेरे ताजी रोटी बनाकर उन्हें खिला देती और खुद बासी खाकर लड़की को लेकर खेत पर चली जाती थी। एक बकरी लाई थी वह अपने मायके से, जिससे उन्हें सबेरे थोड़ा दूध या चाय मिल सके। रात को सोते समय पूछती, ''अभी कितनी किताब और पढ़ना बाकी है, साहबी वाली नौकरी पाने के लिए।''

वे उसके प्रश्न पर मुस्करा देते, ''कुछ कहा नहीं जा सकता। सारी किताबें पढ़ लेने के बाद भी जरूरी नहीं कि साहब बन ही जाएँ।''

''ऐसा मत सोचा करिए,'' वह कहती, ''मेहनत करेंगे तो भगवान उसका फल जरूर देंगे।''

यह उसी के त्याग, तपस्या और आस्था का परिणाम था कि एक ही बार में उनका सेलेक्शन हो गया था। परिणाम निकला तो वह खुद आश्चर्यचकित थे। घर आकर एकान्त में पत्नी को गले से लगा लिया था। वाणी अवरुद्ध हो गई थी। उसको पता लगा तो वह बड़ी देर तक निस्पन्द रोती रही, बेआवाज। सिर्फ आँसू झरते रहे थे। पूछने पर बताया, खुशी के आँसू हैं ये। गाँव की औरतें ताना मारती थीं कि खुद ढोएगी गोबर और भरतार को बनाएगी कप्तान लेकिन अब कोई कुछ नहीं कहेगा, मेरी पत बच गई।

वे भी रोने लगे थे उसका कन्धा पकड़कर।

जाने कितनी मनौतियाँ माने हुए थी वह। सत्यनारायण...सन्तोषी... शुक्रवार... विन्ध्याचल...सब एक-एक करके पूरा किया था। जरा-जीर्ण कपड़े में पुलकती घूमती उसकी छवि, जिसे कहते हैं, राजपाट पा जाने की खुशी।

सर्विस ज्वाइन करने के बाद एक-डेढ़ साल तक वे हर माह के द्वितीय शनिवार और रविवार को गाँव जाते रहे थे। पिता, पत्नी, पुत्री सबके लिए कपड़े-लत्ते तथा

घर की अन्य छोटी-मोटी चीजें, जो अभी तक पैसे के अभाव के कारण नहीं थीं, वे एक-एक करके लाने लगे थे। पत्नी को पढ़ाने के लिए एक ट्यूटर लगा दिया था। पत्नी की देहाती ढंग से पहनी गई साड़ी और घिसे-पिटे कपड़े उनकी आँखों में चुभने लगे थे। एक-दो बार शहर ले जाकर फिल्म वगैरह दिखा लाए थे, जिसका अनुसरण कर वह अपने में आवश्यक सुधार ले आए। खड़ी बोली बोलने का अभ्यास कराया करते थे लेकिन घर-गृहस्थी के अथाह काम और बीमार ससुर की सेवा से इतना समय वह न निकाल पाती, जिससे पति की इच्छा के अनुसार परिवर्तन ला पाती। वह महसूस करती थी कि उसके गँवारपने के कारण वे अकसर खीज उठते और कभी-कभी तो रात में कहते कि उठकर नहा लो और कपड़े बदलो, तब आकर सोओ। भूसे जैसी गन्ध आ रही है तुम्हारे शरीर से। उस समय वह कुछ न बोलती। चुपचाप आदेश का पालन करती, लेकिन जब मनोनुकूल वातावरण पाती तो मुस्कराकर कहती, ''अब मैं आपके 'जोग' नहीं रह गई हूँ, कोई शहराती 'मेम' ढूँढ़िए अपने लिए।''

''क्यों, तुम कहाँ जाओगी ?''

''जाऊँगी कहाँ, यहाँ रहकर ससुरजी की सेवा करूँगी। आपका घर-दुवार सँभालूँगी। जब कभी आप गाँव आएँगे, आपकी सेवा करूँगी।''

''तुमने मेरे लिए इतना दुख झेला है, तुम्हारे ही पुण्य-प्रताप से आज मैं धूल से आसमान पर पहुँचा हूँ, गाढ़े समय में सहारा दिया है। तुम्हें छोड़ दूँगा तो नरक में भी जगह न मिलेगी मुझे ?''

लेकिन उनके अन्दर उस समय भी कहीं कोई चोर छिपा बैठा था, जिसे वे पहचान नहीं पाए थे।

जिस साल लालू पैदा हुआ, उसी साल पिताजी का देहान्त हो गया। क्रिया-कर्म करके वापस गए तो मन गाँव में थोड़ा-थोड़ा उचटने लगा था। दो बच्चों की प्रसूति और कुपोषण से पत्नी का स्वास्थ्य उखड़ गया था। शहर की आबोहवा तथा साथी अधिकारियों के घर-परिवार का वातावरण हीन भावना पैदा करने लगा था। जिन्दगी के प्रति दृष्टिकोण बदलने लगा था। गाँव कई-कई महीनों बाद आने लगे थे। और आने पर पत्नी जब घर की समस्याएँ बताती तो लगता, ये किसी और की समस्याएँ हैं। इनसे उन्हें कुछ लेना-देना नहीं है। वह शहर में अपने को 'अनमैरिड' बताते थे। इस समय तक उनकी जान-पहचान जिला न्यायाधीश की लड़की ममता से हो चुकी थी। और उसके सान्निध्य के कारण पत्नी से जुड़ा रहा-सहा रागात्मक सम्बन्ध भी अत्यन्त क्षीण हो चला था।

तीन-चार महीने बाद फिर गाँव आए तो पत्नी ने टोका था, ''इस बार काफी दुबले हो गए हैं। लगता है, काफी काम रहता है, बहुत गुमसुम रहने लगे हैं, क्या सोचते रहते हैं ?''

वे टाल गए थे। रात में उसने कहा, ''इस बार मैं भी चलूँगी साथ में। अकेले तो आपकी देह गल जाएगी।''

वे चौंक गए थे, ''लेकिन यहाँ की खेती-बारी, घर-दुवार कौन देखेगा? अब तो पिताजी भी नहीं रहे।''

''तो खेती-बारी के लिए अपना शरीर सुखाइएगा?''

''तुम तो फालतू में चिन्ता करती हो,'' लेकिन वह कुछ और सुनना चाहती थी, बोली थी, ''फिर आप शादी क्यों नहीं कर लेते वहाँ किसी पढ़ी-लिखी लड़की से? मैं तो शहर में आपके साथ रहने लायक भी नहीं हूँ।''

''कौन सिखाता है तुम्हें इतनी बातें?''

''सिखाएगा कौन? यह तो सनातन से होता आया है। मैं तो आपकी सीता हूँ। जब तक वनवास में रहना पड़ा, साथ रही लेकिन राजपाट मिल जाने के बाद तो सोने की सीता ही साथ में सोहेगी। लालू के बाबू, सीता को तो आगे भी वनवास ही लिखा रहता है।''

''चुपचाप सो जाओ।'' उन्होंने कहा लेकिन सोई नहीं वह। बड़ी देर तक छाती पर सिर रखकर पड़ी रही। फिर बोली, ''एक गीत सुनाऊँगी आपको। मेरी माँ कभी-कभी गाया करती थी।'' फिर बड़े करुण स्वर में गाती रही थी वह, जिसकी एकाध पंक्ति ही अब उन्हें याद है—''सौतनिया संग रास रचावत, मों संग रास भुलान, यह बतिया कोऊ कहत बटोही, न लगत करेजवा में बान, सँवरिया भूले हमें...''

वे अन्दर से हिल गए और उसे दिलासा देते रहे कि वह भ्रम में पड़ गई है, पर वह तो जैसे भविष्यद्रष्टा थी। आगत, जो अभी उनके सामने भी बहुत स्पष्ट नहीं था, उसने साफ देख लिया था। उनके सीने में उसने कहीं 'ममता' की गन्ध पा ली थी।

उस बार गाँव से आए तो फिर पाँच-छह महीने तक वापस जाने का मौका नहीं लग पाया। इसी बीच ममता से उनका विवाह हो गया। शादी के दूसरे या तीसरे महीने गाँव से पत्नी का पत्र आया कि कमला को चेचक निकल आई है। लालू भी बहुत बीमार है। मौका निकालकर चले आइए। लेकिन गाँव वे पत्र मिलने के दो हफ्ते बाद ही जा सके। कोई बहाना ही समझ में नहीं आ रहा था, जो ममता से किया जा सकता। दोनों बच्चे तब तक ठीक हो चुके थे लेकिन उनके पहुँचने के साथ ही उसकी आँखें झरने-सी झरनी शुरू हो गई थीं। कुछ बोली नहीं थी। रात में फिर वही गीत बड़ी देर तक गाती रही थी। उनका हाथ पकड़कर कहा था, ''लगता है, आप मेरे हाथों से फिसले जा रहे हैं और मैं आपको सँभाल नहीं पा रही हूँ।''

वे इस बार कोई आश्वासन नहीं दे पाए थे। उसका रोना-धोना उन्हें काफी अन्यमनस्क बना रहा था। वे उकताए हुए से थे। अगले ही दिन वे वापस जाने को तैयार हो गए थे। घर से निकलने लगे तो वह आधे घंटे तक पाँव पकड़कर रोती रही

थी। फिर लड़की को पैरों पर झुकाया था, नन्हे लालू को पैरों पर लिटा दिया था। जैसे सब कुछ लुट गया हो, ऐसी लग रही थी वह, दीन-हीन मलिन।

वे जान छुड़ाकर बाहर निकल आए थे। वही उनका अन्तिम मिलन था। तब से दस साल के करीब होने को आए, वे न कभी गाँव गए, न ही कोई चिट्ठी-पत्री लिखी।

हाँ करीब साल भर बाद पत्नी की चिट्ठी जरूर आई थी। न जाने कैसे उसे पता लग गया था, लिखा था—कमला नई अम्मा के बारे में पूछती है। कभी ले आइए उनको गाँव। दिखा-बता जाइए कि गाँव में भी उनकी खेती-बारी, घर-दुवार है। लालू अब दौड़ लेता है। तेवारी बाबा उसका हाथ देखकर बता रहे थे कि लड़का भी बाप की तरह तोता-चश्म होगा। जैसे तोते को पालिए-पोसिए, खिलाइए-पिलाइए, लेकिन मौका पाते ही उड़ जाता है। पोस नहीं मानता। वैसे ही यह भी...तो मैंने कहा, 'बाबा, तोता पंछी होता है, फिर भी अपनी आन नहीं छोड़ता, जरूर उड़ जाता है, तो आदमी होकर भला कोई कैसे अपनी आन छोड़ दे? पोसना कैसे छोड़ दे? मैं तो इसे इसके बापू से भी बड़ा साहब बनाऊँगी...'

उन्होंने पत्र का कोई उत्तर नहीं भेजा था। हाँ, वह पत्र ममता के हाथों में जरूर पड़ गया था, जिसके कारण महीनों घर में रोना-धोना और तनाव व्याप्त रहा था।...और करीब नौ साल बाद आज यह दूसरा पत्र है।

पत्र उनके हाथों में बड़ी देर तक काँपता रहा और फिर उसे उन्होंने जेब में रख लिया। मन में सवाल उठने लगे—क्या मिला उसको उन्हें आगे बढ़ाकर? वे बेरोजगार रहते, गाँव में खेती-बारी करते। वह कन्धे से कन्धा भिड़ाकर खेत में मेहनत करती। रात में दोनों सुख की नींद सोते। तीनों लोकों का सुख उसकी मुट्ठी में रहता। छोटे से संसार में आत्मतुष्ट हो जीवन काट देती। उन्हें आगे बढ़ाकर वह पीछे छूट गई। माथे का सिन्दूर और हाथ की चूड़ियाँ निरन्तर दुख दे रही हैं उसे।

सारे दिन किसी कार्यक्रम में उनका मन नहीं लगता।

शाम को जीप वापस लौट रही है। उनके मस्तिष्क में लड़के का चेहरा उभर आया था—जैसे मरुभूमि में खड़ा हुआ अशेष जिजीविषा वाला बबूल का कोई शिशुझाड़ जिसे कोई झंझावात डिगा नहीं सकता। कोई तपिश सुखा नहीं सकती। उपेक्षा की धूप में जो हरा-भरा रह लेगा, अनुग्रह की बाढ़ में जो गल जाएगा।

जीप गेट के अन्दर मुड़ती है तो गेट से सटे चबूतरे पर लड़का औंधा लेटा दिखाई देता है। अँगोछे से उसने सारा शरीर ढक लिया था। जीप आगे बढ़ जाती है।

अन्दर उनकी चार साल की बेटी टी.वी. देख रही है। आहट पाकर दौड़ी आती है और पैरों से लिपट जाती है। फिर महत्त्वपूर्ण सूचना देती है। तर्जनी उठाकर,

"पापा-पापा, ओ बदमाश लड़का, बरामदे तक घुस आया था। मम्मी पूछती, तो बोलता नहीं था। भगाती तो भागता नहीं था। मैंने अपनी मोटर फेंककर मारा, उसका माथा कट गया। खून बहकर मुँह में जाने लगा तो थू-थू करता हुआ भागा। और पापा, वह जरूर बदमाश था। जरा भी नहीं रोया। बस, घूर रहा था। बाइर चपरासियों के लड़के मार रहे थे, लेकिन मम्मी ने मना करवा दिया।"

वाश-बेसिन की तरफ बढ़ते हुए वे ममता से पूछते हैं, "कौन था?"

"शायद आपके गाँव से आया है। भेंट नहीं हुई क्या?"

"मैं तो अभी चला आ रहा हूँ, कहाँ गया?"

"नाम नहीं बताता था, काम नहीं बताता था, कहता था सिर्फ साहब को बताऊँगा। फिर लड़के तंग करने लगे तो बाहर चला गया।"

"कुछ खाना-पीना?"

"पहले यह बताइए, वह है कौन?" एकाएक ममता का स्वर कर्कश और तेज हो गया, "उस चुड़ैल की औलाद तो नहीं, जिसे आप गाँव का राज-पाट दे आए हैं? ऐसा हुआ तो खबरदार, जो उसे गेट के अन्दर भी लाए, खून पी जाऊँगी।"

वे चुपचाप ड्राइंग-रूम में आकर सोफे पर निढाल पड़ गए हैं। चक्कर आने लगा है। शायद रक्तचाप बढ़ गया है।

बाहर फागुनी जाड़ा बढ़ता जा रहा है।

सबेरे उठकर वे देखते हैं—चबूतरे पर 'गाँव' नहीं है।

वे चैन की साँस लेते हैं।

भरतनाट्यम्

"अभी तुझे भिनसार नहीं हुआ है क्या रे?" बाप का क्रोध और घृणा से चिलचिलाता हुआ स्वर कानों में पड़ता है तो मैं झट से चादर फेंककर उठ बैठता हूँ। बस एक मिनट की देर हो गई। सोच ही रहा था कि अब उठूँ, पर उससे कोई फर्क नहीं पड़ना था। डाँट खाने का यह मौका बचा लेता तो वे कोई और मौका ढूँढ़ निकालते, बल्कि डाँटने का एक चांस खो देने की चिढ़ उन्हें और भी आक्रामक बना जाती। जिसने गाली-फटकार सुनाने की कसम ही खा ली हो, उससे कब तक भागा जा सकता है? उन्हें तो मेरे उठने, बैठने, देखने, चलने, यहाँ तक आँखों की पलकें उठाने-गिराने के ढंग तक में खराबी नजर आने लगी है..."साला, चलता कैसे है, शोहदों की तरह! चलता है तो चलता है, साथ में सारी देह क्यों ऐंठे डालता है? दरिद्रता के लच्छन हैं ये, घोर दरिद्रता के। माँगी भीख भी मिल जाए इस हरामखोर को तो इसकी पेशाब से मूँछ मुँड़ा दूँगा...और देखता कैसे है? शनिचरहा! इसकी पुतली पर शनीचर वास करता है। सोने पर नजर डालेगा तो मिट्टी कर देगा। ससुर, जम्हाई ही लेता रहेगा या चारपाई भी छोड़ेगा? देख लेना, यह चारपाई भी दो महीने से ज्यादा नहीं चलेगी।"

मैं झट चारपाई से नीचे उतरकर बिस्तर समेटता हूँ। चारपाई हटाने में जरा-सी देर होते ही वे चीखने लगेंगे, "तोड़ डाल! धूप में न टूटे तो मिट्टी का तेल डालकर फूँक दे।" अन्दर दरवाजे में मेरी पत्नी जाँत चला रही है। शायद काफी देर से लगी है। तीन-चार किलो आटा मेड़री के गिर्द इकट्ठा हो गया है। चेहरे पर पसीने की धाराएँ बह रही हैं। ब्लाउज पसीने से तर है और आँचल नीचे सरक गया है। वह सिर उठाकर मुझे देखती है। स्वच्छ, चमकती हुई बड़ी-बड़ी आँखें। उसके स्वस्थ, सुडौल और युवा शरीर को देखकर मेरे मन में कुछ होने लगता है, पर मैं आगे बढ़ जाता हूँ। जब से जाड़ा कुछ कम हुआ, मैंने पत्नी के साथ सोना बन्द कर दिया है। ओसारे में अकेले सोने लगा हूँ। जब से पत्नी को तीसरी लड़की पैदा हुई है, बाप की बड़बड़ाहट ने लाज और मर्यादा की सारी सीमाएँ तोड़ दीं। एक घंटा दिन रहते ही चरखा शुरू कर देते हैं, "साला, शाम होते ही मेहरारू की टाँगों में घुस जाता

है। चार साल में तीन पिल्लियाँ निकाल दीं। खबरदार! अगर चौथी बार मूस भी पैदा हो गया तो बिना खेत-बारी में हिस्सा दिए अलग कर दूँगा।''

लगातार तीन-तीन बच्चियों को जन्म देने के बाद भी पत्नी की शारीरिक भूख भले ही कम न हुई हो, पर मेरी भूख जरूर कम हो गई है। अब तो हफ्ते-दस दिन में एकाध घंटे का मौका ही काफी है। फिर भी, जाड़े भर बाप की गालियाँ और ताने सहते हुए मुझे घर में यानी पत्नी के साथ सोना पड़ा था, क्योंकि ओढ़ने की समस्या थी। दोनों बड़ी लड़कियाँ अपनी दादी के पास सोती थीं और हम दोनों के हिस्से में एक ही रजाई पड़ी थी, जिसमें इस साल एक तीसरा जीव भी हिस्सेदार बन गया था। यद्यपि पत्नी ने अपनी तरफ से पूरी कोशिश की थी कि बाप के तानों और गालियों की परवाह किए बगैर मैं उसके साथ ही रात में सोता रहूँ किन्तु मेरी हया पूरी तरह मरी नहीं थी और जाड़ा कुछ कम होते ही मैंने एक सेकंड-हैंड कम्बल खरीदकर ओसारे में सोना शुरू कर दिया था। सोचा था, इससे बाप की गालियाँ कम हो जाएँगी। जी हाँ! बाप ही कहना ठीक लगता है। लगता है 'बाप' नहीं 'बाघ' कह रहा हूँ। दोनों ही के नाम पर मेरे आगे लाल-लाल आँखें कौंध जाती हैं। 'पिताजी' सम्बोधन उनके लिए ठीक नहीं बैठता। मेरे खयाल में 'पिताजी' बहुत ही पालतू, सीधा-सादा जीव होता होगा, जो प्रायः शहरों में पाया जाता होगा या फिर प्राइमरी अथवा मिडिल स्कूल का चोटी-धोतीधारी 'गुरुजी' होता होगा।

चारपाई रखकर बाहर आते हुए एक बार फिर पत्नी पर नजर डालता हूँ। उसकी आँखों की चमक सही नहीं जाती। महीनों हो गए हैं उससे सहवास को। उसके असाधारण स्वास्थ्य से अपनी तुलना करने पर हीन भावना उभरती है। सारी उमर किताबों में गुजार दी। थोड़ा भी ध्यान देता तो कम-से-कम देह-मुँह से तो देखने लायक रहता। बाहर मँड़हे में पिताजी बड़बड़ाए जा रहे थे। (चलिए, एकाध बार पिताजी भी कह लेता हूँ।) उनके बड़बड़ाने का तात्पर्य यह था कि बड़ा भाई एक घंटे रात रहते ही खेत में जा चुका है और यह साला डिप्टी कलक्टर की तरह दोपहर को चारपाई तोड़कर उठता है। बीच-बीच में वे माँ के साथ यौन-सम्बन्ध स्थापित करने की धमकी भी देते जाते हैं। मैं उनकी बातों की परवाह किए बगैर शौच के लिए नहर की तरफ बढ़ जाता हूँ। दिल में कुछ हौल मारने लगता है। मैं लाख बेरोजगार होऊँ, लेकिन पिताजी की तरह बदनाम तो नहीं हूँ, मेरे चरित्र पर कोई उँगली तो नहीं उठा सकता। उनके हमजोली उनके बारे में बताते हैं। बहुत-कुछ सुनने को मिलता है। चोरी-चकारी के मामले में ये बदनाम हुए थे। औरतों के पीछे हाथ-पैर ये तुड़वाए थे और आज बूढ़े होने पर मँड़हे में शंकर भगवान, हनुमानजी और काली माई के कैलेंडर टाँगकर, शंख-घंटा बटोरकर, कंठी-माला लटकाकर और चन्दन-टीका लगाकर महन्त बन गए हैं। मेरी नजर में तो जितनी कुमार्गी और ढोंगी पुरानी पीढ़ी रही है, उसकी चौथाई भी नई पीढ़ी नहीं है। फिर भी लोग नई पीढ़ी को मुफ्त में...

रास्ते में गड़ही के किनारे माँ गोबर पाथ रही है। एक नजर मेरी तरफ डालती है, निर्विकार, निर्लिप्त और फिर सिर नीचा करके हाथ चलाने लगती है। अरसा हो गया माँ से कोई बात किए हुए। जब से मैं सेक्रेटेरिएट की क्लर्की से निकाला गया, उसने बोलना ही बन्द कर दिया है। मुझे बड़ी पीड़ा होती है। कभी-कभी तो रोना आ जाता है। अपनी सगी माँ सिर्फ इसलिए मौन साधकर बेटे को जला रही है, क्योंकि उसका बेटा, जिसे उसने पेट काटकर, एक-एक पैसा जोड़कर चौदह वर्ष तक पढ़ाया, बेकार बैठा हुआ है। आशा रही होगी कि उसका पैसा मय सूद के वापस आएगा, लेकिन मूल भी डूबता देखकर वह असहिष्णु और आक्रामक हो उठी है। इसकी अभिव्यक्ति वह मेरे प्रति मौन व उपेक्षा प्रदर्शित करके तथा मेरी पत्नी के प्रति उसके बाप और भाई से उसका यौन-सम्बन्ध जोड़कर करती रहती है। उसका विश्वास है कि पहले मैं बड़ा ही लायक और भाग्यवान था, पर जब से मेरी कुलच्छनी पत्नी इस घर में बहू बनकर आई, इस घर में शनीचर की पैठारी हो गई है। मैं माँ को बेहद प्यार करता हूँ। पिताजी के अत्याचार और तानाशाही तले वे तिल-तिल करके जली हैं। मेरे पास हजार रुपए होते तो मैं उनके पैरों पर रखकर आज ही मना लेता पर...मुझे देखकर वे अपना हाथ गोबर पर और जोर-जोर से पटकने लगती हैं। लगता है, यह हाथ गोबर पर नहीं, मेरे गालों पर पड़ रहा है—थप्प, थप्प! और मेरे चेहरे पर गोबर छोप उठा है।

नहर में ही स्नान करके मैं वापस आता हूँ। तब तक पिताजी पूजा पर बैठ चुके हैं। पाँच मिनट के हनुमान चालीसा और दो-चार इधर-उधर के दोहे-सोरठों के सहारे वे पता नहीं कैसे दो घंटे काट देते हैं? मैं तार पर अपना गीला जाँघिया डालने लगता हूँ, तभी मेरी बड़ी लड़की आकर बताती है, "रोटी बन गई है।" मैं अन्दर जाने लगता हूँ तो पिताजी टोकते हैं, "दूध बच्चों के काम भर का ही होता है। जीभ को कंटरोल में रखने की आदत डालो।" जब से भैंस बियाई है, शायद ही कभी मैंने अपने मुँह से दूध माँगा हो और बिना माँगे कौन कहे, माँगने पर भी उसके मिलने के कोई लच्छन नहीं हैं। एक बार खाना खाते समय पत्नी ने जाने कैसे एक गिलास दूध लाकर बगल में रख दिया था। मुझे पता नहीं था कि इसे वह भाभी और माँ की चोरी से दे रही है, लेकिन आखिरकार भाभी ने उसे देख ही लिया था। इसकी सूचना उन्होंने तुरन्त माँ को दी थी। माँ ने आकर गिलास तो नहीं छीना, लेकिन झुककर, ऐन अच्छी तरह गिलास में झाँककर उन्होंने तसल्ली कर ली थी कि भाभी का अभियोग राई-रत्ती सच था। मुझे इतना मलाल हुआ कि दिल में आया, दूध का गिलास उठाकर आँगन में फेंक दूँ। निश्चय ही यह माँ और भाभी के मुँह पर तमाचा मारने जैसी बात होती, पर मैं भी क्या कम घटिया हूँ! पाव भर दूध का लालच कर गया था। और उसके बाद पत्नी को हफ्तों नहीं, महीनों भाभी और माँ के ताने सुनने पड़े थे—'साँड़ बनाना चाहती है भतार को। तीन-तीन बेटियाँ

बियाने के बाद भी गर्मी कम नहीं हुई है, पलटन तैयार करने की कसम खाकर आई है मायके से। इस हरजाई की कोख में लड़का फल सकता है भला!' ...पर मेरी पत्नी अब भी कभी-कभी मौका पाकर, सबके लेट जाने के बाद रात में गरम दूध का गिलास मुझे दे जाती है। इसमें सहज-स्नेह कम और एक निहित स्वार्थ अधिक होता है, विचित्र स्वार्थ!

सबको पता है कि भैंस दोनों जून में मिलाकर पाँच सेर दूध देती है, जिसमें से एक तोला भी बेचा नहीं जाता। बेचने की जरूरत भी नहीं है। खेती में कम-से-कम इतना तो पैदा हो ही जाता है कि पूरे परिवार के खाने-पीने के लिए पर्याप्त हो सके। बच्चों की जरूरत का हवाला देना भी बेमानी है, क्योंकि इस घर में सिर्फ भाभीजी के दोनों लड़कों को ही यह छूट है कि वे जब जितना चाहें, दूध पी सकते हैं, मेरी बच्चियों को खाना खाते समय जो मिल गया, सो मिल गया। कपड़े-लत्ते लेने के मामले में भी यही पक्षपात होता है...और बच्चों में भी कोई अवचेतन शक्ति अवश्य निहित होती है, जिससे वे बिना बताए आस-पास के वातावरण की अनुकूलता-प्रतिकूलता का अनुमान लगा लेते हैं। मैंने कई बार देखा है, जब अमर और विनोद आँगन में दूध पी रहे होते हैं और मेरी बच्चियाँ भाभीजी के गिर्द खड़ी होकर चुपचाप हसरत-भरी नजरों से खाली होते गिलासों को टुकुर-टुकर ताकती रहती हैं, पर कभी भूलकर भी हठ नहीं करतीं कि वे भी अमर और विनोद की तरह दूध पीएँगी। उनमें इतनी दीनता कहाँ से आ गई? उनमें बाल-सुलभ जिद क्यों नहीं है? जन्म लेते ही इतनी प्रौढ़ता कैसे आ गई? ज्यादा दिनों की बात नहीं हुई, मैं ताखे पर कोई किताब ढूँढ़ रहा था, अमर और विनोद दूध पीने के बाद जूठा गिलास आँगन में रखकर बाहर निकल गए थे, तभी मेरी ढाई साल की मँझली लड़की डरी-डरी सी चौकन्नी नजरों से आस-पास देखती हुई आँगन में आई और एक गिलास उठाकर मुँह से लगा लिया, पर गिलास में सिर्फ फेन शेष था, जिसे उसने उँगली से चाटना शुरू कर दिया। उसके चेहरे पर गहराया हुआ आत्मतोष उभर रहा था, तभी बाहर से हरहराती हुई भाभी आँगन में आई। गुस्से से पैर पटकती हुई बाहर जाकर दोनों लड़कों को पीटने लगीं, "हरामजादो! पीना नहीं होता तो पूरा गिलास क्यों भरा लेते हो? कंजड़ियों को पिलाने के लिए?"

रसोई में जाकर पीढ़े पर बैठ जाता हूँ। भाभी मुझे देखते ही किसी काल्पनिक व्यक्ति या परिस्थिति के विरुद्ध भुनभुनाने लगती हैं। सिंकी हुई रोटी को कठौते में इतनी जोर से पटकती हैं, जैसे कठौता कठौता न हो, सात दुश्मनों का सर हो। मैं जानता हूँ, भाभी की कल्पना का यह सिर मेरे अलावा किसी और का नहीं हो सकता। उनके चेहरे पर गुस्सा है। भाभी के चुचके चेहरे पर गुस्सा आता है तो उनकी कुरूपता और भी बढ़ जाती है। बचपने में डाइन या चुड़ैल की जो कल्पना करता था, भाभी उसी का साक्षात् प्रतिरूप नजर आती हैं। शायद यह गुस्सा खाना

बनाते-बनाते तंग आ जाने के कारण है। कोई और कार्य होता तो अब तक कभी का मेरी पत्नी के जिम्मे पड़ चुका होता, लेकिन भंडार का मामला। इसकी चाभी सौंपने का मतलब है, पूरी गृहस्थी का चार्ज सौंप देना, जो सम्भव नहीं है। भाभी एक थाली में कुछ रोटियाँ और शाम का बना साग रखकर मेरे आगे सरका देती हैं। ठंडे साग को गरम कर दिया होता तो एकाध रोटी और खाई जा सकती थी।

बगल की कोठरी में पत्नी बड़ी लड़की को डाँट रही है। मैंने कभी इन लड़कियों पर अपना प्यार प्रकट नहीं किया। सच तो यह है कि चौबीस साल की उम्र में तीन बच्चों का बाप हो गया हूँ, यह सोचकर ही रोना आता है। दिल में आता है, मँहड़े में पूजा कर रहे बाप का शंख-घड़ियाल उठाकर गड़ही में फेंक दूँ। आखिर क्या अधिकार था उन्हें पाँच साल की उम्र में मेरी शादी करने का? कभी-कभार पत्नी के सामने अपनी नसबन्दी कराने का प्रस्ताव रखता हूँ तो वह इतनी गमगीन हो जाती है, जैसे मैं उसका गला काटने का प्रस्ताव रख रहा होऊँ। मेरी कमर के गिर्द लिपटी उसकी बाँहें सुन्न पड़ जाती हैं। उसकी नजर में बैल बधिया करना और आदमी की नसबन्दी करना एक ही बात है। उसे कितनी बार समझा चुका हूँ कि दोनों में बहुत फर्क है। नसबन्दी के बाद भी सब कुछ पहले जैसा ही होगा, सिर्फ बच्चे नहीं होंगे। वह आश्वस्त नहीं होती और पलटकर दूसरा तर्क करती है, ''कोई लड़का तो होना चाहिए, बेटियों से क्या होगा?'' यह तर्क मुझे भी वजनदार लगता है, लेकिन लड़का आएगा कब? वह कहती है, ''क्या पता इस बार...'' क्या घर, या बाहर, हर जगह मैं फालतू माना जाने लगा हूँ। मेरी बेटियाँ मुझे 'बाबू' (पिताजी) कहकर नहीं बुलातीं। बड़े भाई साहब को वे 'बाबू' कहती हैं, क्योंकि बाजार से कोई चीज लाने पर वे घर के सभी बच्चों में उसे बराबर-बराबर बाँट देते हैं। इस उदारता के लिए उन्हें भाभीजी का प्रबल विरोध सहना पड़ता है, पर उन्हें कोई कुछ कहे, परवाह नहीं। सबेरे खेतों में जाते हैं तो एक घंटा रात बीते ही वापस आते हैं। दोपहरी खेत में गड़े माचे पर ही काट देते हैं। कभी किसी फसल की रखवाली का समय हुआ तो दो-चार रातें भी माचे पर ही कट जाती हैं। हद दर्जे के शान्त और मितभाषी। कभी किसी बात पर मेरी उनसे तकरार हुई हो, याद नहीं पड़ता। मैं घर से पूरी तरह विरक्त नहीं हो गया हूँ, इसके पीछे उनकी भलमनसाहत का बहुत बड़ा हाथ है। इतने लम्बे-चौड़े, डील-डौल वाले भाई साहब की यह परमहंसी मुद्रा आश्चर्य में डाल देती है। मैं आँगन में बैठकर हाथ-मुँह धोने लगता हूँ। तभी रुक-रुककर रोती हुई बड़ी बेटी, पत्नी के हाथ का भरपूर झापड़ खाकर चिल्लाते हुए एक हाथ में तख्ती-बस्ता और दूसरे हाथ में मिट्टी की दवात पकड़े बाहर की ओर भागती है। मैं बिना उसका कोई नोटिस लिये मुँह पोंछता हुआ पत्नी की कोठरी में

घुस जाता हूँ। शायद मैं एकान्त चाहता भी था। पत्नी अपना बक्सा खोलकर उसके सामने बैठी है। कुछ निकाल अथवा रख रही है। मुझे देखकर खड़ी हो जाती है। मौन, बड़ी-बड़ी आँखों से ताकने लगती है। जितनी उसकी जबान चुप है, आँखें उतनी ही मुखर। कुछ गुस्सा या खीज है, फिर भी कितनी स्निग्ध, कितनी आकर्षक! दिल में प्यार उमड़ पड़ता है। आगे बढ़कर बाहुपाश में घेर लेता हूँ। वह पिघल जाती है। सिर मेरी छाती से टिका देती है। नतसिर। उसकी पीठ थपथपाते हुए पूछता हूँ, "शहर जा रहा हूँ, कुछ मँगाना है?"

"बेटी के लिए किताब लेते आइएगा।"

"और! अपने लिए कुछ?"

"मेरे लिए क्या!" वह अलग हो जाती है।

मैं पिताजी के पीछे-पीछे मँड़हे में घुसते हुए कहता हूँ, "लाइए!" पिताजी मुड़कर मेरी तरफ भरपूर नजरों से घूरते हैं। फिर टेंट से रुपए की थैली निकालने लगते हैं। उनकी नजर सामने कुएँ पर लगी है, जहाँ माँ पानी भर रही है। पिताजी नोट गिनते हैं—पूरे एक हजार। जब माँ बाल्टी लेकर कुएँ से चल पड़ती है तो नोटों को मेरे हाथ में रखते हैं और हाथ जोड़कर कहते हैं, "इसके बाद भी अगर मेरा पिंड छोड़ दोगे तो समझूँगा, तुमने गयाजी में मेरा जीते-जी पिंडदान कर दिया।" मैं बिना कुछ बोले रुपए लेकर चल पड़ता हूँ। पीछे से पिताजी हिदायत देते हैं, "वाजिब जगह पर खर्च करने से चूकना नहीं। दलाल को हर तरह से खुश कर लेना।" रास्ते में माँ मिलती है, भरी हुई बाल्टी लेकर, माथे पर ताजा सिन्दूर लगाए हुए। मुझे टोकती है, "जा रहे हो?" इसका यह मतलब बिलकुल नहीं कि माँ मेरे प्रति सहज हो गई है। यह टोकना, माथे में सिन्दूर लगाकर रास्ते में पानी से भरी बाल्टी लेकर मिलना, सब पिताजी द्वारा जुटाए गए सगुन हैं, मेरी यात्रा सफल बनाने के लिए। पिताजी ने इसी तरह मेरी जाने कितनी यात्राएँ सफल बनाने के लिए सगुन का इन्तजाम किया है, लेकिन...

खेतों को पार करके सड़क पर आ जाता हूँ और टैक्सी या बस की राह देखते हुए बस अड्डे की तरफ बढ़ता हूँ। आज मैं अपने नाम से सस्ते गल्ले की दुकान का लाइसेंस प्राप्त करने शहर जा रहा हूँ। सारा काम हो चुका है, सिर्फ अफसर के दस्तखत होने बाकी हैं, लेकिन इसी जरा-से काम के लिए बीस-इक्कीस दिन से दौड़-दौड़कर शहर जाना पड़ रहा है। अब जाकर समझ में आया है कि मैं अपनी ही गलती से परेशान हो रहा हूँ, दलाल ने मुझ पर तरस खाकर समझाया था, "मुफ्त में दस्तखत नहीं होते, मिस्टर! माना कि तुम अनइम्प्लायड ग्रैजुएट हो। तुम्हें प्रेफरेंस मिलना चाहिए, लेकिन इसी लाइसेंस के लिए समुझ

बनिया डेढ़ हजार देने को तैयार है। साहब निरबंसिया तो हैं नहीं। अभी दो बहनों की शादी करनी है...बुरा न मानना। नाम तुम्हारा जरूर ज्ञान है, लेकिन अकल-ज्ञान का सारा रास्ता तुमने बन्द कर रखा है।''

ठीक कहा था दलाल ने। मेरे ज्ञान के रास्ते सचमुच बन्द हैं। वह आठ सौ पर उतर आया था, लेकिन मुझे वे भी अधिक लगे थे। आज मिलने का वादा करके लौट आया था। पिताजी को बताया तो लगे गालियाँ देने, ''तुम्हें कभी अकल आ ही नहीं सकती ससुर के नाती। इस तरह के बिचकई सबको नसीब होते हैं?...गदहे को भी चौदह साल पढ़ाया जाता तो आदमी बन जाता, लेकिन तू...''

मुझे अपनी गलती समझ में आ गई है। आज गलती नहीं करूँगा। बस या टैक्सी मिलने की उम्मीद न देखकर मैं इक्का पकड़ता हूँ। धूप खुलकर निकल आई है। रबी की फसल कट गई है और सड़क के दोनों तरफ वीरान खेत फैले हैं। गेहूँ की पीली खूटियों-से पीले, महत्त्वाकांक्षाहीन! मेरे मन की तरह रीते और उदास!

''गुरुजी, नमस्कार!'' हाथ प्रत्युत्तर में जुड़ गए हैं, जी जुड़ गया है। लड़कों का साइकिल पर शहर से लौटता हुआ झुंड! पहचान लेता हूँ। अपने पढ़ाए हुए लड़कों को कौन नहीं पहचानेगा! तीन-चार साल पहले जो चेहरे यतीमी लगते थे, शहर की हवा लगते ही चिकना गए हैं। जाते-जाते एक लड़का चिल्लाकर सूचित करता है, ''पंडितजी सस्पेंड हैं, गुरुजी!'' पंडितजी या प्रिंसिपल साहब। सस्पेंड! जरूर कोई रुपए-पैसे का मामला होगा। पूरे विद्यालय को पता था कि मेरी प्रिंसिपल साहब से नहीं पटती। लड़के ने यह सूचना निश्चय ही मुझे खुशखबरी के तौर पर दी है। मेरा मन अतीत में लौट जाना चाहता है। ग्रेजुएट होने के बाद साल भर भटकने पर भी मैं कहीं खप न सका तो घरवालों का धीरज छूटने लगा था। पिताजी आए दिन समझाते (गालियाँ देना तब शुरू नहीं किया था) कि इस तरह बेकार घूमना बेइज्जती की बात है...और जब मेरे प्रयासों से निराश हो गए तो स्वयं 'स्थानीय प्राइवेट हाई स्कूल' के मैनेजर-अध्यक्ष आदि के पीछे-पीछे घूमने लगे। आखिरकार मैं गणित अध्यापक हो गया। दस्तखत करनेवाली तनख्वाह डेढ़ सौ और मिलनेवाली पचहत्तर रुपए। 'मिलनेवाली' से पाँच रुपए प्रतिमाह अनिवार्य रूप से बिल्डिंग फंड में कट जाते थे।

पिताजी को बहुत खुशी हुई थी। रिश्तेदारों तथा पड़ोसियों को महीनों घेर-घेरकर बताते रहे थे, ''देर से ही सही, लड़के को उसकी पढ़ाई-लिखाई के लिहाज से अच्छी जगह मिल गई। तनख्वाह घट ही सही, लेकिन आगे बढ़ने का 'चानस' है। बी.एड. कर ले तो प्रिंसिपल तक हो सकता है।'' तनख्वाह मिलती कितनी है, इसे वे बड़ी सफ़ाई से गोल कर जाते थे। कोई बहुत कुरेदता तो तनिक अप्रकृतिस्थ होकर कहते, ''दाल-रोटी भर को मिल ही जाता है। और क्या रुपया गाड़कर रखना है? असल चीज है विद्यादान।'' पर यह विद्यादान मैं अधिक दिनों तक नहीं कर सका। डेढ़ सौ पर दस्तखत करके सत्तर रुपए लेना अन्दरूनी मामला था। इंटरवल

में मैनेजर और अध्यक्ष के बेटे-बेटियों को निःशुल्क ट्यूशन पढ़ाना तथा आठ पीडियड में से एक का भी 'वैकेंट' न रहना भी बहुत बुरा नहीं लगता था पर कुछ ऐसी स्थितियाँ भी आती थीं, जिन्हें झेल पाना असह्य हो उठता था। मैनेजर या अध्यक्ष के घर कोई उत्सव होता तो स्कूल के अध्यापकों को वहाँ व्यवस्था सँभालने के लिए पहुँचना होता था। वहाँ आए आगन्तुकों में से कोई यह जानना पसन्द नहीं करता था कि आप एक हाई स्कूल के तथाकथित सम्मानित गुरुजन हैं। वैसे हर अध्यापक अपनी तरफ से यह प्रयास करता था कि उसकी स्थिति वहाँ काम कर रहे मजदूरों-कहारों से एक डिग्री ऊपर, उन पर निगरानी कर रहे सुपरवाइजरों जैसी मानी जाए, पर इस प्रयास में वे प्रायः असफल रहते थे। ऐसे मौकों पर विद्यालय के बच्चे भी दर्शक अथवा आमंत्रित के रूप में उपस्थित रहते थे। वे प्रत्येक क्रिया-कलाप और संवाद गौर से देखते-सुनते तथा अपने भाग्यविधाताओं के भाग्य के पेंदे तक पहुँच जाते थे। छठी-सातवीं कक्षा के बच्चे भी अच्छी तरह समझने लगे कि हम सब किराए के टट्टू हैं। उसमें भी कोढ़ में खाज हो गई थी, स्कूल के मास्टरों की पार्टीबन्दी। सवर्ण और निचली जातियों के आधार पर दो गुट बन गए थे। निम्नवर्ग वाले अपने-आपको 'दलित पैन्थर्स' के ग्रुप का मानते थे और चूँकि 'दलित' शब्द से उन्हें एलर्जी थी तथा 'दलित' जितना दलित मानने में थोड़ा अपमान-सा भी लगता था, इसलिए 'दलित' की बजाय 'एंग्री' शब्द का इस्तेमाल करते थे। टीचर्स रूम की बहसों में खुलकर एक-दूसरे पर कीचड़ उछाला जाता। हरिजन मास्टर साहब तर्क करने में अद्वितीय थे। जाने कहाँ से सामग्री इकट्ठी कर और लियोनार्ड बूली, मैक्समूलर, गिल्गमेश, ओल्ड टेस्टामेंट, हिब्रू, ऊर, मीडियन, जरतुश्त आदि शब्दों का भयंकर प्रयोग करके अन्त में यह सिद्ध कर देते थे कि मूल ब्राह्मण जाति तो कब की विलुप्त हो चुकी है। भारत में मौजूदा ब्राह्मण तो सिकन्दर के साथ यूनान से आए भिश्तियों की औलाद हैं।

इसके प्रत्युत्तर में मिश्रा जी मूँछों में मन्द-मन्द मुस्काते हुए तर्क देते कि कायदे से तो हरिजन मास्टर साहब 'दलित पैन्थर्स' के सदस्य ही नहीं हो सकते। क्योंकि यद्यपि उस समय तक उनका (मिश्राजी का) जन्म नहीं हो सका था पर परवर्ती सूचनाओं से यह सिद्ध होता है कि हरिजन मास्टर साहब का जन्म उनके पिता की मृत्यु के पूरे साल-भर बाद हुआ था। तुलसीदास आदि के जन्म का हवाला देने के बावजूद हरिजन मास्टर साहब की यह बात मानने के लिए कोई तैयार नहीं होता था कि पैदा होने में वे थोड़ा लेट हो गए थे। मिश्रा जी के इस तर्क का उनके पास कोई जवाब नहीं बन पाता था कि जो आदमी स्कूल में छह घंटे नहीं टिक पाता, वह वहाँ बारह महीने कैसे टिका रह गया? इम्पॉसिबल।

फिर तो महाभारत ही शुरू हो जाता।

और तब अपने ऑफिस से निकलते प्रिंसिपल साहब! उनका ऑफिस कहीं दूर

नहीं था। रेवेन्यू रेकॉर्ड में बीस फीट लम्बा दालाननुमा जो कमरा पंचायत-घर के रूप में दर्ज था, उसी के 14 फीट के हिस्से को टीचर्स रूम और पाँच फीट के हिस्से को प्रिंसिपल ऑफिस बना दिया था। बीच में एक फुट मोटी और साढ़े तीन फीट ऊँची कच्ची ईंटों की दीवार। बीच के दरवाजे में कोई पर्दा या किवाड़ नहीं था। सिर्फ मानसिक अलगाव किया गया था। और एक तरफ की हर गतिविधि का अवलोकन दूसरी तरफ खड़े होकर ही नहीं, लेटे-लेटे भी सुविधापूर्वक किया जा सकता था। प्रिंसिपल ऑफिस में या तो एक चारपाई पड़ सकती थी या एक कुर्सी-मेज। प्रिंसिपल साहब ने चारपाई को वरीयता दी थी।

प्रिंसिपल साहब इसलिए नहीं निकलते थे कि दोनों गुटों में सुलह करा दें। उन्हें तो मजबूरन निकलना पड़ता था, क्योंकि शोर के कारण उनका पोस्ते के छिलके का नशा फिसलने लगता था। उनकी दशा 'चकित चकत्ता चौंकि-चौंकि उठै बार-बार' वाली हो जाती थी। कुछ देर तक वे प्रिंसिपल ऑफिस और टीचर्स रूम के सन्धि द्वार पर खड़े रहते। एक-एक चेहरे को बारी-बारी से घूरते। फिर खँखारकर थूकते। तब तक लोग बनावटी लिहाज से शान्त होने लगते। वे वापस जाकर फिर औंधे मुँह चारपाई पर गिर पड़ते। हरिजन मास्टर साहब बताते थे कि जब प्रिंसिपल साहब इस औंधी मुद्रा में पड़े होते हैं तो उनके मुँह से प्रति घंटे सौ से दो सौ ग्राम तक राल निकलकर तकिया में जज्ब होती रहती है। यही कारण है कि गर्मी में तकिया तर रहता है, और ठंडक पहुँचाता है।

उस समय तक 'सिद्धान्त' शब्द से मेरा मोह टूटा नहीं था। अन्य मास्टर लोग भी अपने आपको कम सिद्धान्तवादी नहीं मानते थे। अन्तर यह था कि जहाँ और लोग सिद्धान्त को 'शोकेस' में रखते थे, मैं कभी-कभी उसका 'रफ-यूज' करने लगता था। जिस घटना के कारण मुझे विद्यालय छोड़ना पड़ा, उस समय भी यही हुआ था। घटना सत्रावसान के दिन की है। विद्यालय में छठे, सातवें और नौवें दर्जे का रिजल्ट सुनाया जा चुका था। कुछ स्पेशल केस से सम्बन्धित लड़के, जिनमें कुछ दो-चार नम्बरों से फेल हो रहे थे और कुछ, जो निर्धारित गुरुदक्षिणा की रकम अभी तक नहीं दे सके थे, रोक लिये गए थे। प्रिंसिपल साहब देर तक उन्हें उनके सीरियस केस के बारे में और गुरुदक्षिणा की महिमा के बारे में समझाते रहे थे कि वे नहीं चाहते कि उनके हाथों किसी का भविष्य अन्धकारमय हो जाए। उनके तो जीवन का मंत्र ही है—तमसो मा ज्योतिर्गमय, लेकिन छात्रों को भी गुरु का ध्यान रखना होगा। वे कोई उँगली-अँगूठा तो माँग नहीं रहे हैं...

सारी गुरुदक्षिणा वसूलते और हिसाब-किताब करते शाम के चार बज गए। कुल सात सौ बयालीस रुपए चढ़े थे, जैसा कि प्रिंसिपल साहब ने घोषित किया,

किन्तु, 'एंग्री पैन्थर्स' के सदस्यों ने आरोप लगाया कि घोषित राशि मूल राशि से काफी कम है, किन्तु गुरुदक्षिणा के लिए वहाँ कोई कमेटी गठित नहीं थी, इसलिए काफी बकझक के बाद घोषित राशि ही मूल राशि मान ली गई। तब प्रिंसिपल साहब ने घोषणा की कि इसमें से बयालीस रुपए वे संयुक्त हिन्दू परिवार की प्राचीन परम्परा के अनुसार ज्येष्ठांश के रूप में अपने पास रख लेते हैं। शेष सात सौ रुपए बाँटने के लिए उन्होंने मुझे आमंत्रित किया। मैंने दोपहर में एक लड़के को कहते सुन लिया था, "साले, इसी 'पास कराई' वाले रुपए से एकाध कुर्ता-पैजामा बनवा लेंगे। फिर उसी को साल भर रेतेंगे।" मेरा मुँह कड़वा हो चुका था। अत: मैंने घोषणा कर दी, "चूँकि अधिकांश रुपया जबर्दस्ती वसूला गया है और इसमें से तिरस्कार और अपमान की बू आ रही है, इसलिए यह रुपया मैं छुऊँगा भी नहीं, हिस्सा लेना तो दूर रहा।"

मेरी घोषणा से प्रिंसिपल साहब की मुद्रा परमहंसी हो गई। उन्होंने कोई दुख नहीं प्रकट किया। खुशी हुई होगी तो उसे भी दबा गए। धीर भाव से नोटों को नाक तक ले जाकर सूँघा, आश्वस्त हुए कि कोई बू नहीं आ रही है और घोषणा की कि ऐसी स्थिति में त्यागी गई इस समस्त राशि पर श्रेष्ठ ब्राह्मण का हक होता है। अत: इनके हिस्से का रुपया मैं लेता हूँ।

इस घोषणा से शेष ब्राह्मण, एंग्री पैन्थर्स और अन्य सवर्ण सभी भड़क उठे। आरोप-प्रत्यारोप के मध्य चाक-डस्टर फेंके जाने लगे। जो दो-चार लड़के अभी तक विद्यालय में रुके हुए थे, वे खिड़की के रास्ते कंकर-पत्थर सप्लाई करके गुरुजनों की मदद करने लगे। कुहराम मच गया।

दूसरे दिन प्रचार हो गया कि गुरुदक्षिणा का रुपया हड़पने का प्रयास करने के फलस्वरूप अध्यापकों ने मेरी जमकर पिटाई की है और लोगों ने अध्यापकों को आचार-संहिता बताना शुरू कर दिया।

जून में जब मैनेजमेंट की मीटिंग में मुझसे इस सम्बन्ध में स्पष्टीकरण माँगा गया तो मैंने उत्तर में इस्तीफा भेज दिया। पिताजी को मेरे इस्तीफे का पता चला तो लगे गालियाँ देने, "साला, लाट साहब बनना चाहता है। दाने-दाने को न तरस गया तो कहना!"

गालियों के प्रति मैं बचपन से ही उदासीन था। गाली से ज्यादा तरजीह पीटे जाने को देता रहा हूँ, जिसकी सम्भावना अब नहीं के बराबर थी।

शहर पहुँचकर इक्का रुकता है तो मेरी तन्द्रा टूटती है। मैं उतरकर सप्लाई ऑफिस पहुँचता हूँ। दलाल गोपीचन्द प्रांगण में ही मिल जाता है। मेरी नमस्ते का बड़ी उदासीनता से जवाब देता है, लेकिन जब कोने में ले जाकर उसे आठ सौ

रुपए देता हूँ तो उसकी उदासीनता गायब हो जाती है। वह हरकत में आ जाता है। मुझे ले जाकर जबर्दस्ती चाय पिलाता है और फिर बाहर प्रतीक्षा करने को कहकर दफ्तर के अन्दर चला जाता है। मैं एक खाली बेंच पर पसर जाता हूँ। आँखों में पुराने दृश्य घूमने लगते हैं।

मास्टरी छोड़ने के बाद घर में मेरी रही-सही साख भी समाप्त हो गई थी। हर सदस्य मुझसे पहले से अधिक दूर हो गया। पिताजी ने साबुन, तेल, स्याही और कागज तक का पैसा देना बन्द कर दिया। मुझे अपने कपड़े साबुन के बजाय रेह से धोने पड़ते। दर्जा आठ तक तो मैं वैसे ही रेह से कपड़े धोता रहा था, लेकिन ग्रेजुएट हो जाने के बाद भी आठ आने का साबुन न खरीद पाने की मजबूरी मुझे कभी-कभी अन्दर से तोड़ने लगती। कमीज मेरे पास, जब से मैंने कमीज पहनना सीखा, तब से हमेशा एक ही रही है। पहले तो कभी-कभी ऐसा भी होता था कि पुरानी कमीज के पूरी तरह फट जाने और नई कमीज के सिलकर तैयार होने के बीच में तीन-चार दिन का अन्तर पड़ जाता था। ये तीन-चार दिन बिना कमीज के ही निकल जाते थे। बनियान को हमेशा कमीज के बराबर का दर्जा मिलता आया था और एक ही साथ कमीज और बनियान दोनों पहनकर फाड़ने की मूर्खता हमारे यहाँ आज भी कोई नहीं करता। हाँ, डिग्री कॉलेज में नाम लिखाने तक हवाई चप्पल पहनने की आदत पड़ गई थी। इन दिनों जबकि पुरानी चप्पल के टूटे पट्टे बार-बार सिलवाते-सिलवाते सड़ गए थे और जेब में एक भी पैसा नहीं था, नंगे पैर पोस्ट-ऑफिस अथवा बाजार जाने में कुछ झेंप लगने लगी थी। यद्यपि इस झेंप के लिए कभी-कभी मैं स्वयं को कोसता भी था। मुझे कभी-कभी लगता कि ये सारे अभाव मुझे जबर्दस्ती महानता की तरफ ढकेलकर ले जा रहे हैं। मैं महान लोगों की जीवनी पढ़ने लगा। पढ़ते-पढ़ते हिसाब लगाता कि इनमें से कितने लोग मेरी तरह गाँव में पैदा हुए थे और कितनों का बचपन अभाव में बीता था तो यह संख्या काफी अधिक होती। तब मेरा हृदय नई आशा और विश्वास से भर जाता।

ऐसे समय जबकि मैं मानसिक रूप से व्यग्र रहता, पत्नी से सहवास को भी व्याकुल रहता। मेरी पत्नी मेरी मुफलिसी से पूरी-पूरी असन्तुष्ट थी, फिर भी बिना किसी खास एतराज के खुद को मेरे लिए प्रस्तुत करती रहती थी, लेकिन जब-जब मेरी नजर उसके फटे और मैले-कुचैले कपड़ों पर पड़ती, मैं अपराधबोध से गड़ जाता। उसे चुपचाप भाभीजी के ताने सुनते देखता तो लगता, पूरे घर को अभी, इसी वक्त आग लगा दूँ। माँ का रुख उस समय तक इतना आक्रामक नहीं हुआ था, न उसके प्रति, न मेरे प्रति, लेकिन धीरे-धीरे आत्मनिर्भरता की अनिर्वायता मेरी समझ में आने लगी।

इसी बीच इलाहाबाद यूनिवर्सिटी में अध्ययनरत मेरा एक दोस्त एक दिन 'क्लर्क्स ग्रेड परीक्षा' का आवेदन-पत्र लेकर आया। वह ओवरएज हो चुका था।

मुझसे कहा कि भरना चाहूँ तो भर दूँ, फीस वह दे देगा। मैंने फार्म भर दिया। बाद में कई जगह और कई माध्यमों से पूछताछ करने पर यू.पी.एस.सी. तथा प्रान्तीय लोक-सेवा आयोग के कार्यों और उद्देश्यों के सम्बन्ध में जानकारी प्राप्त हुई। यह मेरी ही नहीं, मेरी तरह उन हजारो-हजार ग्रामीण स्नातकों की नियति है, जो बिना शहर का मुँह देखे, जंगल या गाँव के बाजार में स्थित डिग्री कॉलेजों से डिग्री प्राप्त करते हैं। आगे की कड़ी के रूप में वे केवल बी.एड., एल.टी. या एल.एल.बी. का नाम ही जान पाते हैं। शिक्षा और रोजगार के बीच की कड़ी यू.पी.एस.सी. के बारे में जानकारी देनेवाला वहाँ कोई नहीं है।

मैंने परीक्षा दी और चुन लिया गया। सालों बाद ज्वाइनिंग लेटर मिला तो लगा, राजगद्दी का परवाना आया है। सोचा था, किसी को भी नहीं बताऊँगा। बहुत तंग किया है घरवालों ने। चुपचाप बिना बताए इनकी दुनिया से दूर चला जाऊँगा, लेकिन जब से पोस्टमैन रजिस्ट्री दे गया, पिताजी ने पूछते-पूछते कान बहरे कर दिए, "ससुरा बताता भी नहीं कि कैसा कागज-पत्तर है? कुछ बोले भी कि कहाँ से आया है, क्या लिखा है?"

मैंने बताया तो उनका मुँह खुशी से खुला-का-खुला रह गया। पान की पीक दाढ़ी तक बह निकली। संक्षेप में उन्होंने उस नौकरी में मिलनेवाली तनख्वाह, काम के प्रकार (अर्थात कलम पकड़नी पड़ेगी या कुदाल) तथा ऊपरी आमदनी के बारे में पूछा और सिर पर पगड़ी लपेटकर गाँववालों को खबर देने निकल गए। मैं पलक झपकते सबका दुलारा हो गया। होनहार हो गया। माँ ने अपने हाथ से परोसकर खाना खिलाया। भाभी ने खाने के साथ दूध का गिलास देकर और पत्नी ने रात में सारे शरीर की मालिश करके और बीसों उँगलियाँ चटकाकर अपनी प्रसन्नता व्यक्त की। उस रात उसने मेरी कमर को इतने जोर से अपनी भुजाओं में कसकर दबाया था कि याद करने पर आज भी दर्द होने लगता है। बड़े भैया ने यद्यपि अपनी खुशी का कोई स्थूल प्रमाण नहीं दिया, लेकिन उस रात माचे से उनके गाने की आवाज बहुत देर तक आती रही थी।

पिताजी को कोई न मिलता तो अपने आप ही बड़बड़ाते, "बचपन से ही इसके राजयोग थे। अयोध्याजी के पंडा महाराज ने हाथ देखते ही कहा था, लड़का ओहदेदार होगा। स्कूल का मुँह नहीं देखा था, तभी पूरा 'हनुमान चालीसा' जबानी याद कर लिया था...छटाँक-छटाँक देशी घी दाल में डालकर पिलाया है जी। गाँव में और किसी लड़के को सरकार ने रजिस्ट्री भेजकर बुलाया कभी! राजकाज चलाना सबके वश की बात नहीं होती।"

जाते समय पिताजी ने महीने भर के खर्च के लिए चार सौ रुपए दिए थे। दो

सूती कमीजें और पैंट सिला दिया था। माँ ने अचार, सत्तू, देशी घी, चबेना, गुड़, आलू, प्याज आदि बाँध दिया था। बड़े भैया वह सारा गट्ठर ढोकर बस अड्डे तक लाए थे। बड़े खुश थे, पर पैर नहीं छूने दिया। सिर्फ इतना कहा था, "चिट्ठी जल्दी देना।" और बड़े हौसले से केन्द्रीय सचिवालय की नौकरी के लिए दिल्ली चल पड़ा था।

सचिवालय की दुनिया में आने के बाद मैंने पहली बार महसूस किया कि गाँव को मैं कितना प्यार करता हूँ। गाँव मेरे रोम-रोम में बस गया है, यह गाँव छोड़ने के बाद जाना। मुझे दफ्तर में भी गाँव के ताल, भींटें, बाग, ऊसर-बंजर, ढकुलाही, बँसवारी और रुसहनी की याद सताती, जैसे जंगली तोता पिंजड़े में बन्द हो गया हो। मैं अपने गाँव के एक ग्वाले के साथ उसके मालिक के तबेले में रहता था। शाम को वह दूध देने निकल जाता तो मैं कभी-कभी रोने लगता।

जैसे-जैसे मैं अपने शहरी सहयोगियों से घुलता-मिलता गया, मुझे उनसे विरक्ति होती गई। सचिवालय मुझे ऐसा चिड़ियाघर नजर आता, जहाँ एक ही किस्म की चिड़ियाँ कैद की गई हों, जिन्हें चेहरे से पहचानना सम्भव न हो। मैं इन लोगों को चेहरे से नहीं, बल्कि इनके कपड़ों से पहचानता था। लोग गाँव के लोगों को कूपमंडूक कहते हैं, पर मुझे तो अपने दफ्तर में भी कम कूपमंडूक नजर नहीं आए। दिल्ली में रहते हुए भी उनमें से अधिकांश ने कभी कुतुबमीनार, राजघाट या शान्ति वन नहीं देखा था। सबकी दुनिया नितान्त सीमित थी, दफ्तर और परिवार, बीच में कुछ भी नहीं। कोई गाजियाबाद से भागता आता तो कोई शाहदरा और सोनीपत से। महीने के मध्य से ही उधार माँगने का क्रम शुरू हो जाता। बहुतों को तो यह भी नहीं पता था कि चने का पेड़ बड़ा होता है या अरहर का।

अनुशासन और व्यवस्था के नाम पर सब अपने बॉस के हाथ की कठपुतली बने रहते थे। जिसको वह अपने केबिन में बुलवाता, उसके दिल की धड़कन बढ़ जाती। अन्दर घुसने के पहले अन्दर के वातावरण की गन्ध पाने के लिए चपरासी को बीड़ी ऑफर करने लगता। बॉस का बात-व्यवहार का तरीका था भी बहुत भयावह। यहाँ बॉस की गुडबुक में होना इस बात पर निर्भर नहीं था कि आप कितने हार्ड-वर्कर हैं बल्कि इस बात पर कि आप कितनी चापलूसी कर लेते हैं, उससे कितना ज्यादा डरते और कितनी कम बातें करते हैं। उसके जायज-नाजायज गुस्से को कितनी सहजता से 'सुखे-दुखे समे कृत्वा' के भाव से सिर झुकाकर स्वीकार करते हैं। उसके घर पर कितनी बार सलाम करने जाते हैं। और उसके बच्चों के जन्म-दिन पर कैसा उपहार ले जाते हैं।

शुरू-शुरू में तो मुझे यह चाटुकारिता और अकारण भय-प्रदर्शन निहायत नागवार लगा, किन्तु धीरे-धीरे समझौतावादी होने की कोशिश करने लगा। झूठ-मूठ भय प्रदर्शन तो कोई मेरा गला काटने पर उतारू हो, तब भी नहीं कर सकता।

हाँ, एक-दो बार छोटी-मोटी भेंट लेकर बॉस के बँगले पर जरूर गया। मुझे उम्मीद थी कि अपने अन्तःकरण की आवाज के विरुद्ध की जानेवाली इस नीचता से मेरे मन में जो मलाल आया है, उसे बॉस अपनी स्वागत मुस्कान से दूर कर देगा। सम्बन्ध नॉर्मल हो जाएँगे, लेकिन बॉस तो मेरी उपस्थिति में भी मेरी बजाय अपने कुत्ते से बात करने में रुचि लेता था। मुझसे कभी बोलता भी तो यही कि आपका काम सन्तोषजनक नहीं है। मत भूलो कि तुम प्रोबेशन पर हो और तुम्हारी नौकरी मेरे रिमार्क पर निर्भर है। मुझे लगता कि यह तो साफ-साफ धमकी दे रहा है, अकारण। कुत्ते की तरह पूँछ हिलाने पर उतारू भी हुआ तो उसका यह नतीजा। मन खट्टा हो गया। बॉस के बँगले पर जाना ही बन्द कर दिया। वह इन्तजार करता रहा कि मेरा रवैया सुधरेगा, लेकिन कुत्ते की पूँछ भी कभी सीधी हुई है! एक दिन किसी मामूली भूल पर उसने मुझे अपने केबिन में बुलाकर जोर से डाँट दिया। मैंने चुप रहने का निश्चय किया था, लेकिन बॉस ने इसे मेरी कायरता समझा और कुछ ऐसा भाव प्रदर्शित करने लगा कि अगर मैं केबिन से निकलकर तुरन्त ही भाग नहीं गया तो वह जूते उतारकर मुझे पीटना शुरू कर देगा। मैं इस हद तक सह सकने के लिए अपने आपको तैयार नहीं कर सका, इसलिए जब गुस्से में जूते पटकता हुआ वह मेरे मुँह के पास अपना मुँह लाकर चिल्लाया, 'गेट आ-उ-ट...' तो मेरे अन्दर सोया गँवार भड़क उठा। मैंने उसकी तोता-टाइप नाक पर कसकर एक घूँसा जमाया...भच्च! तल-तल करके उसके नाक-मुँह से खून बहने लगा। वह चिल्लाया। लोग इकट्ठा हो गए...और एक लम्बी पूछताछ और स्पष्टीकरणों की औपचारिकता के बाद मुझे एक महीने का अग्रिम वेतन देकर नौकरी से निकाल दिया गया।

घरवाले मेरे आकस्मिक आगमन पर किंचित् चकित हुए और फिर स्वागत में जुट गए। माँ ने शिकायत की कि दुबला हो गया हूँ। भाभी ने खीर खिलाई। बड़ी बेटी ने सौ तक गिनती सुनाई। गाँव में घूमने निकला तो गाँव की औरतें किंचित् सम्भ्रम, किंचित् कुतूहल और किंचित् आदर का पुट देकर कानाफूसी करने लगीं, "दिल्ली में नौकरी पाई है गौरमिंट के दफ्तर में।" रात में पत्नी ने नौ बजते-बजते ही काम समाप्त करके कोठरी में सेज सजा दी और दिलोजान से समर्पित हुई। चरम बिन्दु पर पहुँचते-पहुँचते उसने किंचित् लाज और मान-भरे स्वर में कहा, "इस बार मुझे भी ले चलिए अपने साथ। कब तक यहाँ सड़ूँगी। आज तक मैंने कभी शहर नहीं देखा है।" मैं रस-भंग नहीं करना चाहता था और चुम्बनों की बौछार से उसका मुँह बन्द कर दिया।

हिम्मत नहीं पड़ रही थी कि पिताजी को सारी बातें बताऊँ, लेकिन पिताजी की नजरें तो गिद्ध से भी तेज हैं। दूसरे दिन से ही पूछने लगे, "कितने दिन की

छुट्टी लेकर आए हो?'' तीसरे दिन मैंने शाम को खेतों में भाई साहब को डरते-डरते सारी बात बता दी। उनके चेहरे पर कोई परिवर्तन नहीं आया। उन्होंने कहा, ''मैं चना उखाड़कर लाता हूँ, तुम माचे से माचिस लाओ तो होरहा भूना जाए।''

चौथे दिन ही घर, पड़ोस और फिर पूरे गाँव की नजरों में नालायक हो गया। औरतें परस्तर बातें करने लगीं, ''गौरमिंट ने निकाल बाहर किया। कहा, चसमा-ठोंका लगानेवाला लड़का नहीं चाहिए। क्या पता, कब पूरा आन्हर हो जाए।'' पिताजी ने बिना एक दिन की भी मोहलत दिए गालियाँ देना शुरू कर दिया, ''मेहरा, साला! आवारा, लोफर! जोरू के बगैर नहीं रह सकता था तो मैंने कौन उसे गिरवी रख लिया था। ले जाता साथ में बनरी नचाने के लिए उसे भी।'' और अन्त में माँ की गाली देते हुए भविष्यवाणी की थी, ''साले! तराई में गुह गोड़ोगे और चमाइन फाँसोगे। आखिर हो तो मेरे ही बेटे।'' सच, यह जानकर कि उन्हीं का बेटा हूँ, बड़ी राहत मिली थी। स्कूल की मास्टरी छोड़ी थी तो इन्होंने घोषणा कर दी थी कि मैं इनका बेटा हो ही नहीं सकता, क्योंकि इनका बेटा इतना बुद्धू नहीं हो सकता। आज की घोषणा से सारा मलाल मिट गया। वैसे असली बाप का या हरामी का बेटा होने की बात मेरी नजर में कोई खास अहमियत नहीं रखती। दुनिया में आना ही था। इनकी कोशिश से आते या किसी और की!

पिताजी हमेशा दोमुँहे साँप रहे हैं। उनका एक मुँह खुलता, जब आस-पास कोई पराया नहीं होता। उस मुँह से वे लगातार मेरी बुराई करते। दूसरा मुँह खुलता, जब पास में कोई परिचित या रिश्तेदार बैठा होता। यह मुँह मेरी बुराइयों को इतनी खूबी से अच्छाइयों में परिवर्तित कर देता कि सुनकर खुद मुझे आश्चर्य होता, ''मैं तो भई बस, एक बात जानता हूँ। जान जाए तो जाए, शान न जाने पाए। मेरे बेटे ने वही प्रत्यक्ष करके दिखा दिया। क्या नाम...वह इसका साहब ससुर। जाति का बनिया था। उसकी डाँट-डपट तो मेरा बेटा सहने से रहा। दे दिया कसकर एक लात पेट में। फच्च से मुँह से खून फेंक दिया। तीन दिन तक अस्पताल में होश ही नहीं आ रहा था। यह इस्तीफा देने लगा तो उस साहब के ऊपर वाले साहब ने कहा, 'तुम रहो ज्ञान, मैं इस साहब को ही निकाल बाहर करता हूँ,' लेकिन मेरे बेटे ने भी चालीस सेर का जवाब दिया, 'इसको निकालोगे तो इसके बच्चे भूखों मर जाएँगे साहब! मेरा क्या, गाँव में मूँछ ऐंठकर खेती करूँगा। और भाले में तेल लगाकर घूमूँगा।' '' फिर विषय की गम्भीरता को थोड़ा हल्का करने के लिए पश्चात्ताप-भरे स्वर में कहते, ''ससुरा, शहर में जाकर मूँछें साफ कर आया, यही बेजा किया। शहर में रहकर तो आदमी सचमुच हिजड़ा बन जाता है। अच्छा ही हुआ...'' लेकिन

उस बाहरी आदमी के हटते ही यह मुँह बन्द हो जाता और अकेला होते ही वे फिर गालियाँ देना शुरू कर देते।

आज सोचता हूँ तो पश्चात्ताप होता है अपनी करनी पर, लेकिन गुस्सा आता है उन शिक्षाशास्त्रियों पर, जो आज भी स्कूल-कॉलेजों में महाराणा प्रताप, शिवाजी, चन्द्रशेखर आजाद, भगतसिंह और नेताजी को पढ़ाते हैं, बच्चे के बच्चे मन पर राणा और आजाद की नुकीली मूँछें और गज भर की छाती, भगतसिंह का टोप और नेताजी की सैनिक छवि इतनी गहराई तक घुस जाती है कि प्रौढ़ होने पर आज के गर्हित यथार्थ-जीवन के साथ स्वयं को समायोजित करने के दौरान उसे भीषण मानसिक यंत्रणा से गुजरना पड़ता है। कभी-कभी तो इसी कशमकश में वह मेरी तरह टूट जाता है। माना कि समाज को बदलना कठिन है, पर टेक्स्ट बुक्स को बदलना तो मुश्किल नहीं। क्यों नहीं आज के बच्चों को ब्रूटस, कार्नेलिया, जयचन्द, विभीषण, आम्भि आदि सामन्तयुगीन चारणों तथा अन्य विश्वासघातियों, अवसरवादियों और चाटुकारों के चरित्र पढ़ाए जाते, जो उनके यथार्थ जीवन की समस्याओं को हल करने में सहायक हो सकें? यथार्थ को बदलना कठिन है, लेकिन आदर्श बदलने में क्या लगता है! दिल्ली में काटे गए चन्द महीनों तथा घर में मिलनेवाले तिरस्कार ने पैसे के प्रति मेरा दृष्टिकोण बदल दिया। मैंने निश्चय किया कि मुझे पैसा कमाना है। कई योजनाएँ तथा फ्रॉड दिमाग में आते रहे, जाते रहे। संयोग से इसी बीच गाँव के पुराने सस्ते गल्ले के लाइसेंसी का लाइसेंस रद्द हुआ तो पिताजी ने मुझसे भी अप्लाई करवा दिया।

लगा कि कोई जोर-जोर से झिंझोड़ रहा है। आँख खुली तो गोपीचन्द खड़ा था। बोला, "नए हो, इसलिए साफ-साफ बता रहा हूँ। अकेले चीनी के ब्लैक में ही हर महीने तीन हजार की बचत है। मौके पर 'नामा' ही काम आता है। किसी दिन साहब से जाकर 'परसनली' मिल लो। सारी बात साफ-साफ रहे तो ठीक रहता है। अपने इलाके के दरोगा, बी.डी.ओ. तथा और भी जो दो-चार मुँह-लगे कुत्ते हों, तो उन्हें दो-चार किलो देकर पटाए रहो, बस! सीधी-सी बात है, जिसके काटने का डर हो, उसका मुँह बन्द कर दो। साला काटेगा किधर से?...साल भर में बिल्डिंग खड़ी हो जाएगी।"

वह उठता है तो मैं भी उठकर बाहर की तरफ चल पड़ता हूँ। बहुत ठोकर खाने के बाद आज किनारा मिला है। आदर्शवाद के चलते अब तक जीवन के हर क्षेत्र में 'मिसफिट' होता रहा हूँ। अब जाकर अक्ल आई है रास्ते पर। मैं पैर की ठोकर मारकर सारे आदर्शवाद को चूर-चूर कर देना चाहता हूँ...बिल्डिंग! साल भर में! मुझे अभी से अपने कच्चे मकान की जगह तिमंजिली बिल्डिंग नजर आने लगी है—पीली-पीली! बालकनी में शायद मेरी पत्नी खड़ी है...

पत्नी की याद आते ही उसकी बड़ी-बड़ी आँखें याद आती हैं। सुबह चलते

समय पूछा था, ''क्या-क्या मँगाना है शहर से अपने लिए?'' तो बोली थी, ''मेरे लिए क्या?'' आजकल वह ऐसे ही बोलती है। एक समय वह भी था, जब नई-नई ब्याह कर आई थी तो रात में बड़ी महत्त्वपूर्ण जगह से मेरा हाथ हटाते हुए शिकायत करती थी, ''प्यार इतना जताते हो, लेकिन एक चोली (ब्रेजियर) तक लाकर नहीं दे सकते।'' पर मैं तो ऐसा बेहया था कि सालों तक फरमाइश सुनने के बाद भी उसे एक चोली लाकर नहीं दे सका। उसे फुसलाने के लिए तर्क करता कि चोली की जरूरत उन्हें होती है, जिनकी छातियाँ लत्ता होकर लटकने लगती हैं। तुम्हें उसकी क्या जरूरत? मेरी प्रशंसा गलत नहीं है। तीन-तीन बच्चे होने के बावजूद आज भी उसके स्तन तनिक भी श्रीहीन अथवा नतमुख नहीं हुए हैं। कभी-कभी तो उसके और अपने स्वास्थ्य की तुलना से मुझे खुद शर्म-सी आने लगती है। वह तो इस अन्तर को अब जरूरत से ज्यादा महत्त्व देने लगी है। उसके अनुसार तीनों की तीनों लड़कियाँ होने का एकमात्र जिम्मेदार मेरा उससे उन्नीस स्वास्थ्य है। इसके मामले में उसका गणित एकदम सीधा है। उसके अनुसार यदि पति तगड़ा है तो लड़का होगा, पत्नी तगड़ी है तो लड़की। इसे वह भाई साहब का उदाहरण देकर बखूबी सिद्ध कर देती है। मुझे चोरी से दूध पिलाने का उद्देश्य भी यही है कि अधिक स्वस्थ होकर मैं उसे एक बेटा दे सकूँ। मैं उसे एक्स और वाई क्रोमोसोम्स तथा सेक्स क्रोमोसोम के तेईसवें जोड़े के बारे में बताना चाहता हूँ तो वह समझती है कि मैं उसे बेवकूफ बना रहा हूँ। बेटा पैदा करके घर भर की नजरों में चढ़ जाने की उसकी कामना इतनी तीव्र है, इसका पता मुझे कभी न लगता, अगर उस दिन...

उस दिन माँ और पिताजी गंगास्नान के लिए गए हुए थे। भाभी एक हफ्ते पहले भाई साहब से लड़कर मायके चली गई थीं। मैं इसी लाइसेंस के चक्कर में शहर जाने निकला तो दस बजनेवाले थे। उस समय भाई साहब मँड़हे में बैठे खाँची बुन रहे थे। दो घंटे तक अड्डे पर सवारी का इन्तजार करने के बाद दिल में पता नहीं क्या आया कि मैं वापस लौट पड़ा। दरअसल आज घर सूना पाकर मैं उन्मुक्त होकर पत्नी को पा लेना चाहता था। महीनों बाहर सोने के कारण शरीर काफी सुस्त और भारी हो रहा था। उम्मीद थी कि अब तक भाई साहब खा-पीकर खेत पर चले गए होंगे। सूना आँगन होगा, बन्द किवाड़। इतना निरापद एकान्त कभी-कभी ही मिलता है। जाते समय मैंने पत्नी की आँखों में एक खास चमक देखी थी, जैसे शिकार पर नजर जमाए बिल्ली की आँखों में उतर आती है, नीली-नीली! सज-सँवर भी रही थी सवेरे से ही। शायद चार-छह दिन पहले ही ऋतुमती हुई थी। मैं बेताब होने लगा।

मँड़हे में खाँची अधूरी पड़ी थी। भाई साहब नहीं थे, आश्वस्त हुआ। एडवेंचर का आनन्द लेते हुए आहिस्ते-आहिस्ते आँगन में जाकर पत्नी की कोठरी के बन्द

किवाड़ों के आगे खड़ा हो गया और सोचने लगा कि किस तरह उसे चौंकाऊँ, तभी किवाड़ खुले और भाई साहब पसीना पोंछते हुए बाहर निकले। मुझे सामने पाकर हतप्रभ हुए और आँखें चुराकर बगल से बाहर निकल गए। कोठरी के अन्दर से बाहर आते हुए मेरी पत्नी की नजर मुझ पर पड़ी तो वह पथरा गई। मैंने स्पष्ट देखा, उसके गालों पर अधरों के नीचे दाँत काटने के निशान थे। कपड़े अस्त-व्यस्त थे। साँस तेज थी। देखते-देखते मुझे उसकी आँखों का पानी बदलता नजर आया। अब वह मुझे घूर रही थी। मेरी समझ में नहीं आया कि मुझे क्या करना चाहिए। मैं बाहर निकल गया और रात देर तक परती खेतों में टहलता रहा। कई दिनों बाद पत्नी ने स्वीकार किया, "उनकी कोई गलती नहीं है। मैं ही उनका हाथ पकड़कर मँड़हे से लिवा लाई थी, बेटा पाने के लिए।"

इस तरह के छिटपुट यौन-सम्बन्धों को मैं गम्भीरता से नहीं लेता। इसे मेरा दमित पुंसत्व कहिए या लिबरल आउटलुक। मैं पाप-पुण्य, जायज-नाजायज, पवित्र-अपवित्र और सतीत्व-असतीत्व के मानदंडों से भी सहमत नहीं हूँ। माँगकर रोटी खा ली या कामतुष्टि पा ली, एक ही बात है। प्राचीन काल की नियोग प्रथा को मैं आज के युग में भी उतना ही उपयोगी मानता हूँ। मैं भयभीत हुआ था तो सिर्फ इस बात से कि इन दिनों जिस हताशा और निपट एकाकीपन की अँधेरी गुफा में फँसा हूँ, वहाँ पत्नी ही एकमात्र ऐसा आलम्ब है, जिसके आँचल में मुँह छिपा लेने पर घड़ी-दो घड़ी सुकून मिल जाता है। यह आलम्ब भी छूट गया तो झेल नहीं पाऊँगा। पैर उखड़ जाएँगे और मैं डूब जाऊँगा।

दो सौ रुपए जेब में हैं। मैं बाजार से पत्नी के लिए दो ब्रेजियर, नायलान के दो ब्लाउज, पाउडर और क्रीम की डिबिया, रिबन, साबुन, लिपस्टिक, नेलपॉलिश, हेयर ऑयल और एक साड़ी खरीदता हूँ। रेखा की 'प्रवेशिका' और 'पहाड़ा' लेता हूँ। एक डिब्बे में मिठाई बँधवाता हूँ और इक्का पकड़कर वापस लौट पड़ता हूँ। सारे रास्ते निश्चय करता आता हूँ कि आदर्शवाद का मैल अपने मन से रगड़-रगड़कर छुड़ा दूँगा। हर महीने तीन-चौथाई चीनी ब्लैक करूँगा। और पत्नी को गहनों तथा कपड़ों से लाद दूँगा। कदर पाने के लिए कदर करनी होगी। आज तक उसने शहर नहीं देखा, सनीमा नहीं देखा, रेलगाड़ी पर नहीं चढ़ी, उसका पायल टूटा पड़ा है, फोंकी की कील नहीं है, सब कुछ बनवाऊँगा, सब कुछ पहनाऊँगा, सब कुछ दिखाऊँगा।

अड्डे पर इक्के से उतरकर आगे बढ़ता हूँ। तभी कोई नाम लेकर पुकारता है। गाँव के टीड़ी सिंह हैं। मैं राम-राम करता हूँ। वे लाइसेंस के बारे में पूछते हैं। मैं बताता हूँ, "मिल गया।" वे मेरे गले से लग जाते हैं, "बस, आज तो बिना पिए छोड़ नहीं सकता। ऐसा मौका फिर कब मिलेगा?" वे मुझे जबर्दस्ती 'देशी' के ठेके के अन्दर खींच ले जाते हैं। मैंने आज तक कभी शराब नहीं पी, पर आज दिल कह

रहा है—देख भी लूँ, कैसी लगती है? पहला घूँट अन्दर जाता है तो मुँह कड़वा हो जाता है, कै हो जाएगी, पर नहीं, कै नहीं होने दूँगा। आज इसकी तासीर देखूँगा।

थोड़ी ही देर में मुझे उसका असर स्पष्ट होने लगता है। मैं ठेकेदार से एक पौवा और लेकर पैंट की जेब में डाल लेता हूँ—आज रात पत्नी को भी पिलाऊँगा, अपने हाथ से। टीड़ी सिंह दुकान में अन्दर ही बेंच पर पसर गए हैं। मैं घर की तरफ चल पड़ता हूँ।

मँहड़े में जलती हुई लालटेन दूर से ही दिखाई देती है। पिताजी सन्ध्या कर रहे होंगे। पिताजी की याद आते ही गुस्सा आने लगता है। मैं यहाँ से चिल्लाकर बता देना चाहता हूँ कि आज से मेरी चारपाई पत्नी की कोठरी में बिछेगी। उसे अपने हाथों दुल्हन की तरह सजाऊँगा और कल शहर ले जाकर एक ग्रुप फोटो खिंचवाऊँगा। चार-पाँच साल से साथ है, लेकिन अभी तक उसकी एक फोटो तक मेरे पास नहीं है।

ऐं, मेरे घर के सामने इतनी भीड़ क्यों है? कौन हैं ये लोग? कुएँ के गौखे में जल रही ढिबरी की रोशनी से दीवार पर उनकी लहीम-सहीम परछाइयाँ रेंग रही हैं। नजदीक पहुँचने पर खुसुर-फुसुर की आवाज सुनाई पड़ती है। मैं आतंकित होता हूँ। तभी कोई औरत आगे आकर बताती है, ''तेरी मेहरारू तो भाग गई कलकत्ता, खलील दर्जी के साथ।''

ऐं! सरूर गायब। पूर्ण चैतन्य। आँखों में खलील का छोटी-छोटी दाढ़ी वाला बलिष्ठ चेहरा और पत्नी का सबेरे खुला हुआ बक्सा घूम जाता है। अभी तक कभी ध्यान ही नहीं गया। खलील का आवागमन इधर काफी बढ़ गया था। पहले ब्लाउज-फ्रॉक की नाप लेने कभी-कभी आता था, पर इधर तो पिताजी को गाँजा पिलाने के बहाने लगभग रोज ही आने लगा था। आज पता चला कि उसका असली मकसद क्या था। मुझे देखकर लोग अतिरिक्त रूप से उत्साहित हो गए हैं। वे इस उम्मीद में हैं कि अब मैं कुछ बोलूँगा, कुछ करूँगा। उन्हें कुछ अप्रत्याशित देखने और सुनने को मिलेगा। मुझे चुप देखकर उन लोगों का धीरज जवाब देता जा रहा है।

मैं मँड़हे में घुसता हूँ। पिताजी रौद्र रूप में बैठे हैं। मैं बताता हूँ, ''लाइसेंस मिल गया।'' लेकिन वे कुछ सुनने के लिए नहीं, कुछ कहने के लिए बेताब हो रहे हैं। दाँत पीसते हुए कहते हैं, ''क्यों रे कुत्ते! नाक कटवा ली न!''

'अब कुछ होगा' की सम्भावना से लोग मँड़हे को घेर लेते हैं, ''नाक है आपके?'' मैं पिताजी की आँखों में आँखें डालकर निर्भय और शान्त प्रश्न करता हूँ।

''नाक नहीं है रे मेरे! मेरे नाक नहीं है!'' वे चौंचियाते हुए लपककर मेरे मुँह पर झापड़ मारते हैं। देर से ही सही, लेकिन कुछ शुरू तो हुआ, लोगों को तसल्ली होती है।

''पता नहीं, मेरे तो नहीं है।''

"हिजड़े, जनखे! बूत नहीं था तो मुझसे कहा होता। मुझे भी नामर्द समझ लिया था क्या?"

पहली बार पिताजी के आगे चीखता हूँ, "मैंने आपको मना किया था क्या?" वे बुझ जाते हैं, पस्त! शान्त!

मैं बाहर निकलकर खेत में गड़े माचे की तरफ बढ़ने लगता हूँ। भाई साहब लोगों से अपने-अपने घर जाने का अनुरोध कर रहे हैं। लोग खिसक रहे हैं, निराश मन! क्या कुछ देखने की उम्मीद लेकर आए थे, लेकिन...

मैं माचे पर लेट जाता हूँ...चली गई, चलो, जहाँ भी रहे, सुखी रहे...लेकिन भागना ही था तो एक दिन पहले भाग जाती। मैं टूटने से बच जाता...घूस देने से...पथभ्रष्ट होने से...पता मालूम होता तो ये ब्रेजियर, ब्लाउज वगैरह पार्सल कर देता...लिखता कि बेटा होने पर खबर करे। मैं खिलौने लेकर आऊँगा। हवा कुछ ठंडी और तेज है। नींद नहीं आ रही है। दूर कहीं सियार रो रहे हैं...खेत से पके हुए खरबूजों की गन्ध आ रही है। कई दिनों से सोच रहा था। आज फुरसत मिली है। भरपेट खरबूजे खाऊँगा।

मैं माचे से उतरकर खरबूजे के खेत की तरफ चल पड़ता हूँ...ऐं! पैर लड़खड़ा क्यों रहे हैं?...शरीर इतना हल्का-हल्का-सा क्यों लग रहा है?... विचार अस्त-व्यस्त क्यों हैं?...आदमी में पागलपन की शुरुआत कैसे होती होगी?...मेरे कपड़े क्या हुए?...मैं नंगा कैसे हो गया?

मैं खेत के बीचोबीच खड़ा हूँ। कुछ गाने का दिल कर रहा है...इस भरी दुनिया में कोई भी...बेटियाँ तीन हैं, बेटे का सहारा न हुआ...

न...न...न...! सिर्फ गाने से काम नहीं चलने का। और मैं खरबूजे के खेत में भरतनाट्यम् शुरू कर देता हूँ।

तिरिया चरित्तर

"विमली! ए विमली!...एकदम्मै मर गई का रे..."
जोर लगाते ही बुढ़िया को खाँसी आ जाती है।

"यह हरजाई तो खटिया पर गिरते ही मर जाती है।" बुढ़िया खटिया के पास जाकर विमली को झिंझोड़ने लगी, "मरघट ले चलौं का रे?"

हड़बड़ाकर उठती है विमली और आँख मींजते हुए झोंपड़ी के बाहर चली जाती है।

लौटती है तो चूल्हे पर 'चाह' का पानी चढ़ाकर बकरी दुहने लगती है।

सात साल पहले, जब पहली बार उसने भट्ठे पर मजूरी करना शुरू किया था, नौ-दस साल की उमर में, तो कमाई के शुरुआत के पैसों से इस बकरी की माँ को खरीदकर लाई थी वह। बाप के लिए 'चाह' का इन्तजाम! और अब तो उसके बाप को चाह की ऐसी आदत पड़ गई है कि बिना 'चाह' के उसका लोटा ही नहीं उठता। इसी चाह के चलते बाप-बेटी को बुढ़िया की 'बोली' सुननी पड़ती है।

माँ-बाप को चाह का गिलास पकड़ाकर जल्दी-जल्दी नहाती है वह। रोटी सेंकती है। माँ-बाप के लिए ढँककर और अपनी रोटी बाँधकर निमरी बकरी का कान पकड़कर बाहर निकल जाती है।

आज भी निकलते-निकलते देर हो गई। रोज रात में सोते समय सोचती है कि सबेरे चार बजे ही उठेगी। लेकिन दिन-भर ईंट ढोने से थका शरीर! आँखों की पलकें जैसे चिपक जाती हैं आपस में। रोज पाँच-छह बज जाते हैं। माँ को रोटी-पानी के काम में वह लगाना नहीं चाहती...

दरअसल माँ-बाप के लिए लड़का बनकर रहती है विमली! क्या-क्या नहीं सहा-सुना उसके माँ-बाप ने उसके लिए! वह नहीं चाहती कि उसके माँ-बाप लड़के के अभाव को लेकर दुखी हों। किस लड़के से कम है वह? 15-16 रुपए रोज कमाती है, बाप को जाँगर पेरनेवाला काम क्यों करने दे? बाप का मन होता है तो गाँव के किसी किसान के गाय-भैंस का पगहा 'बर' देता है। टोना झाड़-फूँक

देता है। किसी की बहन-बेटी, नाते-रिश्तेदारों के हालचाल लेने चला जाता है, बस! हल्का-फुल्का काम!

गाँव के पश्चिम आधा किलोमीटर पर बहती है बिसुई नदी! अर्ध चन्द्राकार! और नदी के उस पार खान साहब का भट्ठा! काला धुआँ फेंकती दोनों चिमनियाँ दूर से ही दीखती हैं।

नदी के दोनों किनारों पर कठजामुनों का जंगल दूर-दूर तक चला गया है। धारा की ओर झुकी झाड़ियाँ! और उस पार दूर-दूर तक फैला है बाँस और सरपत! पहले लोग दिन में भी इस खादर में घुसने से डरते थे। खासकर औरतें! ...साही, सियार, नीलगाय, लकड़बग्घे, भेड़िए! ...और यदा-कदा गाँव के कच्चे मांस पर नजर गड़ाए गाँव के भेड़िए!

पर जब से भट्ठा खुला, यह खादर गुलजार हो गया है। आधे से अधिक गाँववालों की जीविका अब इसी भट्ठे के सहारे चल रही है।

विमली 'निमरी' बकरी को कठजामुनों के जंगल में हाँकती है और तेज कदम बढ़ाती भट्ठे की ओर चल पड़ती है।

कुइसा बोझवा का मन काम में लग नहीं रहा है। एक 'झुकान' में दस हजार ईंटों की बोझाई करके मूँड़ी उठानेवाला बोझवा है कुइसा! लेकिन आज!

वह रह-रहकर 'कनमनाता' है और गाँव की ओर से आनेवाली पगडंडी पर नजर दौड़ाकर जँभाई लेता है।

गनेशी टोकता है, "का बात है कुइसा भाई? मन नाहीं लागत का?"

कुछ जवाब नहीं देता कुइसा। बंडी की जेब से चुनौटी निकालकर तम्बाकू मलने लगता है।

ट्रैक्टर पर ईंट लदवाता बिल्लर कूट करता है, "कुछ लाल-पीयर नाहीं देखात का हो काका?"

लाल! पीयर! यानी लाल-पीला!

सुनकर सचमुच लाल-पीला होने लगता है कुइसा! तम्बाकू फटककर बिना किसी को दिए चुपचाप मुँह में दबा लेता है। ऐं!

बिल्लर की बात हमेशा चिढ़ानेवाली होती है।

लेकिन नहीं! सचमुच लाल साड़ी नजर आ जाती है कुइसा को।

विमली भट्ठे के पास पहुँच गई है।

कुइसा की आँखों में चमक आ जाती है।

मुँह में रस या राल? तम्बाकू की या... ?

पास आते ही कुइसा आँख तरेरता है, "अब तेरा आने का टैम हुआ है? दस बजनेवाले हैं। चलते समय घड़ी देखा था?"

विमली कुइसा की आदत जानती है। बिना मसखरी किए उसका खाना हजम

नहीं हो सकता। वह भी आँख तरेरती है, "जेतना काम करेंगे ओतने न मजूरी मिलैगी। तब काहें तोहार छाती फाटत है ? और घड़ी देखै अपनी बहिनी क सिखाओ।"

सभी हँसने लगते हैं। कुइसा मुस्कराता है।

कुइसा कहता है कि विमली के आने से भट्ठे पर 'उजियार' हो जाता है। उसके जाते ही अँधियार!

...और अँधियार होते ही 'रतौंधी' शुरू हो जाती है कुइसा को। विमली अगर रात में भट्ठे पर रहे तो कुइसा रात में भी बोझाई कर सकता है।

पहला खेप लेकर आती है विमली। एक पल खड़ी रहती है। कुइसा जान-बूझकर उसके सिर से ईंट नहीं उतारता।

"लेव पकरौ ? गरुआत अहीं!"

कुइसा की नजरें उठती हैं। वह मुस्कराता है।

अब यह कुछ 'मुराही' करेगा। विमली ताड़ती है और कुइसा के पैरों के पास ईंटें गिराकर मुस्कराती मिठऊ गाली देती भागती है।

बस इतने का ही तो भूखा है कुइसा।

अपनी-अपनी पसन्द! कुइसा को औरतों की गालियाँ, और मिल जाए तो धक्का खाना पसन्द है। अगर चार औरतें मिलकर उसे नदी में डुबोने लगें तो भी वह इनकार नहीं कर सकता।

कुइसा की इस आदत से परिचित हैं भट्ठे की मजदूरनें। सब मिलकर ऐसा कुछ करती-कहती रहती हैं कि कुइसा का मन लगा रहे।

पचास के पेटे में पहुँच रहा है कुइसा। दर्जनों भट्ठों पर बोझवा मिस्त्री रह चुका है। भट्ठे का काम हाथ में लेने के पहले देख लेता है—कौड़िहा मजदूर सिर्फ राँची के ही हैं या लोकल भी। सिर्फ राँची-विलासपुर के लेबरों वाले भट्ठे पर एक दिन नहीं रह सकता कुइसा। दस-पाँच लोकल मजदूरनें जरूरी हैं—देखने लायक!

सिर से ईंट उतारते हुए गरम साँस और तन का परस!

कुइसा के इस 'लोभ' से वाकिफ हैं खान साहब। तभी तो इस भट्ठे पर वह तीसरा सीजन बिता रहा है।

दरअसल भट्ठे को ही कुइसा घर-द्वार मानता है। जोरू न जाँता! गौना आया तो कुइसा पर भट्ठा मिस्त्री बनने का भूत सवार था। पूरा का पूरा सीजन भट्ठे पर बिताता। आखिर दो साल इन्तजार करने के बाद उसकी औरत चली गई किसी और का घर बसाने। तब से हर साल 'लगन' के महीनों में कुइसा बरदेखुओं का इन्तजार करता है। भट्ठे का नशा तो प्राण के साथ ही जाएगा।

कुछ देर बाद विमली के सिर से ईंट उतारते हुए फिर मुस्कराता है कुइसा, "बहुत दिन हुए डरेवर बाबू नहीं आए!"

"बड़ी याद आवत है डरेवर बाबू की ?" एक लड़की बोलती है।

सभी जानते हैं कि कुइसा विमली को चिढ़ा रहा है।

"इनके बहनोई हैं डरेवर बाबू! याद काहे न आए।" विमली जाते-जाते बोलती है।

कुइसा की सुस्ती फिर दूर हो जाती है।

लेकिन दोपहर में औरतों के झुंड के साथ नदी किनारे पीपल के पेड़ के नीचे सुस्ताते-खाते हुए विमली को सचमुच डरेवर बाबू की याद आती है। लगता है एक युग बीत गया डरेवर बाबू को देखे हुए।

कुइसा मिस्त्री झोंपड़ी में लेटा बारहमासा गा रहा है दुपहरिया काटने के लिए। औरतों-लड़कियों का झुंड नाना प्रकार की कथाओं-उपकथाओं, अफवाहों और गोपनीय कृत्यों-कुकृत्यों का पिटारा खोलकर बैठा है। उन सबकी सम्मिलित हँसी-खिलखिलाहट कुइसा के कानों में पहुँचती है तो वह बारहमासा का पद भूल जाता है।

जाड़े की दोपहर कितनी जल्दी-जल्दी उतरती है। विमली को आज अपनी माँ को लेकर बाजार जाना है—डॉक्टर के पास। 'अधकपारी' की दवा कराने। इसलिए दोपहर ढलते ही उसने काम बन्द कर दिया है। निमरी बकरी का कान पकड़कर वापस लौटती विमली नदी के पेटे में उतरती है तो सामने बिल्लर ट्रैक्टर धोता हुआ दिखाई पड़ता है।

विमली को आता देखकर खीस निकालने लगता है।

हमेशा हँसता-हँसाता रहनेवाला लड़का है बिल्लर। अट्ठारह-उन्नीस की उमर। महतारी न बाप। इस गाँव में अपनी बहन के घर रहता है और खान साहब के ट्रैक्टर की कलिंजरी करते-करते ड्राइवर बन गया है। दुख-तकलीफ की झाँईं पास नहीं फटकने देता। फक्कड़ और मसखरा।

ऐसे आदमी की हँसी का साथ देने में कोई बुराई नहीं समझती विमली। वह भी मुस्कराती है।

"आज हाफ-डे काहे कर दिया डरेवराइन?"

बिल्लर के बात करने के ढंग से थोड़ा चिढ़ती है विमली। अकेले में थोड़ा डरती भी है। पाजी है। इसकी आँखों में शैतानी चमकती है।

"तोहार जीभ बहुत चलै लाग बिलरू ! हम डरेवराइन हैं?"

फिर हँसता है बिल्लर! और जब विमली ट्रैक्टर की सीध में पहुँचती है तो एक बाल्टी पानी ट्रैक्टर के मडगार्ड पर इस अन्दाज से फेंकता है कि आधा पानी उछलकर विमली के ऊपर पड़ता है जाकर।

"तनी देखि के बिलराहू! अँखियाँ फूटि गई हैं का?" विमली मुड़कर आँख तरेरती है तो वह खी-खी करके हँसने लगता है।

पानी का छींटा पड़ने से भड़की बकरी उथले पानी में कूदती उस पार चली गई है। विमली थोड़ा-सा धोती ऊपर उठाए धार पार करने लगती है।

''परदेसी का 'टरक' बहुत मन भाया है। जाति-बिरादरी का एकदम खियाल नहीं। ट्रैक्टर की ताकत टरक से 'बेसी' होती है विम्मल; कहो तो कौनो दिन लड़ा के दिखाइ देई।''

उस पार पहुँचकर पीछे मुड़कर मुस्कराती है विमली तो बिल्लर बोनट से उछलकर नदी के दह में कूद पड़ता है।

ऊपर टीले पर चढ़ते-चढ़ते विमली को बिल्लर का गीत सुनाई पड़ता है।

...अरे, टुटही मँड़इया के हम हैं राजा
करीला गुजार थोरे मा,
तोर मन लागै न लागै पतरकी,
मोर मन लागल बा तोरे मा,...

यानी राजा तो हम भी हैं भाई! लेकिन टूटी-फूटी झोंपड़ी के राजा! थोड़े में गुजारा करनेवाले। डरेवर बाबू की तरह भारी मुँह-देखाई तो नहीं दे सकते...लेकिन ऐ पतरकी! पतली कमर वाली तिरिया! तेरा मन मेरे पर आए न आए, मेरा मन तो तेरे पर ही लगा हुआ है।

आय-हाय! क्या गोली दागी है बिलराहे ने! वह फिर मुड़कर देखती है। बिल्लर हँस रहा है और ट्रैक्टर के बोनट पर पैर से ताल दे-देकर नाच रहा है।

ह...राऽऽऽऽऽऽमी!

बिजली का तेल!

माई की 'अधकपारी' के लिए बिजली का तेल मँगाया है विमली ने। कलुआ का मामा बिजली विभाग में काम करता है, उसी से।

मामा कहता है, ''ट्रांसफार्मर का तेल! तेल से होकर बिजली गुजरती है तो तेल में बिजली जैसा गुन भर जाता है।''

सचमुच बिजली जैसा असर करता है—विमली की माई कहती है—बाजार के डॉक्टर तो पानी का पैसा लेते हैं। जेब काटने को तैयार! विमली की माई को डॉक्टरी दवाई नहीं 'सहती'।

महतारी-बाप का जितना ध्यान विमली रखती है, उतना तो इस गाँव में किसी का लड़का भी नहीं रखता। लड़के का ध्यान आते ही उसकी माँ पतोहू को और गाँव की कुटनी-घरफोड़नी औरतों को सरापने लगती है। उसका बेटा विमली से दस साल बड़ा था। लेकिन पतोहू ने आते ही उसे अपने बस में कर लिया। गाँव की औरतों ने आग में पलीता लगाया था और आने के छह माह के अन्दर पतोहू लड़के को लेकर अलग हो गई थी। उसी साल दीवार के नीचे दबने से विमली के बाप के दोनों हाथ बेकार हो गए थे। घर में खाने के लिए अन्न का एक दाना नहीं था। बाप

की दवाई के लिए पैसा कहाँ से आता! पतोहू के जेवर सास के पास ही रखे थे। जमीन में दबाए हुए। उसी में से एक थान गिरवी रखना चाहती थी बुढ़िया। सुनते ही अगियाबैताल हो गई थी पतोहू। बिना पानी पिए तीन दिन तक इसी बात पर लड़ती रही थी। सात पुस्त को गरियाती रही थी। लड़के ने सिर उठाकर एक बार भी उसे मना नहीं किया। तीसरी रात झोंपड़ी खोदकर गहने ढूँढ़ निकाले थे पतोहू ने और उसके बेटे को लेकर अपने मायके चली गई थी, जैसे बकरे को गले में पगहा लगाकर ले जाए कोई।

तीन दिन तक घर में चूल्हा नहीं जला था। बूढ़े के हाथों पर 'पलस्तर' चढ़वाना तो बहुत ही जरूरी था लेकिन पूरे गाँव में खोजने पर भी कोई दस रुपया या एक मन अनाज देने को तैयार नहीं था। सरपंचजी की घरवाली पर ज्यादा जोर समझती थी विमली की माई। विमली दो साल से उन्हीं के घर पर रहकर चौका-बासन, गोबर-झाड़ू कर रही थी। मजूरी के नाम पर दोनों टेम की रोटी और सरपंचजी की बिटिया का उतारन फराक, चड्ढी।

लाख पैर पकड़े विमली की माई ने कि बिना पेट में कुछ गए सबेरे दोनों बूढ़ा-बूढ़ी उठने लायक नहीं रहेंगे—सरपंच की औरत ने साफ कह दिया—बिना कोई चीज गिरवी रखे कानी कौड़ी नहीं दे सकती वह! ...और गिरवी रखने की चीजें लेकर पतोहू मायके जा चुकी थी...विमली टुकुर-टुकुर माँ का रोना देख रही थी।

रोते-रोते खाली हाथ वापस लौट आई थी विमली की माई—एक घंटा रात बीते। दोनों बूढ़ा-बूढ़ी तीसरी रात को भी खाली पेट लेटे।

लेकिन पहर रात बीते आई थी विमली। नौ साल की बच्ची! फराक में दोपहर की बनी दो मोटी रोटियाँ छिपाए हुए। एक विमली का हिस्सा और एक सरपंचजी की दोनों भैंसों का। भैंसों के हौदे में न डालकर वह रोटियाँ लेकर माँ के पास दौड़ी आई थी और किसी को सन्देह न हो इसलिए उसे दौड़ते हुए ही वापस भाग जाना था।

रात भर लगा था निर्णय लेने में विमली को। और सवेरे वह अपनी झोंपड़ी में लौट आई थी, ''नहीं करना उसे ऐसी जगह गोबर-झाड़ू, जहाँ माँगने पर भीख भी नहीं मिल सकती।''

''नहीं करना ? फिर क्या करेगी ? गरीबी में आटा गीला करेगी ? कम-से-कम अपना पेट तो पाल रही है! यहाँ तो तीन दिन से चूल्हा रो रहा है!''

''अपना ही क्यों ? सबका पेट पालेगी वह! भाई भाग गया तो क्या ? वह लड़का बनकर रहेगी। नया-नया भट्ठा खुला है गाँव में। काम की अब क्या कमी है ?...कौन कहता है कि आदमी-लड़के ही काम कर सकते हैं भट्ठे पर ? राँची की मजदूरनें औरतें नहीं हैं ? वे किसी से कम काम करती हैं ? तब वह क्यों नहीं कर सकती ? कितनी बार तो बुलाने आ चुका है भट्ठे का मुंशी गाँव की औरतों-

लड़कियों को। वह कल से ही भट्ठे पर नाम लिखा देगी...जितनी ईंट ढोओ उतना पैसा। ठेके पर!''

कुछ अटपटा-सा लगा विमली की माई को। दुनिया की बात वह नहीं जानती लेकिन यहाँ पर तो अभी तक आदमी लोग ही जाते हैं भट्ठे पर। औरतों का जाना...

लेकिन विमली की माई चुप भी हो जाए तो क्या सारा गाँव चुप रह जाएगा! सबसे पहले सरपंच की घरवाली ने ही मुँह बिचकाना शुरू किया, ''हुँह! सठिया गई है क्या बुढ़िया? अच्छे भले खाते-पीते घर में पड़ गई थी लड़की। जूठा-कूठा खाकर, घूरे पर सोकर भी चार साल में बाछी से गाय हो जाती। अब भट्ठे पर 'टरेनिंग' देगी बिटिया को। सयानी हो रही है ना। इस घर का गल्ला खा-खाकर उमर से पहले ही मस्ती चढ़ रही है। ले 'टरेनिंग'। बहुत लोग 'टरेनिंग' देने के लिए 'लोक' लेने को बैठे हैं वहाँ।''

विमली के बाप को चढ़ाया सबने, ''दुनिया भर के चोर-चाई का अड्डा है भट्ठा। लौंडे-लपाड़े! गुंडा-बदमाश! रात-बिरात आते-जाते रहते हैं। नौ-दस साल की लड़की छोटी नहीं होती, आन्हर हो गई है बुढ़िया। ईंट पथवाएगी। 'पाथेगा' कोई ढंग से? तब समझ में आएगा।''

विमली के बाप का तो दिमाग ही गरम हो गया था 'बोली' सुन-सुनकर। नाक कटवाने पर तुल गई हैं दोनों माँ-बेटी...नहीं करवाना उसे हाथ पर पलस्तर। खुला ही रहेगा। भूखों ही मरेगा लेकिन..., हाथ ठीक होता तो गला दबा देता माँ-बेटी दोनों का।

लेकिन विमली की माई ने शाम को हुक्का गुड़गुड़ाते हुए थिर मन से समझाया था, ''जलती हैं तो जलें सब। सारा गाँव जले। वह सबके जले पर नमक छिड़कवाने का इन्तजाम कर देगी। इस बार हफ्ता बँटने पर वह एक बोरा नमक लाएगी खरीदकर। जिसको अपने जले पर नमक छिड़कवाना हो, आकर छिड़कवा जाए...मेरी बिटिया जनम भर दूसरे की कुटौनी-पिसौनी, गोबर-सानी करे। फटा-उतारा पहिरे। तब इनकी छाती ठंडी रहेगी...एक टूका रोटी के लिए दूसरे का लरिका सौंचाए...भट्ठे पर कौन बिगवा (भेड़िया) बैठा है। सबेरे से साँझ तक काम करो। फिर अपने घर। एहमा कौन बेइज्जती? ई गाँव के लोग केहू के चूल्हा की आग बरदास नहीं कर सकते। जैसे इनकी छाती पर जलती है। इन्हीं लोगन के चलते हमार सोना जैसन बेटवा हाथ से निकरि गवा। तू लूल तो भवै हो, अन्हरौ होइ गए हौ का? कुछ सोचौ-समझौ!''

विमली का बाप तो एक-दो दिन में चुप हो गया लेकिन पन्द्रह-बीस दिन बाद विमली का ससुर दौड़ा आया। साल भर पहले ही तो विमली का 'विवाह' हुआ था। उसके ससुर को पतोहू के भट्ठे पर काम करने पर सख्त एतराज था। अभी तो खैर

लड़की छोटी है लेकिन चार साल में सयानी हो जाएगी तब...विमली की माँ ने किसी तरह समधी को भी समझा-बुझाकर वापस किया था।

और अब आकर देखे कोई! आधे गाँव की बिटिया-पतोहू भट्ठे पर मजूरी कर रही हैं। शुरुआत किया था विमली ने।

बाप के गुस्से से बचपन से परिचित है विमली। उसका गुस्सा ठंडा होता है 'मछरी' या 'कलिया' से। विमली जानती है, और तीसरे-चौथे उसका इन्तजाम कर देती है।

झोंपड़ी में था क्या पहले! टूटी चारपाई तक नहीं थी। बासन के नाम पर फूटा तवा! टूटी कड़ाही! एक कठौता! दो कठौती! दस जगह से पिचकी अलमुनिया की भदेली। विमली ने धीरे-धीरे पूरी गृहस्थी जोड़ी है। उसके बाप-भाई पाँच साल में भी झोंपड़ी पर नई छाजन नहीं डाल पाए थे। वह हर तीसरे साल छाजन बदलवाती है। विमली की ही कमाई से उसका बाप फिर से हाथ वाला हुआ है।

बाप की रजाई अलग। माई की अलग। कहीं आने-जाने के लिए कमरी! बाजार में हुई नीलामी से बाप के लिए मलेटरी वाली जर्सी लाई खरीदकर। माई का तम्बाकू और खैनी कभी घटने नहीं पाती। बाप की धोती! कुरता! अँगोछा!

छह-सात साल क्या होते हैं? लेकिन इतने ही समय में एक-एक करके तीन-चार थान गहने बनवा लिये हैं विमली ने। उसका बाप चुपचाप अंटी में रुपया लेकर शहर जाता है और कभी पायल, कभी ऐरन, कभी कमर-करधनी!

सचमुच लक्ष्मी है उसकी बेटी।

आज फिर विमली को नहाने में देर हो रही है। राबिस से फटे पैर। आधा घंटा तो एड़ियाँ रगड़ने में लग जाता है। लाख तेल मले। दवा लगाए।

आज फिर डरेवर बाबू आनेवाले हैं।

आज फिर लाल साड़ी पहनकर जाएगी विमली।

डरेवर बाबू को लाल साड़ी बहुत पसन्द है।

लाल साड़ी पहनते हुए विमली मुस्कराती है। उसके हाथ का बना मुर्गा तो अब सारी दुनिया खाना चाहती है। लेकिन वह इतनी फालतू तो नहीं।

शुरू-शुरू में डरेवरजी के लिए भट्ठे पर खाना बनाने का जिम्मा उस पर पड़ा तो बड़ी खुश हुई थी वह लेकिन उसका 'कारन' दूसरा था। तब वह बहुत छोटी थी। खाना बनाने, खिलाने, बर्तन माँजने, चौका लगाने आदि में वह आराम से चार घंटे गुजार देती थी। खान साहब खाना बनाने की मजूरी पाँच रुपए अलग से देते थे। पाँच रुपए तब दिन भर की दिहाड़ी के बराबर होते थे। लेकिन खुशी का असली कारण था चार घंटे के लिए ईंट ढोने से फुरसत! एक खेप में बारह ईंट की लदनी। दोपहर भर में ही गरदन अकड़ जाती थी।

खान साहब होशियार आदमी हैं। उनके भट्ठे से कोई नाराज होकर नहीं जा

सकता। कहाँ 'खान' का भट्ठा और कहाँ डरेवर बाबू का उतना मोटा जनेऊ! उससे तो उसकी निमरी बकरी बाँधी जा सकती है। तो हर ऐरी-गैरी जगह तो वे खा नहीं सकते। बड़ी सफाई चाहते हैं।

और जितनी देर में मीट-मुर्गा तैयार होता है, खान साहब कोयले का दाम जुटाने के जुगाड़ में लग जाते हैं। बिना कोल-एजेंट का पिछला बकाया दिए, बिना ब्याज के, आधा-पूरा दाम देकर कोयला देना कम जीवट का काम तो है नहीं!

वह भट्ठे पर पहुँची तो अभी डरेवरजी का टरक नहीं आया था। कुइसा मिस्त्री दूर से ही देखता है और काम छोड़कर खड़ा हो जाता है। कमर सीधी कर ले थोड़ा।

विमली के पहुँचते ही टोकता है, "आज तू फिर माँग टीका लगाकर आई! लाख बार कहा कि इसका 'चोन्हा' हमें 'बरदास' नहीं होता।"

"बरदास नहीं होता तो आँख फोड़ लो।" वह आँख उलटकर मुस्कराती है।

बिल्लर कहता है, विमली खान साहब के भट्ठे की 'हेड-लाइट' है।

हाथ-पैर धोकर वह भंडारे में घुसती है।

लहसुन, धनिया, अदरक, प्याज, मिर्च, हल्दी! भले खुद कलिया-मुर्गा नहीं खाती लेकिन कौन-सा मसाला कितना डालना है, कैसे पकाना है इसे कोई विमली से सीखे।

मसाला तैयार करते-करते मुंशी जी मुर्गा कटवाकर दे जाते हैं।

डरेवर बाबू की याद से ही सारे शरीर में गुदगुदी लगती है। पहले वह डरेवर बाबू से ज्यादा बात नहीं करती थी। खाना बनाकर बाहर निकल जाती थी और पांडे खलासी परोसकर खिलाता था। एक साल पहले उस बार आए डरेवरजी तो दाहिनी कलाई में कसकर रूमाल बाँधे थे—तेल में भीगा हुआ। पांडे खलासी चलाकर लाया था टरक। हाथ में मोच था या कहीं दब गया था। अन्दर-अन्दर खून जम गया था।

"थोड़ी-सी पिसी हल्दी तेल में गरम कर देना विमला। मालिस करना पड़ेगा।" डरेवर बाबू ने कराहते हुए कहा था।

हल्दी-तेल की कटोरी पकड़ते हुए पता नहीं क्या था डरेवर बाबू की आँखों में कि वह बोल पड़ी थी, "लाइए, मैं कर दूँ मालिस।"

डरेवर बाबू बच्चों की तरह चुपचाप मालिस कराने लगे थे।

"पंजे को जरा जोर से दबाइए जमीन पर। हाँ, ऐसे।"

"अरे एतना सी-सी काहे करते हैं? बहुत 'दरद' होता है?"

वह फिक् से हँसी तो डरेवर बाबू का सारा 'दरद' दूर हो गया था।

पुराने रुमाल की पट्टी बाँधते-बाँधते कहीं कुछ अपने मन के कोने में भी बाँध लिया था विमली ने उस दिन।

इंजन की आवाज कानों में पड़ती है तो उसका दिल धक्-धक् करने लगता है।

छी-ई-ई-छक्क!

इंजन बन्द होने से पहले जोर से छींकता है ट्रक! सब लड़कियाँ कहती हैं— छिंकनहवा टरक! बहुत पहले शुरू-शुरू में बगल से ईंट लेकर गुजरते हुए ऐसे ही छींका था तो चौंकने से दो ईंटें उसके पंजे पर गिर पड़ी थीं। बड़ी देर तक रोती रही थी वह।

ऐसे क्यों छींकते हैं सारे टरक? एक दिन वह डरेवरजी से पूछेगी।

दाहिना फाटक खोलकर उतरते हैं डरेवरजी!

फूल छाप लुंगी? लम्बी नोक वाला जूता। बड़ी-बड़ी काली मूँछें! नीली बनियान! काला शरीर! भरा हुआ! गले में पतली-सी सोने की सिकड़ी।

भंडारे में झाँककर हँसते हैं, "राम-राम भाई।"

"राम-राम!" वह धीरे से जवाब देती है। हँसती है। कितनी हँसी छूटती है! बेबात की हँसी। आगे के दोनों दाँतों में सोना मँढ़वाया है डरेवरजी ने। हँसते हुए कितना अच्छा लगता है।

डरेवरजी कुछ कागज-पत्तर लेकर खान साहब के पास चले जाते हैं।

टरक को दुल्हन की तरह सजाकर रखते हैं डरेवरजी। एक बार बहुत पहले उसने झाँककर देखा था अन्दर। गोरी-गोरी खूबसूरत मेमों की छापी चारों तरफ! बीच में बैठते हैं डरेवरजी।

पांडे खलासी अन्दर झाँककर सूँघता है, "मुर्गा तैयार!" फिर हँसता है।

"कहौ पांडे भाय?"

भाय कहने से बहुत खुश होता है पांडे। भाय माने भाई नहीं। दोस्त? यार? साथी? गुइयाँ? नहीं। इसके अलावा कुछ। इससे थोड़ा बारीक।

पांडे भाय मुँह फैलाकर हँसता है। सुर्ती से काले दाँत! डरेवर बाबू के आगे के जिन दोनों दाँतों में सोना मँढ़ा है, पांडे के वही दोनों दाँत टूटे हुए हैं—झरोखा।

पहले वह कहती थी पांडे चाचा! 'चाचा' सुनकर पांडे का मुँह लटक जाता था।

उल्टी रीति है इस टरक की भी। बाकी टरकों के खलासी लौंडे होते हैं, डरेवर बूढ़े! और इस टरक के...

नहाकर रसोई में घुसते हैं डरेवर बाबू—उघारे बदन! विमली चूल्हे से सटाकर पीढ़ा और पानी रखती है।

खाना और तपाना साथ-साथ।

छाती के बाल कितने लम्बे, घने और काले हैं डरेवर बाबू के। शरीर से पके कैथ की महक आ रही है। वह जोर से साँस खींचकर पके कैथ की महक सूँघती है।

खाने की थाली आगे सरकाती हुई वह पूछती है, "चमरौधा जूता टरक के आगे काहे लटकाए हैं? अन्दर रखने की जगह नहीं है?"

हँसते हैं डरेवरजी, ''ई जूता नहीं, पनही है। ट्रक में नजर लगानेवालों के लिए। चौराहे के मामा के लिए।''

मामा की बात तो उसे नहीं पता लेकिन नजर-टोना!

''तब तो घरवाली को नजर से बचाने के लिए घर के सामने भी पनही टाँगते होंगे?''

''पहले घरवाली का जुगाड़ लगाओ तब न जूता-पनही टाँगेंगे।''

ऐ! भिटहुर जैसे हो गए और घरवाली का जुगाड़ नहीं। उसे जाने कैसा लगा। तकलीफ हुई? अच्छा लगा? कुछ ठीक पता नहीं। लेकिन डरेवर बाबू को उसने ज्यादा ध्यान से देखा और एक साथ दो-तीन रोटियाँ निकालकर थाली में डाल दीं।

कहते हैं, पहले घरवाली का जुगाड़ लगाओ। जैसे मुझे ही लगाना है जुगाड़।

''मुर्गा बहुत मारू बनाती हो विम्मल! खाती नहीं हो तो इतना अच्छा बना कैसे लेती हो?''

विमली कोई जवाब नहीं देती। चबुरी बाँधकर चुपचाप सुरुआ उँडेलने लगती है कटोरी में।

''खाली मसाले का कमाल नहीं हो सकता यह! जरूर तुम अपने पास का कुछ डालती हो इसमें।''

विमली जोर से हँसती है। खुलकर।

''बात बनाना बहुत आता है आपको।'' विमली डरेवरजी की आँखों में झाँकती है।

यह आदमी तो आँखों से ही हँसता है, धत्त!

डरेवरजी लुंगी के अन्दर से एक पैकेट निकालकर विमली की तरफ बढ़ाते हैं। वह हाथ नहीं बढ़ाती तो उसके बगल में रख देते हैं।

''ई का है?''

''घर ले जाकर देखना।''

''कुछ लाया मत करिए। माई नाराज होती है।''

''माई कैसे देखेगी इसे। अन्दर पहनने की चीज,'' डरेवरजी इशारे से बताते हैं तो विमली का मुँह लाल हो जाता है—भक्क!

''हर बात माई से बताने की आदत रहेगी तब तो आगे चलकर बड़ी परेशानी होगी।'' डरेवरजी हँसते हैं।

''अच्छा, अब चुपचाप खाकर भागिए। अभी पांडेजी अगोर रहे हैं।''

''झरिया-धनबाद घूमने कब चल रही हो? इस बार बिना साथ लिये नहीं जाऊँगा।''

विमली भौंहों में हँसती है और पांडे के खाने की थाली लेकर बाहर निकल जाती है।

खाने के बाद विमली के आँचल में ही हाथ-मुँह पोंछने का मन करता है डरेवर बाबू का। लेकिन...

झरिया! धनबाद!

डरेवरजी हर बार उसे झरिया-धनबाद चलने का न्योता देते हैं। गाँव और बाजार छोड़कर कभी बाहर नहीं गई है विमली! बनारस! झरिया! धनबाद! सबके बारे में सिर्फ सुनती है। लेकिन कल्पना की आँखों से जो झरिया दिखाई पड़ता है वह कम सुन्दर नहीं! झर! झर! झरता हुआ झरिया। बनारस। कितना रसदास गन्ने जैसा और धनबाद में उतना धन न होता तो कैसे अपनी टरक दुल्हन की तरह सजाते डरेवरजी?

विमली को लगता है कि थक जाने पर 'टरक' का हाथ-गोड़ भी मींजते होंगे डरेवरजी और पांडे खलासी मिलकर। धत्त!

जाने के पहले एक लोटा पानी माँगकर पीते हैं डरेवरजी। प्यास उनकी आँखों में बसी है।

धूल उड़ाते जाते ट्रक को बड़ी देर तक खड़ी देखती रहती है विमली। ट्रक के आगे दोनों ओर काली लम्बी चोटी-सी लटकती रहती है। जैसे हाथ हिलाकर बुलाती हो, चलो विमला, झरिया-धनबाद!

'चीज' लाकर परेशानी में डाल गए डरेवर बाबू। अगली बार पूछकर दाम दे देगी जरूर।

जूठे बर्तन धोते हुए उराकी आँखों में एक बार फिर डरेवरजी की प्यासी आँखें कौंध जाती हैं। सूखे होंठ चाटते हुए डरेवरजी।

...टोपी वलवा पियासा चला जाय,
हमारे लगे दुइ गगरी...

प्यासा ही चला जा रहा है टोपी वाला छैला!

जबकि मेरे पास दो-दो घड़े हैं—व्यर्थ!

मकर संक्रान्ति

अघोरी बाबा के मठ का मेला। कई कोस दूर से लोग आज के दिन 'खिचड़ी' चढ़ाने आते हैं मठ पर।

झोंकाई के अलावा आज भट्ठे का सारा काम बन्द है। सारे मजदूर, स्त्रियाँ, बच्चे ट्रैक्टर-ट्रॉली पर लदकर जा रहे हैं मेला देखने।

बिसुई के बिलकुल कंठ पर है बाबा का मठ।

मकर-असनान! खिचड़ी-दान और मेले की मौज।

पीपल के पेड़ के नीचे, काली मन्दिर के सामने बकरा कटेगा। काली का

परसाद। भट्ठे के मजदूरों ने ही बनाया है यह काली मन्दिर। ईंट लादकर जानेवाला हर गाड़ीवान या ट्रैक्टरवाला हर खेप में दो ईंटें गिराता है मन्दिर के नाम पर। दो-दो ईंट के दान से बना मन्दिर। मेहनत भट्ठा-मजूदरों की और सीमेंट-सरिया खान साहब का। बालू का दान दिया है बिसुई नदी ने। काली की मूर्ति देखा। कितना विकराल रूप। खान साहब ने ही मँगाया है। 'खान' साहब के पड़दादा जब 'सिंह' साहब से 'खान' साहब हुए तो उनकी कुलदेवी यह काली उनके गर्भ-गृह में भूमिगत हो गई थीं। उन्हीं की पुनर्स्थापना।

बहुत जाग्रत् देवी हैं। बड़ा 'जस' है। कुइसा मिस्त्री भी इस साल होली पर बकरा चढ़ाएँगे—कहीं से एक घरवाली का जुगाड़।

खाना तैयार करने और बलि के कर्मकांड के लिए पाँच-छह औरत-मर्द रुके हैं मन्दिर पर! बाकी सभी मेला!

मजदूरनों की मेट है विमली। वह ट्रॉली के बीच में गोल बनाकर बैठी है।

गोरे, साँवले, काले, आबनूसी चेहरे। जूड़े में फूल और लाल रिबन। बेवजह हँसती हैं सब। सफेद दाँतों की पंक्तियाँ।

ट्रैक्टर पर बैठा कोई बोलता है, "ऐ! गाना शुरू करो।"

कितने गीत, भजन, कीर्तन, सोहर, नटका, दादरा, खेमटा याद हैं विमली को, कोई हिसाब नहीं।

विमली के गीत का तुरन्त असर होता है। राँची वाली दो-तीन लड़कियाँ उठकर नाचने लगती हैं। चलती हुई ट्रैक्टर-ट्रॉली में घेरा बनाकर नाचती लड़कियाँ! क्या बात है!

लेबरों ने ढोल-कनस्तर सँभाल लिया है। गाने की आवाज ढोल-कनस्तर और ट्रैक्टर के शोर में डूब जाती है। सिर्फ कोलाहल! हँसी!

कुइसा भी ट्रॉली में ही बैठना चाहते थे। लेकिन बिल्लर ने उन्हें ट्रैक्टर के मडगार्ड पर बैठा दिया—उनके पद के अनुसार। वे बार-बार मुड़कर ट्रॉली की ओर देखते हैं। तभी कोई कूट करता है—"काका! झुलनी लिये हो?"

झुलनी! पता नहीं इस शब्द से कितनी चिढ़ है कुइसा को। और कैसे हैं लोग कि हँसने-बोलने के मौके पर भी डंक मारने से नहीं चूकते!

दरअसल खान साहब के भट्ठे पर आए थे कुइसा तो कुछ आस लेकर आए थे। खान साहब के मुंशी ने झाँसा दिया था कि आपकी जाति-बिरादरी बहुत है हमारी तरफ। लड़कियों की कौन कमी! एक छोड़ दस घरवालियाँ रखो।

इसी विश्वास पर पहले साल कुइसा 'लगन' भर गाँव-गाँव घूमे। दिन भर भट्ठे पर बोझाई और रात किसी गाँव में। बहुत गाँजा-बीड़ी तम्बाकू बर्बाद कराया लोगों ने। सबसे बताते—पतोहू के लिए झुलनी तो मेरी माँ ही गढ़ा गई थी मरने के पहले।

जेब में ही रखते थे झुलनी। प्लास्टिक की डिबिया में, लाल मखमल में लपेटकर। निकालकर दिखाते। इसके अलावा पाँच बिगहा जमीन है। पाँच सौ की पगार। घरवाली हो जाए तो भैंस लाते कितनी देर लगेगी ?

आखिर मिली एक घरवाली। उसका जीजा साली के लिए दूसरा वर खोज रहा था। बहुत छुपाकर सारा मामला तय हुआ क्योंकि 'साली' के 'बियहा' को पता लगने से सारा मामला खराब हो सकता था।

कई थान गहना, साड़ी, चादर, चप्पल। सिंगार-पटार का सामान...सब लेकर गए कुइसा। तय था कि लड़की का जीजा बाजार में लेकर आएगा लड़की को और वहीं से पहना-ओढ़ाकर विदा कर दिया जाएगा।

विदा कराते-कराते शाम हो गई। अघोरी बाबा की मठिया पर नदी पार करते-करते अँधेरा हो गया। कितना धीरे-धीरे चलती है दुल्हन ! ज्यों-ज्यों अँधेरा घिरता जा रहा है, पीछे की ओर पिछड़ती जा रही है।

इस पार आकर इन्तजार करने लगे कुइसा...कहाँ गई दुल्हन ! थोड़ी देर बाद वापस नदी के पेटे में खोजने के लिए लौटे। कहीं कोई नहीं। किनारे, पानी की धार के पास रेत पर एक पोटली-सी पड़ी थी। उठाकर देखा—नाच में जनाना का 'पाठ' करनेवाले नचनिया लड़के सीने पर ब्लाउज के नीचे दो छोटी-छोटी गेंद-सी बाँध लेते हैं—वही। इस धोखे में सारी जमा-थमा निकल गई थी कुइसा की।

तब से झुलनी कहने पर आग लग जाती है उनके बदन में।

एक पेड़ के नीचे ट्रैक्टर खड़ा कर देता है बिल्लर।

चारों तरफ भीड़-ही-भीड़। रंग-बिरंगे लोग रंग-बिरंगे कपड़े। कपड़े जो सालो-साल मेले के इन्तजार में गगरी या गठरी में कैद रहते हैं।

दूर-दूर के बिछड़े लोग बिछड़े दिल मिलेंगे मेले में। जो उस तरह खुल्लम-खुल्ला नहीं मिल सकते। कितने मिलनेवाले रात आठ बजे की रेलगाड़ी पकड़कर भाग जाएँगे दिल्ली-लुधियाना।

जितने लोग उतने सपने। उतनी चीजें...क्या लें, क्या छोड़ें ?

विमली ने ठुड्डी पर 'तिल' गोदाया है और कलाई पर—सीताराम !

सीताराम ? भगतिन हो गई ?

किसी को क्या पता कि सीताराम उसके आदमी का नाम है। कितने जतन से पता लगाया है उसने अपने आदमी का नाम ?

अनजाने-अनदेखे आदमी का नाम ? सीताराम !

वापस भट्ठे पर पहुँचते-पहुँचते एक घंटा रात बीत जाती है। फिर काली मन्दिर की पूजा ! नाच-गाना ! भोज ! आधी रात तक। खान साहब ने बिल्लर को सौंपा—जिन औरतों-लड़कियों के साथ उनके घर का कोई आदमी नहीं है उन्हें घर तक छोड़ना उसके जिम्मे।

आखिर में पड़ती है विमली की झोंपड़ी। थोड़ी हटकर। अकेली रह जाने पर बोलती है, "अब तू जा रे! मैं चली जाऊँगी अकेले।"

"चल-चल। अभी कुछ हो-हवा जाए तो?"

"हो-हवा क्या! कोई बिगवा बैठा है रास्ते में?"

"तेरे लिए बिगवों की कमी है? तू जहाँ रहेगी वहीं बिगवा पैदा हो जाएँगे।"

"बिगवा आएगा तो टाँग पकड़कर चीर न डालूँगी।"

"तेरा बाप बैठा अगोरता होगा। कनकनाता होगा। उसका वश चले तो झोंपड़ी के सामने से सबका आना-जाना बन्द कर दे। साइकिल की घंटी बजाने से चिढ़ता है।"

सहसा सरपताही से कोई जानवर निकलकर भागा। आगे-आगे चलती विमली चौंककर ठिठकी तो बिल्लर उसकी पीठ से सट गया आकर।

पूस-माघ का जाड़ा। बादल छाए हुए हैं। बदली के चाँद की उजास।

"ए बिलरू! बड़ी बदमाशी सूझती है—हट!"

"अरे-अरे। मनई जैसा चल।"

'बदमाशी' पर उतर आया है बिल्लरवा। पहले से शंका थी विमली को।

"डरेवर बाबू की देह महकती है और मेरी गन्धाती है?"

"रमकल्ली के भतार! न तू हमार बियहा हो न डरेवर बाबू! खबरदार!"

अरे एकदम 'सनक' गया है?

विमली के दाँत कलाई में धँस गए हैं बिल्लरवा की। बाप रे! बिल्लर की चीख निकल जाती है।

अकिल गुम हो गई है बिल्लर की—एक पल में हँसती-खिलखिलाती अगले ही पल एकदम 'कटही'! सोचती क्या है! और बोलती क्या है!

आँखें कुछ और बोलती हैं! जीभ कुछ और!

'मूढ़' जैसा आगे-आगे चलने लगा है बिल्लर! विमली पीछे-पीछे। मुड़ते ही सावधान हो सकती है!

उदास हो गया है बिल्लर! एकदम चुप!

कुछ देर बाद बेवजह हँसती है विमली! खनखनाती हुई हँसी, "नाराज न हो बिल्लर! बदमाशी नहीं करनी चाहिए रे।"

जादूगरनी! बिल्लर सोचता है—कोई जादू सिद्ध है इसको!

विमली का बाप उसके इन्तजार में झोंपड़ी के बाहर चिलम पर चिलम फूँकता आग तापता बैठा बुढ़िया को गालियाँ दे रहा है। इतना रात में उसे बिल्लर के साथ आया देख भड़क उठता है—"अब जाकर तेरा लौटने का 'टेम' हुआ है? खबरदार जो कल से घर से बाहर कदम रखा। हाथ-गोड़ तोड़ दूँगा। इतनी-इतनी रात तक मेला देखेगी तू?"

बिल्लर 'तप्ता' पर हाथ सेंकते हुए बोली बोलता है, "गोदना गोदवाने गई थी बुढ़ऊ! एक पहर बीतते ही 'परान' निकल रहे हैं। विदा कर दोगे तो कैसे चैन पड़ेगा?"

वह बोली बोल सकता है। इस गाँव का साला जो है।

विमली का मन होता है—झाड़ू लेकर मुँह पीट डाले इस बिल्लरवा का। लेकिन बाप के गुस्से को देखकर चुपचाप झोंपड़ी में घुस जाती है।

माँ की रजाई में घुसकर बताती है, "रतौंधी की गोली लाई हूँ माई, तेरे लिए मेले से। अँधेरा होने के एक घंटा पहले एक गोली रोज..."

अभी तक माँ से ही चिपककर सोती है विमली रात में! अकेले उसे नींद नहीं आती।

माँ बड़ी देर तक बेटी को तमाम ऊँच-नीच, इज्जत-आबरू की बात समझाती है। इतनी-इतनी रात तक घूमना! उसके बाप का बिगड़ना अकारण थोड़े है।

"सुनते हैं कोई डरेवरजी आते हैं। कोई सर-सामान, रुपया-पैसा नहीं छूना! खबरदार! परदेशी की प्रीत! नहीं लगाना!"

विमली को बच्चा क्यों समझती है उसकी माँ! दुनिया भर की भूखी नजरों की भाखा पढ़-पढ़कर वह कब की पंडित हो गई है—बुढ़िया को कौन बताए!

जिस बात की लोग चर्चा करें, शंका करें, बस उसी से बचना चाहिए, यह समझ तो अपने आप आ जाती है। कब आ जाती है, खुद विमली को भी नहीं पता। माँ क्यों इतना डरती है?

जो बात जितनी अच्छी लगे उसमें उतना ही खतरा! बस इतनी-सी बात!

बुढ़िया चुप होती है, जब विमली का हुँकारी भरना बन्द हो जाता है।

रतौंधी होने से क्या हुआ? बुढ़िया विमली को मन की आँखों से देखती है। मन की आँखें बहुत तेज हैं बुढ़िया की। वह विमली के एक-एक अंग के बाढ़ का हिसाब रखती है। पराया धन। जब तक जिसकी अमानत उसको न सौंप दिया जाए...

सो गई लड़की! खटिया पर गिरते ही मरती है। अब बुढ़िया विमली के एक-एक अंग को टटोल-टटोलकर पढ़ रही है—सीना! पेट! कूल्हे! आखिर दुनिया भर के लौंडे-लपाड़ों के बीच दिन काटती है उसकी बेटी! ...

विमली साँस खींचे माँ के हाथ के स्पर्श अनुभव करती है—चुपचाप! गुदगुदी रोके नहीं रुक रही है।

दूसरे दिन ही खबर फैलती है—बिल्लर ने विमली को जलेबी खिलाई है मेले में। और जलेबी का दाम!

बिल्लरवा रात में अकेले गया था विमली को पहुँचाने।

सुना है बिल्लर ने भी विमली से कलाई पर पट्टी बँधवा ली रात में। जैसे पारसाल डरेवर बाबू ने बँधवाई थी।

विमली को आता देख नदी के दह में कँटिया लगाए बैठा दस-बारह साल का कलुआ गाने लगता है...*अब ना खाबे ठोंगा की जलेबी मोरी माई रे!*

तब भी वह नहीं समझती।

भट्ठे पर सभी कूट हँसी हँसते हैं। दोपहर में कुइसा निरगुन गाता है—

''नैहर में दाग पड़ा हो मोरी चुनरी...नैहर मा...''

पता नहीं क्या आग लगाई है बिल्लरवा ने ? या किसी और ने। जाने कैसे मेले की खबर उसकी ससुराल तक पहुँच गई। उसका ससुर दौड़ा आया है...सुनते हैं उसकी पतोहू ट्रैक्टर पर बैठकर मेला देखने जाती है...जलेबी! ...आधी रात तक बाहर! कोई 'धर्मशाला' है उसकी पतोहू ? कि पंचायती हंडा ? जो चाहे 'खिचड़ी' पका ले। बिना गौने का 'दिन धराए' वापस नहीं जाएगा वह ?

''देखिए समधी भाई ? बात को समझिए! ना-नुकुर करने में इज्जत नहीं है। चावल 'सिरजा' जाता है, 'भात' नहीं। चावल भात बना नहीं कि दूसरे दिन ही सड़ने लगता है। लड़की 'सयानी' हुई तो भात हो गई। उसे तो ससुराल भेजने में ही इज्जत है।''

सीझा-सुलझा आदमी मालूम होता है विमली का ससुर! पाँच-पंच के बीच में बोलना आता है। चावल! भात! कायल होने के अलावा रास्ता क्या है ?

लेकिन पहले 'टेवा' में ही हामी नहीं भर सकती किसी लड़की की माँ। लोग कहेंगे लड़की माँ-बाप पर भारी पड़ रही थी। किवाड़ की आड़ से बात कर रही है विमली की माँ, ''एक बार तो समधी को लौटना ही पड़ेगा।''

समधिन की बात है तब तो मानना ही पड़ेगा। ठीक है, जल्दी ही वह दुबारा टेवा लेकर आएगा।

माघ बीतते-बीतते सूरज का रोब-दाब बढ़ने लगता है।

दोपहर बाद ईंट ढोने के बाद सारी औरतें-लड़कियाँ नदी के दह में 'बोह' ले रही हैं।

गौने की चर्चा चल जाने के बाद विमली को रोज एक-दो बार ससुराल का सपना आता है। बात करते-करते अचानक कहीं खो जाती है। जगाने पर जागती है, बात-बात पर हँसने-खिलखिलाने की आदत कहाँ गई ?

अपने आदमी को देखने की कौन कहे, उसके बारे में कुछ सुना भी नहीं है विमली ने। ज्यादा नहीं, कुल तीन कोस है उसकी ससुराल। अघोरी बाबा के मठ

से तो दो ही कोस। लेकिन कभी मेला देखने के बहाने या बाजार-हाट भी नहीं आया इस तरफ! सुनती है—कलकत्ता गया है, कमाने-धमाने! उसका हाथ अनायास कलाई सहलाने लगता है—सीताराम! लेकिन जब भी कल्पना में सीताराम की कोई छवि देखना चाहती है विमली, डरेवर बाबू के सोने मढ़े दाँतों से फटती हँसी छा जाती है सामने! पके कैथ की गन्ध!

धत्त!

सहसा वह जागती है—डरेवरजी इन्तजार में बैठे होंगे। खाना बनाकर नहाने आई तो नहाती ही रह गई।

वह पानी से निकलकर जल्दी-जल्दी कपड़े बदलती है।

पीढ़े पर बैठते हुए मुस्कराते हैं डरेवरजी, ''हम तो समझे, नदी से सीधे अपने घर चली गई तुम?''

''भूल गई! बड़ी देर हो गई?''

डरेवरजी उसे ध्यान से देखते हैं—चेहरे का तेज दिनोदिन बढ़ता जा रहा है, शरीर गदराता जा रहा है। कितनी चमकती है देह!

डरेवरजी फिर एक बंडल बढ़ाते हैं विमला की तरफ—साड़ी, बिलाउज, पेटीकोट!

''ई का है?''

''पहना जाता है।''

''सो तो ठीक है लेकिन ई सब काहे लाते हैं आप? कौने पद से?''

''अब पद-वद तो तुम्हीं समझौ।''

''हम समझते हैं तबै न कहते हैं डरेवरजी, हमारा-आपका नाता साहेब-सलामत का है। हँसी-ठिठोली का! चीज-बतुस के लेन-देन मा तो कमरी भीज जाएगी। बहुत गुरु, बहुत गाढ़ पकड़ लेगी। हल्का बोझ ही अच्छा होता है डरेवर बाबू, जेतना आसानी से उठ जाए। इसको रखिए अपनी घरवाली के लिए।''

''तुम तो कभी-कभी पुरखिन बन जाती हो—'' डरेवरजी बात को रसेदार बनाए रखना चाहते हैं।

रसेदार बात और रसेदार मुर्गा, दोनों बहुत पसन्द हैं डरेवरजी को।

''ई हमारा 'चीन्ह' है विमला! 'चीन्ह' को लौटाने का 'मतलब' समझती हो?''

बड़ी-बड़ी आँखों से सीधे आँखों में ताक रही है विमली। उसको एकदम बुद्धू समझते हैं क्या? 'मतलब' की बात समझाते हैं? खूब समझती है वह 'मतलब' की बात! 'मतलबी' कहीं के! वह बात बदलना चाहती है, ''आज खान साहेब से काहे झक-झक कर रहे थे कोयला उतरवाते समय?''

''खान साहेब हेला के सार हैं। रुपए में तीन अठन्नी भँजना चाहते हैं। कोई कितने दिन घाटा-उधारी सहेगा?''

"इतना खाने-पीने का इन्तजाम करते हैं—मुर्गा-मछली!"

"मुर्गा-मछली से भट्ठा चलता है कि कोयले से! सच तो यह है कि मैं तुम्हारा मुँह देखने की लालच में चला आता हूँ इतनी दूर, पन्द्रह-सोलह हजार का कोयला लादकर। वरना इधर मुँह करके तो मैं...! बस तुम्हारे कारन! तुम्हारे कारन यह आदमी मुझे चूना लगाता जा रहा है।"

"हमारे कारन काहे?" विमली की जबान ऐंठ जाती है—"हमारा-आपका कौन नाता? जेतना दिन यहाँ आ रहे हैं, भेंट-मुलाकात बदी है, हो रही है! नहीं तो आप अपने रास्ते चले जाएँगे, हम अपने।"

कितनी 'बेदरदी' बात कह दी विमली ने। डरेवरजी बिसूरते रह गए बड़ी देर तक।

"एतना 'गोस्सा' काहे करती हो विमला! एक दिन तुम्हारे बप्पा के पास चलना है।"

"ऊ काहे?"

"कुछ माँगना है।"

"क्या?"

"तुम्हें!"

जोर से हँसी विमली! सुनकर सारा घाटा, सारी उधारी बिसर गई डरेवर बाबू की।

बहुत-बहुत लड़कियाँ देखी हैं डरेवर बाबू ने। बंगाल, बिहार, यू.पी. में। लेकिन ऐसी लड़की! जितनी नजदीक उतनी ही दूर! दूर-नजदीक साथ-साथ। हत्तेरे की!

डरेवरजी कुछ सोचते हुए लोटा लेकर बाहर निकलते हैं।

कितने भरम में पड़ जाती है आदमी की जाति! दो बात हँस-बोल लेने से। कलकत्ते वाले उसके आदमी को क्या पता कि कितने 'जतन' से सँभालकर रखा है विमली ने उसकी अमानत! पके आम के पेड़ की रखवाली जैसा कठिन काम! कितनी निगाहें हैं, पके आम के पेड़ पर!

बिल्लर की बहन रमकल्ली आज दोपहर से ही घुसी है विमली की झोंपड़ी में। एक 'बात' लेकर आई है वह। बिल्लर और विमली दोनों के फायदे की। विमली के महतारी-बाप के तो और भी फायदे की।

सुनते हैं विमली का आदमी तीन साल से घर नहीं आया कलकत्ते से। रुपया-पैसा भी नहीं भेजता बाप के पास। दिहाड़ी मजदूरी करता है। गुन का न सहूर का। अगर विमली की माई विमली को बिल्लर के साथ विदा कर दें...उन लोगों की जाति में यह कोई अनोखी बात नहीं है। महतारी-बाप के मर जाने से बचपन में शादी नहीं

हो सकी वरना सौ लड़कों में एक लड़का है बिल्लर। डरेवरी करता है। चार पैसा कमाता है। राम-जानकी जैसी जोड़ी रहेगी दोनों की। गाँव में ही झोंपड़ी खड़ी कर दी जाएगी। आँख के सामने रहेंगे दोनों। विमली के माँ-बाप चाहें तो घर-जमाई बनकर रहने के लिए भी तैयार हो जाएगा बिल्लर। लड़के की कमी भी नहीं खलेगी। नहीं तो विमली के जाने के बाद कौन है एक रोटी बनाकर देनेवाला दोनों को? लड़के वाला चाहेगा तो बिल्लर 'लगत' का हरजाना भी देने को तैयार है।

सोचने लायक सलाह देकर चली गई रामकली! दोनों बूढ़े-बूढ़ी शाम तक सलाह करते रहे। किसी तरह से कोई बुराई तो नजर नहीं आती इसमें। लड़के वाले चाहेंगे तो पंचायत में जो 'जुरमाना' 'लगत' के रूप में देना पड़ेगा, उसे भी दे देगा बिल्लर। उन दोनों के दिमाग में पहले क्यों नहीं आई इतनी अच्छी बात?

"लेकिन विमली मानेगी तभी न!"

"विमली से पूछने की क्या बात है इसमें?" विमली का बाप बिगड़ता है, "उसे अपने दूल्हे की सूरत भी याद नहीं होगी। बचपन की शादी! बच्चों का खेल जैसी!"

रात में खा-पीकर सोते समय बात का मुँह पूरी सावधानी से धीरे-धीरे खोलती है बुढ़िया।

"लेकिन मेरा बियाह तो तू पहले ही कर चुकी है रे! फिर दूसरा घर करने की काहे सोच रही है?"

"वह लड़का तो कई साल से घर नहीं आया बेटी!"

"लेकिन जिन्दा तो है। चिट्ठी-पत्री लिखने पर, वक्त-जरूरत क्यों नहीं लौटेगा? मेरा 'बियहा' है वह। क्या सोचेगा?"

"बिल्लर जाना-सुना, अच्छा लड़का है। अच्छा कमाता-धमाता है।"

"तो क्या मेरा आदमी लूला-लँगड़ा-काना है?"

"सो तो नहीं। लेकिन सुनते हैं नौकरी-चाकरी ठीक नहीं है। घर भी पैसा-कौड़ी नहीं भेज पाता।"

"हो सकता है अपने खाने भर को ही कमाता हो!"

"तब तुझे क्या खिलाएगा? क्या सुख देगा?"

"यह आज सोच रही है! पहले क्यों नहीं सोचा? क्या जरूरत थी बचपन में ही किसी के गले से बाँध देने की?"

"आज सोचने में क्या हर्ज है?"

"आज सोच सकती है अगर उसमें कोई खराबी हो। कम पैसे से ही कोई खराब हो जाता है, छोटा हो जाता है। बियाह तूने लड़के से किया था कि पैसे से? मेहनत करेगा आदमी तो एक रोटी कहीं भी मिलेगी। आदमी को अपनी मेहनत पर रीझना चाहिए कि दूसरे के पैसे पर रे?"

विमली उठकर बैठ जाती है खटिया पर, "कल को कोई दस बीघे वाला लड़का आ जाएगा तो तू कहेगी कि मैं उसी के साथ बैठ जाऊँ।"

सहसा उसे याद आता है—झोंपड़ी के कोने में नया हुक्का और तम्बाकू से भरी हाँड़ी रखी देखी है उसने। तम्बाकू में सने चोटे की गन्ध पूरी झोंपड़ी में फैल रही है।

बिल्लरवा की बहन दे गई है यह सौगात? उसके बदन में आग लग जाती है। वह माँ को पकड़कर झिंझोड़ने लगती है, "दस रुपए के हुक्के-तम्बाकू पर तूने अपनी बिटिया को राँड़ समझ लिया रे? बोल! कैसे सोच लिया ऐसा? जिसकी औरत उसे पता भी नहीं और तू उसे दूसरे को सौंप देगी? गाय-बकरी समझ लिया है?"

"चुप-चुप-चुप! हल्ला मत कर राँड़!"

इस बार आया विमली का ससुर तो गौने का दिन तय करके ही वापस गया। दो दिन तक रुका था।

कुइसा मिस्त्री ने सुना तो अबोला रह गया। अँधियार करके चली जाएगी विमली भट्ठे पर। पाँच सौ रुपए तनखाह पाता है वह। पाँच बिगहा खेत! विमली का आदमी तो सुनते हैं झल्ली ढोता है कलकत्ते में। क्या सुख देगा जनाना को? दो-तीन बार वह गया विमली के बाप के पास, चिलम पीने के बहाने। कुछ मन-मुँह मिले तो बात आगे बढ़ाए। लेकिन कितनी जलती हुई आँखें हैं बूढ़े की। बात करने जाइए तो घायल होकर लौटिए। आँखों से ही दाग देता है।

काम से मन उखड़ने लगा है कुइसा का। कभी 'लचारी' गाते हैं कभी बारहमासा :

लागै मास अगहन
जाय गौरी कै गवन
काटैं सैंया संग चयन
मोरे बालमुआ...

"लेकिन गोरी का 'गवन' तो माघ में पड़ा है कुइसा भाई?"

"माघ-फागुन का जाड़ा तो और भी गुलाबी होता है गनेशी भाय?"

ठाठ-बाट से गौना लेने आया है विमली का ससुर! बाजा, तमाशा! आतिशबाजी! चनुवाडीह की नाच-पार्टी। सौ-सौ ग्राम की गाँजे की पुड़िया! बक्सा भरकर दारू की बोतलें।

फिरी है सबके लिए, घराती हो चाहे बराती!

दोनों नशे इकट्ठे हुए तो बाजे के ताल पर बूढ़ा खुद घंटे भर नाचता रहा।

ए भाई! बूढ़ा काहे कहते हैं? चालीस-बयालीस से ज्यादा की उमर नहीं पहलौठी का लड़का था सीताराम। बीस की उमर में पैदा हुआ था। घरवाली न ां गुजरी होती तो अभी तक बेधड़क बाल-बच्चे होते रहते।

बीस साल तक खुद चूल्हा फूँकता रहा। अब जाकर तवा-कलछुल से फु सत का समय आया है। नाचेगा नहीं?

गाँव भर की औरतें झोंपड़ी के अन्दर घेरा बनाकर ससुराल से आई एक एक चीज की पड़ताल कर रही हैं। हाथ की अँगूठी! नाक की नथ! दो थान सोने के? पायल! बिछुए और हबेल! तीन थान चाँदी के। विमली की जाति में इतना जेवर कम ही लोगों को मिलता है। दुलहिन के कपड़े-लत्ते के साथ समधी-समधिन की पियरी धोती अलग से।

औरतें विमली के 'भाग' को 'सिहा' रही हैं।

बस एक साध रह गई। दूल्हा नहीं देख पाईं विमली का। उसे नौकरी से छुट्टी नहीं मिली...गाँव की औरतों को नाच भी बहुत पसन्द आया।

बिल्लर कल से ही मेहमानों की सेवा में लगा है।

सबेरे विदाई के समय खान साहब ने भी साड़ी भिजवाया। डरेवरजी ने एक चादर और इक्यावन रुपए नगद दिए। पांडे खलासी ने ग्यारह रुपए।

लेने-देने में विमली का बाप भी समधी से उन्नीस नहीं रहा। घड़ी, साइकिल, रेडियो, पाँच कूँड़ा बतासा, एक बोरा लाई, पाँच मन सीधा (राशन), एक बोरा आलू, एक बोरिया नमक, दो किलो तेल, एक किलो घी, रजाई, गद्दा, पलंग। गिरते-पड़ते दो ऊँट की लदनी।

पहले माई का पैर पकड़कर रोती है विमली! फिर बप्पा का! फिर सखियाँ! पड़ोसिनें! भट्ठे की मजदूरनें!

निमरी बकरी आज सबेरे से ही पूँछ हिला-हिलाकर चिल्ला रही है। डोली में बैठने से पहले उसे भी पकड़कर भेंटती है विमली। डोली उठती है तो वह चीत्कार कर उठती है—

"आपन देसवा छोड़ाया मोरे बपई...
आपन दुअरिया छोड़ाइउ मोरी माई..."

यह गाँव! यह देश! यह ढकुलाही, ये भीटे! कठ-जामुनों का जंगल। कल तक जिसे अपना समझती थी, आज हमेशा-हमेशा के लिए पराया कर दिया आपने बप्पा! अब कौन सबेरे आपको 'चाह' बनाकर देगा?

मेरा दुआर! मेरा मोहार! मेरा चूल्हा! मेरी चक्की! सबसे नाता टूट रहा है। कौन उसकी बकरी को चारा देगा? रोज सबेरे उठते ही मैं तेरी 'दुआरी' लीपती थी माई! उसे काहे छुड़ा दे रही है बिना कसूर?

सारे सपने, सारा पुरुषार्थ! छोड़ देने के लिए?

तिरिया जनम काहे देहु रे विधाता?

डोली पर पड़े 'ओहार' की फाँक से झाँककर देखती है विमली। यह छूटी बिसुई! यह बुढ़वा पीपल! कालीजी का मन्दिर! खान साहब का भट्ठा! दोनों चिमनियाँ रोज की तरह धुआँ उगल रही हैं।

डोली देखकर राँची वाली औरतों का दल पल भर को रुक जाता है—विमली की डोली!

ट्रक खड़ा है। खलासी पांडे उघारे बदन घुटने तक लम्बा अंडरवियर पहने हाथ में बाल्टी लिये ट्रक धोने को तैयार खड़े डोली को देख रहे हैं। डरेवर बाबू उठे हुए बोनट के आगे खड़े देख रहे हैं।

अरे या मोरे चाचा?
आपन छँहिया छोड़ाया मोरे चाचा।

खान चाचा अपने ऑफिस से बाहर निकल आए हैं। आँखें भर आई हैं, जैसे उनकी अपनी लड़की विदा हो रही हो। जहाँ भी रहे, सुखी रहे।

विमली उतरकर भट्ठे की मिट्टी को माथे से लगाना चाहती है।

लड़के और लड़की का 'फरक' आज ही मालूम पड़ा है विमली के बाप को। डोली की दिशा में ताकते हुए उसकी आँखों से झर-झर आँसू झर रहे हैं।

आज अचानक आया बुढ़ापा, बिना बताए।

दूर तक जाकर, विमली के रोने की आवाज के साथ ही डोली भी अदृश्य हो जाती है।

जब से पतोहू का गौना लाया है, बिसराम का भाव बढ़ गया है। चाल, ढाल, पहनावा-ओढ़ावा, दाढ़ी-मोछ, सब टिच्च! दो कट्ठा जमीन रेहन रखकर बादशाही खर्चा शुरू किया है। दिन भर झोंपड़ी के सामने गाँजे की महफिल लगा रहा है। एतना ठाट! काहे भाई? देखनेवालों को अजगुत-अजगुत लग रहा है। कहीं कोई भेद? अभी तक तो यही चर्चा थी कि लड़के को गौने में क्यों नहीं बुलाकर लाया बिसराम। लाख बाप से झगड़कर गया था लेकिन यह तो उसी का गौना था...फिर पतोहू के आने के तीसरे दिन ही बहन को क्यों विदा कर दिया? क्या इस डर से कि पतोहू को बिगाड़ देगी। 'बोलका' बना देगी।

इस टोले की औरतों की सूँघने की ताकत अभी इतनी कमजोर नहीं हुई है। लत्ता आग पर पड़ता है पीछे और चिरायँध औरतों की नाक में पहले पहुँच जाती है।

यहाँ तो सीधे आग लगी हुई है।

सुबह-शाम 'मैदान' आने-जाने के दौरान ही निर्विघ्न चर्चा का मौका मिलता है। इस बीच मनतोरिया की माई ने लाख कोशिश की, घुमा-फिराकर कोई 'सुराग'

निकालने की, लेकिन पतोहू कुछ बोलती ही न थी। एकदम गूँगी। बोलती थीं उसकी आँखें। लाल सूजी आँखें। टुकुर-टुकुर ताकती हुई। उतरा मुँह! थका चेहरा! कसाई की गाय!

तब मनतोरिया की माई ने तह तक जाकर भेद खोलने का निश्चय किया। बिसराम के इधर-उधर होने पर वह घुसी झोंपड़ी में। दारू की गन्ध से डूबी झोंपड़ी। खटिया के आस-पास बिखरे जली बीड़ी के टोंटे।

पतोहू तो बीड़ी पीती नहीं!

अचानक चीख निकल गई मनतोरिया की माई की। पैर पकड़कर बैठ गई। तल्-तल् बहता खून? बिसरमवा दाढ़ीजार ने टूटी बोतल का काँच बटोरकर रख दिया था कोने में। दो अंगुल का घाव हो गया उसके पैर में। चोरी से न घुसी होती तो लाख-लाख गालियाँ सुनाती।

''नई-नई लालटेन खरीदकर लाया है भाई। जब चाहे धीमी करो, जब चाहे तेज। ढिबरी की बत्ती तो हुचक-हुचककर जलती है।''

''पूरा विषधर है बिसरमवा।'' मनतोरिया की माई ने टोले की औरतों में ऐलान कर दिया है—'घमासान' मचाए हुए है।

लेकिन मरदों का मामला तो मरद लोग ही खुलेआम निपटा सकते हैं। औरतें क्या करेंगी?

और उसी रात सारा भेद औरतों के बीच से मरदों के कानों तक पहुँच जाता है।

मरदों के लिए यह खबर इतनी खास नहीं। औरतों का तो काम है इधर से उधर लबर लबर करना। और यदि बात में कुछ सच्चाई भी है तो इतनी 'अनहोनी' जैसा क्या है इसमें? गुनी आदमी है बिसराम। जानवरों की चोट, मोच, हारी-बेमारी में उसकी जरूरत पड़ती है हर घर को। फिर छोटे-बड़े की इज्जत करनेवाला। एकदम से तो उसके ऊपर उँगली उठाना ठीक नहीं...लेकिन बिलकुल चुप रहना भी सम्भव नहीं है। रात में हर 'घरवाली' जानना चाहेगी—क्या कर रहे हैं टोले के 'मरद' लोग?

गाँजा-दारू का 'चानस' हाथ से बिलकुल ही न निकल जाए इसका ध्यान रखते हुए शाम की बैठक में 'मरद' लोग बिसराम को तंग कर रहे हैं :

''बिसराम भाई, आपकी खटिया रात में नहीं दीखती बाहर। एकाध बार मैं इधर से गुजरा तो देखा दरवाजा सूना था।''

''काहे! तोहे पता नहीं कि आजकल बिगवा (भेड़िया) का कितना जोर है। आए दिन सुनाई पड़ता है किसी की बकरी ले गया! किसी का बच्चा! रमवापुर में महतारी के कोरा से तीन साल का लड़का छीनकर ले गया। राजा पट्टी में एक औरत से लड़की छीन रहा था...ऐसे में बाहर सोने लायक है? ...तुम बाहरै सो रहे हो? आया किसी दिन तो...''

अब क्या बोला जाए? बात करने में बिसराम को 'दाब' पाना आसान नहीं। और बिगवा का आतंक तो सचमुच चारों तरफ फैला हुआ है। औरतों ने अँधेरा होने के बाद छोटे बच्चों को लेकर बाहर निकलना बन्द कर दिया है। दिशा-मैदान जाना है तो झुंड बनाकर जाओ। हाथ में हँसिया या कुल्हाड़ी लेकर। सुनते हैं औरतों या बच्चों पर ही ज्यादा जोर मारता है।

जब बच्चों को हाथ से छीन रहा है तो रात-बिरात सोते में हमला कर दे तो क्या अचरज? आदमी का खून अगर एक बार मुँह में लग गया तो...सुनते हैं, आदमी का मांस नमकीन होता है...आदत लगी तो छूट नहीं सकती।

लेकिन 'बात' के जोर पर कोई 'पाप' पचा ले जाएगा?

''झोंपड़ी में तो पतोहू सोती है बिसराम भाई! उसमें तुम्हारा सोना!''

''झोंपड़ी में तो बीस साल से सोता आ रहा हूँ।''

''लेकिन अब बात दूसरी है। पतोहू के पास रात में, अकेले में...हम लोगों के कहने का मतलब...लड़के को भी नहीं बुला सके गौने में...तुम्हें अपने लिए झोंपड़ी खड़ी करनी चाहिए। हम लोग भी आते हैं तो यहाँ पेड़ के नीचे बैठना पड़ता है...''

बिसराम गाँजे की चिलम एक 'खींच' में जलाता है—'लप्प!' नंगा करने पर आमादा हैं सारे के सारे लोग उसे।

''और लड़के को भी चिट्ठी लिखकर बुला लो। नहीं तो गाँव में तरह-तरह की बातें...''

''क्या तरह-तरह की बातें?'' बिसराम को गाँजा चढ़ चुका है। उसी का गाँजा पीकर उसी की जड़ खोदेगा कोई? वह दहाड़ना चाहता है—लड़का आए साला, चाहे उमर भर न आए। पतोहू को 'खोराकी' से मतलब। और ऐसी-ऐसी चार पतोहुओं की खोराकी तो बिसराम अभी अकेले 'पूर' सकता है।

लेकिन गाँजा उसका गियान नहीं हर सकता। वह चौधरी है। बात सँभालना जानता है, ''हम खुद इसकी फिकर में हैं भाई। बहुत जल्दी जा रहे हैं लड़के को लाने और दूसरी झोंपड़ी की बात तो मैं खुद अगहन से सोच रहा हूँ, अब गन्ने की नई 'पाती' हो गई है तो दस-पाँच दिन में...दस आदमी के बीच में 'नक्कू' बनानेवाला काम खुद मुझे नहीं सोहाता। लेकिन मुँह से ऐसी-वैसी बात निकालने से पहले लोगों को सोचना चाहिए कि...''

''लोगों का मुँह कोई बन्द नहीं कर सकता बिसराम भाई! पूरे टोले में चर्चा है कि बिसराम अन्धेर मचा रहा है। बेटवा आएगा तो हाथ-पैर तोड़ेगा।''

फिर लगनेवाली बात। कलेजे में लपक उठती है बिसराम के। बेटवा के लिए पतोहुओं की कमी है उसे? अभी तीन मंडा खेत बाकी है। रेहन रख दे तो तीन हजार मिलेंगे। तीन पतोहुएँ! लेकिन...

''दूसरे के फटे में दुनिया पैर डालने को दौड़ती है भाई! कोई सीना चीरकर तो

दिखा नहीं सकता! लेकिन कहा गया है। बात करै जानि कै, पानी पियै छानि कै। हर मर्द की 'मोछ' होती है। इज्जत होती है।''

बात में वजन डालना जानता है बिसराम। और जहाँ 'मर्द' की 'मोछ' का, 'इज्जत' का सवाल हो, जब तक कोई रँगे हाथ न पकड़ ले या जब तक 'जनाना' खुद मुँह न खोले, सुबह-शाम की 'चिलम' दाँव पर रखकर कोई कितना नंगा करे किसी को।

मोछै अभी तक काली हैं बिसराम की। वह 'मोछ' ऐंठता है।

लेकिन मोछ ऐंठने से क्या होगा? बिसराम का दर्द तो बिसराम ही जानता है!

शुरू-शुरू में तो नई पतोहू जैसा शरम-लिहाज था। रीं-रीं करके रोना—हम बिटिया बराबर अही। आप बाप बराबर। रो-रोकर पैर छान लेती थी दोनों हाथों से। लगता था अब ढीली पड़ी कि तब। लेकिन बाद में तो बिल्ली जैसी खूँखार। वैसी ही गुर्राहट! पंजे मारना। हाथ झटकना। बिल्ली जैसे नाखून! सारा मुँह, नाक, कान, नोंच लिया है। पूरा चेहरा 'परपरा' रहा है। जलन!

ईंट-पत्थर ढोते-ढोते सारा शरीर लोहे का हो गया है ससुरी का। तीन दिन में तीन करम कर दिया। दोनों पैर सिकोड़कर ऐसा सधा वार किया छाती पर कि बिसराम उताने दूर जा गिरा खटिया से। तब से छाती और सिर में भयानक दर्द! अपने शरीर पर बड़ा गुमान था बिसराम को। क्या सचमुच 'जाँगर' घट गया है।

जानवरों का बिना डिगरी का डॉक्टर है बिसराम। बड़े-बड़े बैल-साँड़ रीढ़ की हड्डी दबाकर बैठा देता है। काबू में करता है। आज तक कोई जानवर बेकाबू नहीं हुआ...और यह 'उदन्त' बछिया पुट्ठे पर हाथ नहीं रखने दे रही है...यह अन्दर का दर्द किससे कहने जाए बिसराम? 'मोछ' ऐंठने से क्या होगा? झूठी बदनामी हो रही है, सो अलग। लात खाकर उसके मन में भय समा गया है। आज की रात वह दूर से ही भौंकेगा।

''बड़ी सती सवित्री बनती है? सारा गाँव नहीं गन्धवा दिया था तूने?''

''सारा नखड़ा घर में ही दिखाएगी तू?''

बोलना बन्द कर दिया है विमली ने। रोना भी। जैसे गूँगी हो गई है।

''डरेवरवा के साथ गुलछर्रे नहीं उड़ाती थी तू?''

''झरिया-धनबाद की सैर करने मैं गया था?''

''और बनारस की ठंडाई? हुँह ठंडई! बड़ी पिलाई है साले ने, एकदम ठंडा कर दिया है।''

''एतना कपड़ा-लत्ता, साड़ी-बिलाउज, गहना-गुरिया? सब बाप की कमाई है? लूले साले की? वह करेगा बेटी की दुकानदारी और तू यहाँ आकर...''

''अच्छा बता, कुइसा मिस्त्री से दो हजार रुपए में तेरी बिदाई का सौदा नहीं तय किया था तेरे बाप ने? उठा गंगा मैं अन्धा हूँ कि बहरा?''

"मेला देखेगी? जलेबी खाएगी? गंगा असनान करेगी?"

"डरेवरवा की दारू महकती है और मेरी गन्धाती है? नाक बन्द करती है? क्या-क्या बन्द करेगी?"

"गुलछर्रा उड़ाएगा दूसरा और खेत रेहन रखा जाएगा बिसराम का?"

"मुझसे बोलने में भी पाप लग रहा है रे? तिरिया चरित्तर फैलाने से जान बचेगी? साली! कातिक की कुतिया!"

जैसे-जैसे छाती का दर्द बढ़ रहा है बिसराम का क्रोध भी बढ़ रहा है। मुँह में फिचकुर आ गया है। सारा शरीर काँप रहा है। पैर सिकोड़कर घुटने को अँकवार में बाँधकर, उसी में सिर गड़ाए बैठी है विमली। जैसे कोई साही दुश्मन के आक्रमण की आशंका में बैठी हो काँटा फुलाकर! दूर से ही भूँक रहा है बिसराम। पास जाते ही एक काँटा तीर की तरह छूटेगा—सन्न!

जान साँसत में पड़ी है विमली की। किसी तरह पत-पानी के साथ मायके पहुँच पाती अगर...या उसका आदमी आ पहुँचता अचानक। नहीं तो हर रात—जंगल की रात! एक रात—एक जुग। किसी से कहे भी तो क्या? क्या करेगा कोई सुनकर हँसने के सिवा? भरी पंचायत में खड़ा होना पड़ेगा अलग। और ऐसे-ऐसे नंगा कर देनेवाले सवाल पंचायत के चौधरी लोग, रस ले-लेकर पूछते हैं कि...उसे खूब पता है। नैहर तक बदनामी अलग से।

हाँ, मनतोरिया की माई से अपने आदमी का 'पता' मालूम करवाया है उसने। चिट्ठी भी लिखवा दिया है। चौथे दिन चिट्ठी पहुँचेगी कलकत्ता। मायके भी खबर भिजवाया है—बप्पा को मालूम हो कि खबर पाते ही आकर लिवा चलें, देर हुई तो बिटिया की लहास ही देखेंगे।

बप्पा और 'आदमी' की राह देखती विमली।

कुइसा मिस्त्री अपने गाँव चले गए—जिला बलिया।

हिसाब-किताब करने में आना-कानी किया खान साहब ने तो बिना हिसाब किए चल पड़े। बोलते थे अब गया-जगन्नाथजी दर्शन करने जाएँगे इस साल। अगले सीजन में आएँगे कि नहीं? कह नहीं सकते। आदमी की जिनगी का कौन ठिकाना! दाढ़ी-मोछ के बाल पकड़ने लगे। गठिया-बतास जोड़ पकड़ने लगा। माया का फन्दा धीरे-धीरे काटना होगा...

माया केरी पूतरी, तन तरकस मन बान!
तिरिया धावै रथ चढ़ी, पुरुखहिं करै निसान!

बिसराम के सुभाव में इधर काफी फरक आ गया है। उधर दो-तीन दिन बाहर पेड़ के नीचे खटिया बिछाकर सोया। फिर बाँस-पाती आदि का जुगाड़ करके अलग मँड़ई खड़ी कर लिया, छोटी-सी। अब उसी में सोता है। दिन का ज्यादा समय शिवाले पर गुजारता है। गँजेड़ियों की भीड़ जो बीच में उसके दरवाजे पर जमने लगी थी, अब फिर पहले की तरह शिवाले पर जमने लगी है।

पहले दिन बिसराम ने बाहर खटिया बिछाई तो अचरज के मारे विमली को सारी रात नींद नहीं आई। किवाड़ के अन्दर से बिलारी बन्द करके मूसल की टेक लगा दिया था फिर भी दिल धड़क रहा था। बुढ़वा की मति का क्या ठिकाना! कोई नई चाल! जरा-सी आहट पाते ही चौंककर उठ बैठती।

बड़े सबेरे उठते ही खरहरा लेकर दुआर-मोहर बुहारता है। पहले दिन झाड़ू लगाकर जाने कहाँ से एक गिलास दूध लाया था और उसके हाथों में थमाते हुए बोला था, "जरा एक गिलास 'चाह' बनाना बहू! सुनते हैं तेरे हाथ की चाह पिए बिना समधी लोटा नहीं उठाता था।"

कितनी मिठास थी आवाज में! कितना दुलार!

चाय का गिलास पकड़ाते हुए हाथ काँप रहे थे विमली के। आँखों में पानी। गिलास पकड़ते हुए बिसराम की आँखें नीची थीं—इतना बदलाव। कई दिन बाद एक दिन शाम का खाना खाते हुए खुद कहने लगा, "मैं बहुत शर्मिन्दा हूँ बहू! अगर तूने माफ नहीं किया तो नरक में भी जगह नहीं मिलेगी मुझे। किसुनवा ओझा ने गाँजे में कोई बूटी मिलाकर पिला दिया था। मति भरिष्ट कर देनेवाली बूटी। उसी से हफ्ते भर सिर पर पाप सवार था और हफ्ते भर में मेरी मरजादा का नाश हो गया बिटिया! शिवाले के पुजारी बाबा ने विचारकर नाम खोला। कई दिन से मैं उनकी 'सरन' में बैठ रहा हूँ। किसुनवा को मैंने तीन साल में कितना गाँजा पिलाया होगा और उसकी बदी इस तरह दिया बेईमान ने। मुँह में कालिख लगाने का इन्तजाम कर दिया था घटियारे ने। तेरी जैसी लक्ष्मी बहू न होती तो कहाँ मुँह दिखाते हम लोग। कल को मेरा बेटा लौटता तो किस घाट लगता? लक्ष्मी है बहू, तू लक्ष्मी है, जो अपना पानी और मेरी पगड़ी, दोनों बचा ले गई। मैं पापी..."

आँखें भरभरा गई थीं बिसराम की। गला रुँध गया था। विमली को भी लगा कि वह 'भोंकार' छोड़कर रो पड़ेगी। किस जनम का बदला लेना चाहता था वह ओझा? विमली बड़ी देर तक बिसूरती रही थी। उसे लग रहा था जैसे जुगों की तपन के बाद धीरे-धीरे कलेजे में ठंडक पैठ रही है।

रात लेटे-लेटे देर तक सोचती रही वह। खान साहब कहते थे—सच्चाई को कोई छिपा नहीं सकता। सच्चाई को कोई दबा नहीं सकता। सच्चाई को कोई हरा नहीं सकता। सच्चाई आखिर सच्चाई होती है।

पास-पड़ोस के लोगों को भी देखकर अचरज होता है कि सचमुच पानीदार

आदमी है बिसराम। जरा-सा मजाक-मजाक में टोका-टाकी हुई और उसे बात लग गई! मरजादा वाला आदमी! चार दिन में अलग मँड़ई खड़ी कर दिया। ऐसे ही तो जात-बिरादरी किसी को चौधरी नहीं मान लेती। किसी के खिलाफ मुँह खोलने के पहले हजार बार सोचना चाहिए और औरतों के कहने में आकर लोग उसे बेइज्जत करने पर आमादा थे। ठीक ही कहते हैं—नाक न हो तो औरतें मैला खा लें।

दुआर-मोहार बुहारने के बाद बिसराम ने बाहर से ही ऊँची आवाज में बताया, "दोपहर में खाने नहीं आएगा वह आज। शिवाले पर सत्यनारायण की कथा कहवा रहा है। तब तक 'बरत' रहेगा। बहू अपना खाना-पीना कर ले। वह एक ही 'टेम' शाम को खाएगा। गंगाजल का छिड़काव करके झोंपड़ी 'पवित्तर' करने और 'चरनामरित' ग्रहण करने के बाद।"

तब तो विमली भी रहेगी बरत! इतने बड़े संकट से उबार लिया सत्यनारायण सामी ने। उसके ससुर का दिमाग सही कर दिया। पहले पता होता तो वह चाह भी न पीती...सत्यनारायणजी की कथा घर में होनी चाहिए थी। पहले याद पड़ा होता तो जरूर कहती। अब तो जा चुका ससुर! उसका मन, शरीर थिर हो रहा है—ठंडा!

दोपहर तक मेहनत करके विमली ने पूरी झोंपड़ी को लीपा है अन्दर-बाहर। हफ्तों बाद चैन आया है उसके मन में। लग रहा है वह मालकिन है इस झोंपड़ी की, अपने ससुराल की। उसका आदमी 'कमाने गया है' परदेस। बूढ़े ससुर के रोटी-पानी का इन्तजाम तो उसी के जिम्मे है। शाम होते ही वह खाना बनाने में लग जाती है।

कल ही उसका बाप आनने आएगा। मनतोरिया की माई ने बताया है। खबर न भेजती तो क्या करती? लेकिन अब तो न आए बाप तो भी कोई बात नहीं। चार दिन बना-खिला दे ससुर को। उसके जाने के बाद तो फिर अपने ही हाथ से 'पाथना' होगा मोटा-महीन!

...जल्दी ही लौटेगी मायके से। अब तो यही उसका घर-दुआर है। उसका आदमी भी किसी समय आ सकता है। चिट्ठी पहुँच गई होगी।

एक घंटा रात बीतते आता है बिसराम। एक हाथ में 'चरनामरित' की हाँड़ी और दूसरे में पंजीरी का दोना।

ऐ! झोंपड़ी लिपी-पुती शुद्ध!

"मैं तो लक्ष्मी ही कहकर पुकारूँगा अब तुझे बहू। मना मत करना। ए ले गंगाजल की बोतल! हाथ-पाँव धोकर पूरी झोंपड़ी में छिड़क दे। फिर परसाद 'ग्रहन' कर ले। हाँ! मैं तो वहीं ग्रहन कर चुका। भूख के मारे हालत खराब थी। यह परसाद तो तेरे लिए ही है।"

"ज्यादा है? एक लोटा चरनामरित ज्यादा है, सबेरे से ही बासी मुँह पड़ी है तू! और यह जरा-सी पंजीरी!"

"अच्छा ज्यादा है तो थोड़ा-सा ढँककर रख दे अपने बप्पा के लिए। हाँ, मैं तो बताना ही भूल गया। कल ही तेरे बप्पा आ रहे हैं लेकिन 'चरनामरित' तो पूरा पी ले। कल तक तो उसका दूध फट जाएगा।"

"नहीं खाने की अब जगह ही नहीं रह गई बिलकुल। मैं एक जरा एक चिलम...सबेरे से हाथ नहीं लगाया है चिलम को।"

बिसराम के बाहर जाने के बाद विमली परसाद को झोंपड़ी के बीचोबीच जमीन पर रखती है। जमीन से छुआकर माथा टेकती है—हे प्रभु!

पंजीरी कितनी मीठी लग रही है। भगवान का बास जो हो जाता है। और 'चरनामरित' तो सचमुच ही अमरित। एक गिलास अमरित!

'धक्का' जैसा लगता है विमली को। कहते हैं खाली पेट में अन्न पहुँचता है तो...अन्न में भी नशा होता है...लेकिन इतनी सुस्ती। हाथ-पाँव ढीले पड़ते जा रहे हैं। वह खटिया पर लुढ़क जाती है—बस दो पल लेट ले।

गाँजे की चिलम चटकाकर झोंपड़ी में घुसता है बिसराम! लालटेन की रोशनी में देखता है। कुतवा 'चरनामरित' की हाँड़ी चाटकर वहीं जमीन पर फैल गया है। बिसराम धीरे से लात मारता है, कुतवा आँख खोलकर बेगाने ढंग से ताकता है। लड़खड़ाता हुआ बाहर तक जाता है। और फिर लुढ़क जाता है।

'चरनामरित' और कुत्ता पीए? बदे-बदे की बात!

खटिया पर चित्त पड़ी है विमली, बेसुध!

बिसराम धीरे-धीरे हिला-डुलाकर देखता है। कोई हरकत नहीं। असर कर गई है। गुरु ने बताया था—जो जानवर किसी तरह काबू में न आए उसके लिए अफीम!

अफीम का चरनामरित या दूध का? पहचान सकते हैं आप—देखकर? सूँघकर? चखकर?

बिसराम के हाथ-पैर में सनसनाहट होने लगी है। वह झोले से तली हुई मछलियों की पोटली और बोतल निकालता है। दिल इतनी तेजी से क्यों 'धड़धड़ा' रहा है? जैसे डाकगाड़ी का इंजन!

बत्ती तेज करके लालटेन सिरहाने टाँग लेता है बिसराम!

अचानक विमली को लगता है उसके सीने पर वजनी पत्थर रख दिया है। लेकिन लाख कोशिश के बावजूद पलकें उठतीं नहीं। जैसे मनों बोझ लद गया हो।

ऐ! क्या हो रहा है? झोंपड़ी हिल रही है या खटिया? मुँह नोच लेगी वह। आँखें फोड़ देगी। लेकिन हाथ-पैर में जुम्बिस क्यों नहीं होती?

बिसराम के शरीर में बाघ की ताकत आ गई है। डाकगाड़ी का इंजन—झक्! झक्! झक्! झक्!

बप्पा रे ए-ए! वह चीखना चाहती है लेकिन सिर्फ गों-गों करके रह जाती है। कोई वश नहीं। जैसे अतल समन्दर में डूबी जा रही हो।

एक युग बीत गया हो जैसे। विमली को ठंडक लगती है। आँखें खुल जाती हैं। शरीर अभी पूरी तरह वश में नहीं है। रजाई नीचे गिरी है। सिरहाने लालटेन जलती जा रही है। कपड़े अस्त-व्यस्त! पूरा शरीर टूट रहा है।

खटिया से नीचे उतरती है वह। पैर सीधे नहीं पड़ रहे हैं। वह कपड़े ठीक करती है।

खाली बोतल नीचे लुढ़की पड़ी है। मछली के काँटे! बीड़ी के टोंटे! पूरा बंडल खतम किया है शायद! दीवार पर थूकी पान की चार-पाँच पीकें!

कुत्ते की चाटी 'चरनामरित' की हाँड़ी औंधी पड़ी है, लालटेन रह-रहकर भभक रही है।

चेतना आते ही उसे रुलाई छूटने लगी है—धोखा! छल! कहाँ-कहाँ से किन-किन खतरों से बचाती आई थी वह परायी अमानत! कितने बीहड़? कितने जंगल? कितने जानवर? कितने शिकारी! और मुकाम तक सुरक्षित पहुँचकर भी लुट गई वह! मेंड़ ही खेत खा गई छल से! ऐसी बेहोश कर देनेवाली नींद आई कैसे? उसकी खुद समझ में नहीं आ रहा है।

अपनी आन-बान से जीनेवाली 'मादा' यहाँ 'मिट्टी' कर दी गई जबरन! लाड़-प्यार से नाकाम? छुई-मुई, पढ़वैया लड़की है वह? कि चुपचाप जला दी जाएगी? मार दी जाएगी? उसके खून में मेहनत की आँच है। उसे कोई 'दासी' बनाकर रख पाएगा?

सहसा रुलाई गायब हो जाती है। बुझी-बुझी आँखों में चमक उभरती है। क्रमशः दीप्त होती चमक! बिल्ली की आँखों की चमक देखी है कभी अँधेरे में? नीली चमक! जलती आँखें!

झोंपड़ी के एक कोने में खूँटी पर मिट्टी के तेल की बोतल लटक रही है। बोतल उतारकर वह ताखे से माचिस उठाती है और बिसराम की मँड़ई की तरफ लपकती है। उसकी आँखों में मँड़ई के अन्दर खटिया पर बेसुध पड़ा बिसराम का काला अधनंगा शरीर नाच रहा है। युगों की भूख मिटाकर बेखबर सोया पड़ा तृप्त-सन्तृप्त दैत्य! खुले मुँह से बहती पीक की धार? गन्दा तन-गन्दा मन!

सारी गन्दगी, बदबू, छल और धोखा जलाकर राख कर देगी वह। और कोई राह नहीं।

अँधेरी मँड़ई! बाध पर गिरते तेल की आवाज ने बताया—खटिया सूनी है।

छूकर देखती है। कोई नहीं। कथरी सिरहाने रखी हुई है। कहाँ गया? निराश हाथों से बोतल और माचिस छूट जाते हैं। अब?

पौ फटने लगी है। रुलाई बार-बार उमड़कर गले में फँस रही है। तो क्या इसी नरक में आगे भी? न, अब एक पल भी नहीं रुक सकती वह यहाँ। अपने आदमी का पता उसके पास है और गौने में साथ लाए टिन के बक्से में उसकी गिरस्थी। झोंपड़े में लौटकर वह जल्दी-जल्दी सब कुछ समेटती है और बाहर निकल पड़ती है। कैसा होगा कलकत्ता शहर! उस शहर में उसका आदमी? उसने तो कभी यहाँ का रेलवे स्टेशन तक नहीं देखा। गाड़ी की सीटी और गड़गड़ाहट से केवल दिशा का अन्दाजा लगाती थी।

शिव हो! शिव हो!

इस बार आवाज ज्यादा साफ है।

पुजारीजी उठकर झरोखे से झाँकते हैं। सामने शिवाले की सीढ़ियों पर कोई छाया लेटी है। 'पट' खोलने के पहले वे आश्वस्त हो जाना चाहते हैं। इस गाँव के लोगों का विश्वास नहीं। मौका पाने पर दिन में ही टाठी-लोटा तक पचा जाने को तैयार! रात की तो बात ही दूसरी है।

''कौन?''

जय शंकर! जय शंकर!

जानी-पहचानी आवाज! पट खोल देते हैं। टॉर्च की रोशनी में देखते हैं—साष्टांग लेटा भक्त बिसराम! बिसराम उठकर पुजारी जी के चरण छूता है।

गद्‌गद हैं पुजारीजी! लंका में विभीषण! इस आदमी में भक्ति-भाव कितनी जल्दी कितने गहरे पैठ रहा है। साँझ को भी बार-बार भेजने पर 'परसाद' लेकर घर जाते-जाते नौ बजा दिया था। फिर लगता है आधी रात से ही 'चरनों' में हाजिर हो गया। बड़ी देर से उनके उनींदे कानों में आवाज पड़ रही थी।

पुजारीजी बिसराम को उठाकर गले से लगा लेते हैं। फिर आकाश की तरफ देखकर रात का अन्दाजा लगाने की कोशिश करते हैं। पौ फटने में अभी कुछ कसर है।

वे बाती जलाकर उजाला करते हैं।

बिसराम पुजारीजी की आसनी के पैताने बैठकर अपने मन की दशा बताता है। शंकर भगवान के चरणों को छोड़कर और कहीं मन नहीं लग रहा है बाबा! बड़ी बेचैनी है। बहू को परसाद देकर सोने की कोशिश की। लेकिन बड़ी देर तक नींद नहीं आई। जरा-सी झपकी लगी थी तो बड़ा खराब सपना! देखा कि मेरी झोंपड़ी के बीचोबीच जमीन पर लक्ष्मीजी बिराज रही हैं। सोने के गहनों से लदी काया! कि

अचानक कहीं से एक काली डरावनी-सी राक्षसी काया आकर उन्हें घेर लेती है। लक्ष्मीजी 'अलोप' हो जाती हैं। बचता है खाली अन्धकार! हड़बड़ाकर आँख खुली तो लगा कोई काली-सी छाया मेरी झोंपड़ी से निकलकर अँधेरे में समा गई है। तब से चित्त 'थिर' नहीं हो रहा है। लक्ष्मी का इस तरह घर छोड़कर जाना। क्या मतलब है इस सपने का?

पुजारीजी मन्द-मन्द मुस्कराते हैं, "लगता है साँझ के गाँजे का नशा भक्त बिसराम के 'बरम्हांड' तक चढ़ गया है। तभी ऐसी बेचैनी होती है। घबड़ाने की बात नहीं। धूनी-आरती के बाद 'जोग-मुद्रा' में बैठूँगा तो 'विचार' लगाऊँगा।"

आरती की घड़ी-घंटा, डमरू और शंख सम्मिलित ध्वनि शिवाले पर गूँजी तो गाँव की सीमा छोड़ती विमली ने बक्सा नीचे रखकर दोनों हाथ जोड़कर सिर झुकाया—आगे तुम्हीं साथी-सहारे हो प्रभु!

आरती के बाद उपस्थित भक्तों के सामने आज पहली बार भक्ति-भाव में तन्मय होकर दोहे-कवित्त-भजन सुनाया बिसराम ने—

बकरी पाती खाती है, ताकी खैंची खाल।
जे नर बकरी खात है, ताकी कौन हवाल॥

पुजारी ने भविष्यवाणी की कि साधना जारी रही तो भक्त बिसराम अच्छा 'भजनीक' बनेगा।

शिवाले पर बैठे-बैठे काफी समय तक किसी 'अनहोनी' का इन्तजार करता रहा बिसराम! अफीम का नशा टूटते ही कोहराम मचा सकती है। लेकिन एक घंटा दिन चढ़ने के बाद भी कहीं कुछ सुनाई नहीं पड़ता तो उसे अपना भय बेमानी लगने लगता है। घर लौटने में कोई हर्ज नहीं।

लेकिन झोंपड़ी के पास पहुँचते-पहुँचते कदम अपने-आप धीमे पड़ने लगते हैं। जाने पतोहू का कौन-सा रूप देखने को मिले? दिल धड़क रहा है...लेकिन क्यों? वह तो करीब-करीब सारी रात शिवाले पर बिताकर लौट रहा है। शाम को आया तो परसाद देकर फिर लौट गया बिना खाए-पिए। अगर कोई ऐसी-वैसी बात हुई है तो इसका मतलब पतोहू की मरजी से ही कोई घुसा होगा झोंपड़ी में! जब तक यह अन्दर से दरवाजा नहीं खोलती, कोई कैसे घुस सकता है! मायके से ही इस मायने में बदनाम रही है।

झोंपड़ी का दरवाजा तो चौपट खुला है। सन्नाटा! चूड़ी तक की आवाज नहीं। वह अन्दर झाँकता है। कोई नहीं! ऐं! बक्सा गायब है बहू का। कहाँ गई? वह बाहर निकलकर अगल-बगल और पिछवाड़े का एक चक्कर लगाता है। भाग गई? कहाँ गई होगी?

उसका आत्मविश्वास पूरा-पूरा लौट आया है। जोर से साँस खींचकर फेफड़ों में हवा भरता है। पतोहू का भागना तो गुस्सा करने की बात है। रात झोंपड़ी में कुछ खटर-पटर तो सुना था उसने। किसी को निकलते भी देखा था। पर इतनी दूर तक नहीं सोच पाया...ओ! खाली हाथ नहीं, उसकी मेहरारू का गहना-गीठी भी खोदकर ले गई है। डेढ़ किलो चाँदी के गहने, दस चाँदी के रुपए महारानी विक्टोरिया के जमाने के। एक सोने की मुहर! सब कुछ हाँड़ी में रखकर जमीन में गाड़ा गया था...वह दौड़कर अपनी मँड़ई से कुदाल लाता है और झोंपड़ी का एक कोना तेजी से खोदने लगता है। यहीं से ले गई खोदकर।

फिर कुदाल छोड़कर वह हाथ-पैर की धूल झाड़ता है और बाहर जाकर 'हल्ला' करने लगता है—दौड़ो रे भइया! अरे जगेसर भाई! ललई काका! ई तो हरजइया निरधन करके भाग गई हो। हे भगवान! कहाँ दौड़ी? केका गोहराई?

का भवा? का भवा? एक-एक करके इकट्ठा होने लगे हैं टोले के औरत-मर्द-बच्चे! थोड़ी देर में पूरे गाँव में हल्ला हो जाता है।

"बिसराम की पतोहू भाग गई, किसी के साथ!"

"हाँ, बिसराम ने रात किसी को झोंपड़ी से निकलते देखा था। सोचा बहू दिशा-मैदान के लिए निकली होगी।"

बिसराम लोगों को वह जगह दिखा रहा है जहाँ से गहना खोदकर ले गई है पतोहू! कुदाल अभी तक वहीं पड़ी है। गहने के अलावा दस चाँदी के रुपए और एक सोने की मुहर! तब तक लोगों की नजर दूसरे कोने पर जाती है। लालटेन अभी भी धीमी लौ में जल रही है...एक औरत के पैर में मछली का काँटा गड़ गया। खटिया के नीचे दारू की खाली बोतल। जली बीड़ी के अँजुरी भर टोंटे। पान की पीक से रँगी हुई दीवार। अब किसी को और कुछ बताने की जरूरत है? खुला खेल हुआ है रात भर! बिसराम ससुर शिवाला रखा रहे हैं और कथा सुन रहे हैं, यहाँ असली कथा हुई है रात भर। इसकी खबर नहीं।

पूरा गाँव झोंपड़ी के अन्दर का दृश्य देख लेना चाहता है। एक निकलता है तो दस घुसना चाहते हैं।

दुआर पर रखे पुआल की गँजहर से टेक लेकर, दोनों हाथों से सिर थामे बैठा है बिसराम। सैकड़ों सवाल! जो भी आता है, नए सवालों के जवाब चाहता है।

टुकड़े-टुकड़े में किस्से के सिरे निकलते हैं दुखिया बिसराम के मुँह से। एक किस्सा हो तो बताए कोई! नैहर में तो इसके पीछे रोज एक किस्सा तैयार होता था। इतने किस्से पीछे छोड़कर आई थी कि बताने लगे तो पूरी रामायण बन जाएगी। अब तक तो इज्जत का खयाल करके चुप रहता था बिसराम। अब क्या रह गया छिपाने को। एक डरेवर था टरक का। उसके साथ कई बार गई थी झरिया-धनबाद घूमने। एक और छोकरा था। मेला घुमाने ले जाता था। एक मिस्त्री था, गहने गढ़ा-गढ़ाकर

पहनाता था। बिसराम ने सोचा था, आँख ओट पहाड़ ओट। साथ छूट जाएगा तो सारा किस्सा अपने-आप खत्म हो जाएगा। सपने में भी नहीं सोचा था कि लोग यहाँ तक धावा बोलेंगे। भगवान जाने कौन-कौन कब से आता था! नैहर से भाग जाती तो कम-से-कम बिसराम की और इस गाँव की नाक तो न कटती!

गाँव की नाक! इस तरफ तो किसी ने ध्यान ही नहीं दिया। गाँव की नाक काटकर भाग जाएगा कोई और गाँव के लोग चुपचाप देखते रह जाएँगे?

किधर गई होगी? नैहर? किसी के साथ भागेगी तो नैहर क्यों जाएगी? गाड़ी पकड़ेंगे लोग, या बस। रेलवे स्टेशन और बाजार की बसों की तलाश होनी चाहिए। अगर रात वाली गाड़ी से निकल गए होंगे तब तो गए हाथ से। अगर दस-बजिया गाड़ी पकड़ने की ताक में होंगे तो बचके नहीं जा सकते।

बात की बात में आठ-दस साइकिलें निकल आती हैं। दो गोल बन गई है। एक गोल बसों और टैक्सियों में खोजेगी, बाजार में। दूसरी गोल रेलवे स्टेशन देखेगी। एक-एक साइकिल पर दो-दो, तीन-तीन लोग।

तब तक एक औरत की नजर बिसराम की मँड़ई के नीचे लुढ़की मिट्टी तेल की बोतल और तेल से गीले माचिस पर पड़ती है। खटिया के बाध और सिरहाने रखी कथरी पर मिट्टी का तेल गिरा है। एक बार फिर पूरी भीड़ मँड़ई को घेरती है।

बिसराम भी उठकर आ जाता है। इसका मतलब शंकर भगवान ने ही उसके प्राण बचाए! भोर में ही वह शिवाले पर नहीं गया होता 'आरती' करने तो इस समय उसकी जली हुई लहास ही दुनिया देख रही होती। शिव हो! शिव हो!

ऐसी खतरनाक जनाना तो आज तक इस गाँव में नहीं आई थी भाई!

औरतों में चरित-चर्चा चल रही है, किस-किस औरत ने कब-कब गाँव की नाक काटनेवाला काम किया था। किसको सन्देह था इस औरत की बदचलनी पर।

गायें-भैंसे खूँटे पर रँभा रही हैं। उन्हें खोलकर चराने ले जानेवाला कोई नहीं है। छोटे बच्चों को इस तमाशे में कोई रुचि नहीं, लेकिन उन्हें रोटी-पानी देनेवाला कोई नहीं है। गाँव में तरकारी-भाजी सिर पर लादकर बेचनेवाली मुराइनों का सौदा लेनेवाला कोई नहीं है। सभी बिसराम के दरवाजे पर। दूर-दराज घरों की औरतें बिसराम के टोले की औरतों की 'बकलेली' पर तरस खा रही हैं। इतनी बड़ी बात सूँघ नहीं सकी कोई। उल्टे बिसराम को ही बदनाम करनेवाली उल्टी-सीधी खबर उड़ाती थी मनतोरिया की माई।

"अरे, मनतोरिया की माई भी तो अपनी भरी जवानी में पूरे गाँव को न्योतती घूमती थी। अपना 'पच्छ' सभी को भाता है।" डीजल की महतारी हाथ फेंककर अचानक आवाज ऊँची कर देती है।

"टोले वालों के ताने सुनते-सुनते बिसराम के दिल में घाव हो गया था। झूठा

अकलंक। बेचारे ने रात-दिन एक करके अपने सोने के लिए अलग मँड़ई तैयार किया।'' बाल विधवा बिरजा कहती है।

''वही तो गलती हुई!'' डीजल की महतारी चीख-चीखकर बोलती है, ''न झूठा अकलंक मनतोरिया की माई लगाती, न बिसराम दूसरी मँड़ई छवाता, न बहू को खुलकर खेलने का मौका मिलता, न आज गाँव की नाक आधे पर से कटती!''

डीजल की महतारी मनतोरिया की माई का नाम 'सानना' नहीं भूलेगी। जहाँ पिछले साल मनतोरिया के छोटे भाई का बियाह हुआ है वहाँ डीजल की शादी दो साल पहले से तय थी। इसी औरत ने डीजल का रिस्ता कटवाकर अपने लड़के का रिस्ता जोड़ लिया। बियाह में मिली मुर्रा भैंस जब तक मनतोरिया की माई के खूँटे पर रहेगी डीजल की माई का कलेजा ठंडा कैसे हो सकता है? दस किलो दूध देनेवाली भैंस। वह पूरे विश्वास के साथ दावा करती है कि बिसराम की पतोहू को भगाने में मनतोरिया की माई का हाथ है। अभी खाना-तलासी ली जाए तो पतोहू गहना और 'गुंडा' समेत इसी के घर से बरामद हो सकती है। लोग झूठ-मूठ टेशन बाजार खोजने गए हैं।

मनतोरिया की माई अभी-अभी ही बिसराम के दरवाजे से गई है बहुत जरूरी-जरूरी काम निपटाने। पहुँचानेवालियाँ तुरन्त उसके कानों में सारी बात पहुँचाती हैं। वह काम-धाम छोड़कर दौड़ती है। लेकिन डीजल की माई को भी झगड़ने का पुराना अनुभव है। आमने-सामने लड़ने का कायदा नहीं। वह खिसक जाती है।

बिसराम थोड़ी-थोड़ी देर बाद सिर उठाकर 'शिव हो, शिव हो', कहता है और फिर झुका लेता है। अब तमाशे में कोई दम नजर नहीं आता। लोग एक-एक करके खिसकने लगे हैं!

सहसा हवा के झोंके पर चढ़कर खबर आती है—पकड़ी गई पतोहिया रेलवे-टेशन पर। जाने कहाँ छिपी बैठी थी। गाड़ी आते ही लपककर चढ़ी। गाड़ी से उतारकर ला रहे हैं लोग। खबर मिलते ही चौंककर खड़ा हो जाता है बिसराम, ''खबरदार! जो मेरी डेहरी के अन्दर कदम रखा हरामजादी ने।''

आगे-आगे मरी चाल से सिर झुकाए, हाथ में बक्सा लटकाए चलती पतोहिया और तीन तरफ से घेरकर चलते खोजी दल के सूरमा। पीछे-पीछे आधा गाँव। याद नहीं पड़ता कि ऐसा तमाशा पिछले कई बरसों में गाँववालों को देखने को मिला हो।

झोंपड़ी के दरवाजे पर हाथ-पैर फैलाकर खड़ा हो गया है बिसराम। अन्दर का रास्ता हमेशा के लिए बन्द। ससुर-पतोहू का नाता खतम!

''जुठारी हुई चीज। दागी जिंस। बाहर बैठाओ।''

इसका भतार नहीं पकड़ में आया। बिसराम पूछता है, ''दूसरा कौन था साथ में?''

''और तो कोई नहीं था।''

''रहा कैसे नहीं। बगल में या सामने साँवला-सा नौजवान, मूँछ वाला?''

''हाँ-हाँ। सामने की सीट पर एक नौजवान बैठा था। मूँछ भी थी। पूछता था, क्यों पकड़ रहे हो औरत को?''

''वही-वही!'' बिसराम बताता है, ''वही डरेवर। पुराना यार इसका। उसको साले को काहे छोड़ दिया? इसके साथ उसका मूँड़ भी मुँड़ाकर गधे की सवारी...''

पतोहू बीच दुआर पर बैठ गई है। गाँव की औरतें उसके गिर्द घेरा बनाकर बैठ रही हैं। एक बार फिर से मेला लग गया है। बिसराम हाथ जोड़कर गाँववालों के सामने सवाल रखता है। पाँच पंच बताएँ कि उसके लिए क्या हुकुम होता है। चार-चार अधेड़ बुजुर्ग सलाह करते हैं। फिर तय होता है कि शाम को बिसराम के दरवाजे पर पंचायत बैठेगी पूरे गाँव की। उसी में तय होगा कि गाँव की नाक काटनेवाली जनाना को क्या सजा दी जाए।

सहसा बिसराम को कुछ याद पड़ता है। वह लपककर पतोहू के बक्से की साँकल झटककर उखाड़ देता है, ''मेरी मेहरारू के गहने?'' अन्दर की चीजें उलट-पलट डालता है, ''गहने कहाँ गए मेरे? रुपए? मुहर?'' वह पतोहू के बाल झिंझोड़ने लगता है।

पतोहू झटके से उठकर खड़ी होती है, ''खबरदार! कुत्ता, दाढ़ीजार, जो दुबारा हाथ लगाया मेरी देह पर। कच्चा चबा जाऊँगी।''

बाप रे! सहमकर पीछे हट जाता है बिसराम। औरतों का झुंड पतोहू को खींचकर बैठा लेता है, जरा तेहा देखो! इतने में भी लाज-शरम का लेश नहीं। पतोहू पागलों की तरह आँख फाड़कर ताक रही है। बिखरे-खुल बालों को सँभालने की जरूरत नहीं समझती।

बिसराम हटकर अपनी जगह पर बैठ गया है। पतोहू को ढूँढ़कर लानेवाले लोग जीतकर भी हारा हुआ महसूस करने लगे हैं। गहना, रुपया तो ले गया डरेवर सार! 'इज्जत' रात में ही ले लिया...उस समय किसी के दिमाग में आई नहीं यह बात। सारे के सारे नए लौंडे। लड़की पाकर ही 'बेहाल' हो गए।

गाँव की औरतें पतोहिया के मुँह से सारा 'असली किस्सा' सुनना चाहती हैं। कब से आता था डरेवर यहाँ? कहाँ छिपाकर रखती थी दिन में? एक औरत ने आँचल के खूँट में बँधा टिकस ढूँढ़ लिया। किसी पढ़वैया लड़के को बुलाओ तो पढ़कर बताए।

पतोहू की तरफ से कोई जवाब न पाकर औरतों को चिढ़ हो रही है। आजकल की लड़कियों को महीना-खाँड भी सबर नहीं। पैदा होते ही भतार चाहिए। इसी को कहते हैं कलजुग, बहिनी।

विमली को अ।नने के लिए आता उसका बाप साँझ का झुटपुट होते-होते गाँव की सिंवार में पहुँचता है। खेतों में काम करनेवाले एक छोड़ दस लोग उसकी बेटी की कलंक-गाथा सुनाने के लिए घेर लेते हैं। सुनकर कान बन्द कर लेता है विमली

का बाप। विमली की माँ सामने होती तो लात-जूतों से हीक भर मारने से शायद कलेजे की जलन कुछ ठंडी होती। विदाई से पहले वह इसी चिन्ता में रात-दिन डूबता-उतराता रहता था। विदा किया तो लगा छाती से पहाड़ टल गया। कौन जानता था कि भट्ठे पर सीखा 'गुन' यहाँ आकर दिखा देगी। डरेवर, साला, हरामजादा, एकरी बहिनी क...

अब क्या मुँह लेकर आगे बढ़े वह। कालिख पुता मुँह। ऐसी बेटी का मुँह देखने से भी 'महापाप' चढ़ेगा। अब कौन किसकी बेटी, कौन किसका बाप! पंच लोग आ गए पंचायत में तो सिर पर जूते रखवाएँगे।

अँधेरे का फायदा उठाकर वह उल्टे पैरों लौट पड़ता है।

अँधेरा होते ही गाँव के लोग पंचायत के लिए जुटना शुरू हो जाते हैं। तेरस का चाँद अँधेरे को चीरकर निकलता है, तब तक पंचायत जम जाती है। यह पंचायत जातीय पंचायतों से अलग है। जातीय पंचायत एक जाति की होती है। उसी जाति के पंच, उसी के सरपंच। यह पंचायत समाजी है। पूरे गाँव-समाज की। इसमें सभी जाति के पंच हैं। एक-एक।

किसी और का मामला होता तो जातीय सरपंच बिसराम चुना जाता लेकिन आज तो वह फरियादी है। बोधन महतो—जो बिसराम के स्वजाति हैं—सरपंच चुने गए हैं। डीजल का बाप खास पंच। शिवाले के पुजारीजी ने पंच बनना मंजूर नहीं किया। वे गृहस्थ नहीं हैं, बाल-ब्रह्मचारी हैं। लेकिन जरूरत पड़ने पर अपनी बात रख सकते हैं। इसके अलावा बाकी लोगों को भी सवाल उठाने और अपनी बात रखने की आजादी है।

बच्चे मर्दों के बीच में ही टाट पर इधर-उधर घुसे हैं। औरतें तनिक हटकर अलग गोल बनाकर बैठी हैं लेकिन इतना सटकर कि एक-एक सवाल का एक-एक जवाब साफ-साफ सुनाई पड़े।

चारों कोनों पर चार मशालची मशाल लेकर खड़े हैं। बीच में एक 'चलता' मशालची। जो भी बोलने के लिए उठता है, 'चलता' मशालची हाथ बढ़ाकर मशाल बोलनेवाले के चेहरे की तरफ कर देता है। पंचायत का मुद्दा जग जाहिर है फिर भी रिवाज के मुताबिक बिसराम पंचों के बीच में खड़ा होता है। कन्धे पर पड़ा अँगोछा माथे लगाकर पंचायत को 'शीश' झुकाता है और अरदास करता है, "पंचो! पंचायत के बीच में जो जनाना बैठी है, मेरी पतोहू है सो आप सभी जानते हैं। मेरा लड़का 'परदेस' है। गौना कराने की कोई जल्दी नहीं थी। लेकिन लड़की के बारे में इसके नैहर से जो खबर मिलती थी उसे सुन-सुनकर कान पक गए थे। यह सोचकर कि नैहर छूटेगा तो सब ठीक हो जाएगा, गौना करा लिया। यहाँ आने पर

गलत-सही बात देखने पर टोका-टाकी शुरू की तो मेरे टोले के लोगों ने मेरी ही गलती निकालना शुरू कर दिया। सो भी आप लोग थोड़ा-बहुत सुने होंगे। पाँच पंच की बात सुनकर मैंने अलग मँड़ई तैयार किया। लेकिन यहीं गलती हो गई। नजर से दूर होने का नतीजा हुआ कि पतोहू हाथ से बेहाथ हो गई। डरेवर के साथ पहली बार नहीं भागी है यह। मेरी मरी मेहरारू का गहना-गुरिया हाथ से गया, इसकी चिन्ता नहीं है मुझको। जाँगर रहेगा तो फिर कमा लूँगा। लेकिन इज्जत पर बट्टा लगा दिया, मेरे साथ-साथ गाँव की इज्जत पर। उसका क्या होगा? अब सारा मामला पंच के सामने है। जो चाहे उसको सजा दें। जो चाहे मुझको। हाँ, मेरा कसूर है कि मैं कथा-कीर्तन में रमा रहा। इसे 'रखा' नहीं पाया। चौकीदारी नहीं कर पाया। वैसे हम ई जरूर कहेंगे कि कथा-कीर्तन के कारण ही मेरी जान बच गई। नहीं तो अब तक मेरी जली हुई लहास पंचों के बीच में होती।"

बिसराम हाथ जोड़कर अपनी जगह पर बैठ जाता है। थोड़ी देर के लिए सन्नाटा हो जाता है। सबकी नजर फिर एक बार औरतों की गोल में बैठी पतोहू की तरफ उठती है। लेकिन चाँदनी में ज्यादा साफ नहीं दीखता।

सरपंच बोधन महतो बोलते हैं, "पतोहू को पंच के बीच में खड़ा किया जाए।"

दो-दिन औरतें बाँह पकड़कर पतोहू को बीच में लाती हैं। मशालची मशाल आगे कर देता है। पतोहू सिर उठाकर खड़ी होती है, कोई लाज नहीं! कोई डर नहीं! सिर पर आँचल नहीं। पूरी पंचायत को ठोकर मारती नजरें। यह बात सबको खलती है।

"देखो लड़की! तुम पंच के बीच में खड़ी हो। पंच के बीच माने भगवान के बीच। यहाँ न कोई किसी का हितू है, न मुद्दई। यहाँ जो भी बोलना होगा, सच-सच बोलना होगा। भगवान को हाजिर-नाजिर जानकर बोलना होगा। मंजूर?"

स्वीकृति में सिर हिलाती है पतोहू।

"तुम घर से किसके साथ भागी? काहे भागी?"

"किसी के साथ नहीं। अकेली भागी। अपने आदमी के पास जा रही थी—कलकत्ता।"

"तब गहना-रुपया किसको दे दिया सास का?"

"मैंने कोई गहना-रुपया नहीं खोदा। यह सब झूठ है।"

"झूठ है? रात तेरे साथ कोई आदमी था झोंपड़ी में। दारू पीई गई। मछली खाई गई। क्या यह भी झूठ है?"

"यह सच है?"

"तू मिट्टी के तेल की बोतल और माचिस लेकर बिसराम की मँड़ई में गई थी, यह सच है कि झूठ है?"

"सच है?"

"क्यों गई थी?"

"गई थी इसे मिट्टी का तेल डालकर फूँकने।"

"काहे?"

"क्योंकि रात मेरी झोंपड़ी में दारू पीनेवाला, मछली खानेवाला और मेरे साथ मुँह काला करनेवाला जानवर यही था। मैं इसे जिन्दा जलाना चाहती थी लेकिन यह बच गया। अब मैं इसका कच्चा मांस खाऊँगी।"

पतोहू बिसराम की तरफ लपकती है। थोड़ा हो-हल्ला होता है। लोग उसे पकड़कर बैठा देते हैं। पंचायत में भनभनाहट होने लगती है।

बिसराम को अब डरने की जरूरत नहीं। वह हाथ जोड़कर खड़ा होता है—"पंचों से मेरी अरदास है। यहाँ पर शिवाले के पुजारी बैठे हैं। पंच उनसे पूछ सकते हैं। रात दस-ग्यारह बजे तक तो मैं 'कथा' में व्यस्त रहा शिवाले पर। फिर घर आया। खाना खाकर जरा कमर सीधा किया। ठीक से झपकी भी नहीं आई और फिर सीधे शिवाले की सीढ़ियों पर जाकर पड़ गया। आधी रात को बाबाजी उठे तो मुझे सीढ़ियों पर पड़ा पाया। मैंने इसके साथ मुँह काला कब कर लिया? मछरी कहाँ बैठकर पकाया? दरवाजा तो यह अन्दर से बन्द करके सोती है? उसे कब कैसे खोल लिया? और यह सब हुआ तो हल्ला-गुल्ला क्यों नहीं किया?"

पुजारीजी ने सिर हिलाकर समर्थन किया, "दो-तीन घंटे मुश्किल से शिवाले से हटा होगा बिसराम। बल्कि सपने की चर्चा भी उसने की थी। सबेरे आरती कराई, भजन सुनाया। पंचों के लिए सचमुच सोचने की बात है।"

"तू झोंपड़ी अन्दर से बन्द करके सोती है। बिसराम बाहर मँड़ई में सोता है। फिर वह अन्दर कैसे घुसा?"

"वह परसाद लेकर शाम को आया। मैंने परसाद 'ग्रहन' किया। फिर मुझे आलस आ गया। नींद आने लगी। मैं बिना दरवाजा बन्द किए लेट गई।"

"ताज्जुब की बात! लेकिन जब तेरे साथ गलत काम होने लगा तब भी तेरी नींद नहीं टूटी।"

"जरा-सी टूटी थी लेकिन आँख खुलती ही नहीं थी। जैसे नशा चढ़ा हुआ था।"

"हुँह! नशा चढ़ा था। तो इतनी जल्दी उतर गया नशा! बताइए भला! यह विश्वास की बात है! औरत के साथ ऐसा-वैसा काम हो और उसकी नींद न टूटे! ऐसा कलजुगी बयान!"

"और मछली कहाँ पा गया बिसराम? वह तो दिन भर शिवाले पर था।" इसका क्या जवाब दे पतोहू?

बाल विधवा बिरजा बैठी सोच रही थी अगर वह कह दे कि मछली का चिखना तो उसी से बनवाया था बिसराम ने। शिवाले से लौटते समय लेते हुए आया था—तो? अभी सारी पंचायत उलट जाएगी...लेकिन तब उससे भी पूछा जा सकता है।

कितने साल से वह बिसराम का चिखना बनाती रही है? आगे से चिखना बनाना बन्द हो जाएगा सो अलग।

मनतोरिया की माई से नहीं रहा जाता। वह उठकर खड़ी हो जाती है—"एकदम ठीक बोलती है पतोहू! मैं गवाह हूँ। एक दिन मैं खुद गई थी इसकी झोंपड़ी में। वही दारू की बोतल। वही बीड़ी के टोंटे। पुराना पापी है बिसरमवा। महागीध। घटियारी शुरू से इसके मन में बसी है।"

"किसकी औरत है यह? जनाना की जात, बिना बुलाए कैसे कूद पड़ी बीच में। छुट्टा छुटी है? कौन है इसका आदमी?"

कुछ लोग मनतोरिया की माई को डाँटकर बैठा देते हैं। फिर विचार-विमर्श होने लगता है। अगर शुरू से घटियारी की बात मान लें तो आज तक पतोहू ने मुँह क्यों नहीं खोला कभी?

बिसराम फिर भयभीत होता है। वह हाथ जोड़कर खड़ा होता है।

"पंचो! मेरी पतोहू को बिगाड़ने में इसी औरत का हाथ है। मनतोरिया की माई का। पतोहू से सवाल किया जाए कि क्या डरेवर वाला किस्सा झूठा है? कुइसा मिस्त्री का गहना-गुरिया गढ़ाना झूठा है? टैक्ट्रर चलानेवाले लड़के के साथ मेला देखना झूठा है?"

फिर सवाल? सवार पर सवाल।

पतोहू एक-एक सवाल का जवाब देती है। डरेवर भट्ठे पर आता है। वह उसे खाना बनाकर खिलाती थी। इसके आगे और कोई बात नहीं। बिल्लर ट्रैक्टर चलाता था। मेला देखने वह अकेले नहीं भट्ठे की सारी औरतों के साथ गई थी। कुइसा मिस्त्री की जनाना नहीं है। उसे जनाना की तलाश है। लेकिन उसके बाप के साथ कोई सौदा हुआ था इसकी जानकारी उसे नहीं है। गहना-गुरिया उसने अपनी कमाई से बनवाया है।

कुछ भी हो, लेकिन बदनाम रही है पतोहू मायके में, यह बात साबित होती है। फिर उसका बयान भी यकीन के काबिल नहीं कि नींद के मारे वह बिना किवाड़ बन्द किए सो गई और 'ऐसी-वैसी' बात होने पर भी उसकी आँख नहीं खुली। और रात में ऐसी नींद में मतवारी हो रही थी तो सबेरे बताती। भागी काहे? बिसराम को मछरी कहाँ से मिल गई? गहने खोदे गए और पतोहू के पास नहीं मिले तो जरूर कोई साथ था जो लेकर भाग गया। गाड़ी में एक नौजवान ने टोका-टाकी भी किया था गाँववालों के साथ।

रात आधी से ज्यादा बीत गई है। चन्द्रमा सिर के ऊपर आ गया है। छोटे बच्चे महतारी के कोरे में सो रहे हैं। बड़े बच्चे टाट पर इधर-उधर पड़े हैं। सब इस लालच में जुटे थे कि पंचायत खत्म होने पर सबको गुड़ खाने को मिलेगा।

काफी देर बाद पंच इस नतीजे पर पहुँचते हैं कि पतोहू का ससुर पर लगाया

गया आरोप बेबुनियाद है। पतोहू ने रात अपने यार को बुलाया था। उसके साथ दारू पिया। मछली खाई। मुँह काला करवाया। गहना खोदकर निकलवाया और सबेरे भागते-भागते ससुर को फूँक जाना चाहती थी कि पीछे कोई ढूँढ़नेवाला न बचे। अब इसकी क्या सजा दी जाए, यह सोचना है।

पुजारीजी बताते हैं—वेदों में कई तरह की सजाएँ लिखी गई हैं। लाल मिर्च की बुकनी भरने की सजा। लछिमनजी ने तो इससे छोटी गलती पर नाक-कान दोनों काट लिये थे। अभी-अभी एक वेद वे हरिद्वार से लाए हैं। उसमें लिखा है—बालब्रह्मचारी की सेवा से भी 'परासचित' होता है।

सजा की तजवीज में हल्ला-गुल्ला तेज हो जाता है।

थोड़ी देर बाद पुजारीजी फिर कहते हैं कि अगर पहली गलती का ध्यान रखते हुए पंच सुधार का मौका देना चाहें तो छह महीने के लिए शिवाले पर झाड़ू लगाने की सजा देना काफी रहेगा।

लेकिन इधर किसी का ध्यान नहीं है। पुजारीजी को लगता है कि लोग जान-बूझकर उनकी सजा की तरफ ध्यान नहीं देना चाहते।

काफी देर तक 'विचार' होता है। अन्त में बोधन महतो खड़े होकर फैसला सुनाते हैं, ''गाँव के नाक कटानेवाली, गाँव की इज्जत में दाग लगानेवाली जनाना को बेदाग नहीं छोड़ा जा सकता। अगर आगे थाना-पुलिस तक बात जाती है तो भी गाँव के लोग उसे चन्दा करके झेलेंगे लेकिन दागी जनाना को 'दाग' करके ही नैहर भेजा जाएगा।''

चारों तरफ सन्नाटा! कुत्ते तक चुप हैं।

''अब सवाल है कि दागा कहाँ जाए? तो, इसने अपने 'बियहा', अपने 'सोहाग' के साथ दगा किया है। जिस धन की इच्छा जान देकर भी करना औरत का धरम माना गया है उसे चिखना और दारू के नशे में फिरी में लुटा दिया है इस बदकार ने—बाहरी आदमी को। इसकी कोई माफी नहीं। इसके लिए तो ऐसी जगह दागना चाहिए कि न कहीं दिखाने लायक रहे न बताने लायक। लेकिन जुग-जमाना बहुत बदल गया है। सड़ा हुआ मामला भी थाना-पुलिस में जाता है तो हजार से कम में बात नहीं होती। तो बदले जमाने में सोहाग से दगा की सजा है, सोहाग की निशानी, बिन्दी-टिकुली लगाने की जगह, बीचोबीच माथे पर दगनी। जिन्दगी भर के लिए कलंक-टीका।''

एक पल के लिए रुकते हैं बोधन महतो, ''किसी को एतराज हो तो बोलो। सबको मंजूर?''

''तो आज अभी इसी पंचायत के बीच लोहे की कलछुल की डाँड़ी लाल करके दागने का काम बिसराम के जिम्मे। पतोहू की निगरानी करने में चूक हुई, इसकी सजा।''

मनतोरिया की माई से फिर नहीं रहा जाता। वह फिर लपककर बीच में आती है—"ई अन्धेर है। दगनी दागना है तो बिसराम और बोधन चौधरी के चूतर पर दागना चाहिए। कोई काहे नहीं पूछता कि बोधन की बेवा भौजाई दस साल पहले काहे कुएँ में कूदकर मर गई थी। गाँव की औरतें मुँह खोलने को तैयार हो जाएँ तो बिसराम की घटियारी के वह एक छोड़ दस 'परमान' दे सकती है। वही आदमी बेबस बेकसूर लड़की को दागेगा? और वही बोधन बड़का पग्गड़ बाँधकर दगनी की सजा सुनाएँगे? यही नियाव है? ई पंचायत नियाव करने बैठी है कि अन्धेर करने?"

मनतोरिया के बाप को इस बार सचमुच गुस्सा आ जाता है। इतने बड़े गाँव में वही सबसे कमजोर मर्द है जो उसी की जनाना भरी पंचायत में गचर-गचर बोले जा रही है? वह लपककर औरत का बाल पकड़ता है और घर-घर घसीटते हुए पंचायत से बाहर ले जाता है।

अपने आदमी को क्या कहे वह? आदमी तो आदमी। हाथी हाथी होता है। महावत महावत। चाहे कितना ही कमजोर महावत क्यों न हो!

तब तक पतोहू उठकर खड़ी होती है, "मुझे पंच का फैसला मंजूर नहीं। पंच अन्धा है। पंच बहरा है। पंच में भगवान का 'सत' नहीं है। मैं ऐसे फैसले पर थूकती हूँ—आ-क-थू...! देखूँ कौन माई का लाल दगनी दागता है।"

वह पंचायत से निकलकर जाने लगती है। पल भर सन्नाटा रहता है। डीजल का बाप ललकारता है, "सब लोग चूड़ी पहन लिये हैं?"

फिर 'पकड़ो-पकड़ो' की आवाजें। कई नौजवान पीछे-पीछे दौड़ते हैं। थोड़ी देर में हाथ-पैर चलाती पतोहू को सब बकरी की तरह गोद में उठाए हुए लाते हैं और बीच में बैठा देते हैं। कितनी मुलायम देह है—गुदगुदा मांस! दाब के बैठो। फिर न भागे। डरेवर साला भागकर निकल गया।

पूरी पंचायत की तौहीन। पहले गाँव की नाक कटवाई फिर पंचायत पर थूक दिया। हिजड़ों का गाँव समझ रखा है क्या?

डीजल का बाप एक नौजवान को लोहे की कलछुल और उपले लाने का हुकुम देता है। दाँव लगा तो मनतोरिया की माई की दगनी भी करके छोड़ेगा वह किसी दिन। दागने की सजा सुनकर औरतें एक-एक करके खिसकने लगती हैं।

दागने का काम नया नहीं बिसराम के लिए। जानवरों के 'जीभी', 'सहनी' रोगों में आए दिन जीभ और मसूड़े दागता रहता है। लेकिन औरतों की दगनी! पहली बार मौका मिला है।

कलछुल लाल होते ही कई नौजवान पतोहू को हाथ-पैर और सिर पकड़कर लिटा देते हैं? कसकर दबाओ। जो जहाँ पकड़े वहीं मांसलता का आनन्द ले लेना चाहता है। नोचते-कचोटते, खींचते, दबाते हाथ। पतोहू जिबह होती गाय की तरह

'अल्लाने' लगती है। सोनेवाले बच्चे जगकर रोने लगते हैं। जगे हुए बच्चे डरकर घर की तरफ भाग चले हैं।

लाल डाँड़ी वाली कलछुल लेकर आगे बढ़ता है बिसराम। इतने दिनों बाद फिर दुहराई जा रही है महाभारत की कथा—भरी सभा में लाचार औरत की बेइज्जती!

इसके कारण भी कोई महाभारत होगा क्या?

काहे भाई! ई कोई रानी-महारानी है?

मशालची मशाल नीचे झुकाता है। दागने का मन एकदम नहीं है। बिसराम का, लेकिन 'करम' का भोग तो भोगना ही पड़ेगा।

छन्न! कलछुल खाल से छूते ही पतोहू का चीत्कार कलेजा फाड़ देता है। कूदती लोथ! मांस जलने की चिरायँध! चीत्कार सुनकर एकाध कुत्ते भौंकते हैं, एकाध रोने लगते हैं।

चीखते-चीखते बेहोश हो गई पतोहू! लोग पीछे हटते हैं।

पंचायत टूट रही है। हवा में भोर की ठंड आ गई है। पुजारीजी भारी मन से कहते हैं—तिरिया चरित्र समझना आसान नहीं। बाबा भरथरी ने झूठ थोड़े कहा है। तिरिया चरित्रम् पुरुखष्य भाग्यम्...

बीसों सिर एक साथ सहमति में हिलते हैं।

केशर कस्तूरी

"पापा, आपके ए.सी. साहब आए हैं।" बेबी ने कमरे में घुसते हुए सूचित किया।

मैं चौंक गया। पूछा, "कहाँ हैं?"

"बाहर सड़क पर। जीप में ही बैठे हैं?"

"अरे सुनो जी! जरा शीशा-कंघी देना तो। और पैजामा भी।"

मैंने कलम और रजिस्टर फेंकते हुए आवाज लगाई और उलटकर बिस्तर से नीचे उतर आया। अरे, मेरी चप्पलें कौन ले गया, यहाँ से?

सोचा था, आज पूरे दिन लगकर कहानी पूरी कर डालूँगा। बहुत दिनों से इसका लिखना टलता आ रहा है। सबेरे ही बच्चों को बुलाकर सचेत कर दिया था, कोई मिलने आए तो कह देना, पापा नहीं हैं।

"लेकिन पापा! आज ही के लिए तो आपने वादा किया था मेरे कपड़े लाने का।" केशर ने याद दिलाया था।

"अब कपड़े दूसरे दिन बेटा।"

"लेकिन कल ही तो मेरी सहेली की शादी है। सिलने तक का समय नहीं है। आप महीने भर से टालते आ रहे हैं।"

"कुछ भी हो, आज मेरा लिखने का मूड बन चुका है। आज तो किसी सूरत में नहीं। नहाने तक के लिए नहीं उठना है। दरअसल मूड की बात है न। एक बार मूड उखड़ा तो महीने भर की छुट्टी हो जाएगी।...कान खोलकर सुन लें सब लोग। आज मैं घर में नहीं हूँ। किसी सूरत में नहीं।"

और घंटा भर भी नहीं बीता था कि यह आफत। पूरा दिन चौपट हो जाएगा। जल्दी-जल्दी पैजामा डालकर बाहर आया। सामने ही सड़क है। लेकिन यहाँ तो कोई जीप दिखती नहीं। सामने से आती केशर ने कहा, "पापा! आप बाहर क्यों निकल आए? मैंने तो आपके साहब से कह दिया कि पापा कहीं गए हैं।"

"अरे! ऐसा क्यों कह दिया? किधर गए?"

"बोले, डाकबँगले चल रहा हूँ। लौटें तो भेज देना।"

अभी अर्दली नहीं आया था। लौटकर बेबी से कहा, "दौड़कर ड्राइवर को बुला लाओ।"

पत्नी से कहा, "तीन-चार कप चाय तैयार करके थर्मस में रखो। थोड़ा बिस्कुट वगैरह भी।"

कपड़े बदलते हुए मैं सोचने लगा—इतने सबेरे-सबेरे क्यों आ टपके जनाब? बिना किसी पूर्व सूचना के।

"लेकिन पापा," केशर ने थर्मस धोते हुए कहा, "जब मैंने कह दिया कि पापा घर में नहीं हैं तो परेशान होने की क्या जरूरत है? मान लीजिए कि आप वापस लौटे ही नहीं। चुपचाप बैठकर कहानी पूरी कीजिए। फिर पता नहीं कब मूड बने?"

"तुम नहीं समझोगी बेटी। यह नौकरी है। ऐसे में अगर मैं घर में बैठा भी रहूँ तो क्या लिखने में मन लग सकता है?"

डाकबँगले पर भी कोई जीप नहीं थी। चौकीदार ने बताया कि यहाँ तो कोई आया ही नहीं। दफ्तर गया। वहाँ भी नहीं थे। फिर घर लौटा। केशर को बुलाकर पूछा, "तुमने कैसे जाना कि आनेवाले हमारे ए.सी. थे।"

"पापा!" केशर सोफे पर बैठते हुए बोली, "मैं ही हूँ आपकी ए.सी. साहब। मेरे काम के लिए आप घर में नहीं हैं और अपने साहब का हुकुम बजाने के लिए... हम लोग आप पर मुकदमा चलाएँगे।"

मुझे बहुत तेज गुस्सा आया। ऐसा मजाक! मेरी सगी बेटी होती तो हो सकता है, मैं हाथ भी उठा देता। पत्नी पर बरस पड़ा, "तुमने भी नहीं बताया। मैं कहाँ-कहाँ भटकता फिरा!"

"मुझे भी तो नहीं पता था।" पत्नी ने मुस्कराते हुए कहा, "अब चलिए, लिखिए बैठकर।"

"अब क्या लिखूँगा, खाक!"

केशर हँसते हुए चाय का कप ले आई।

"मुझे माफ कर दीजिए पापा। लेकिन जब उठ गए तो मार्केटिंग ही कर आइए।" केशर के सामने देर तक गुस्सा टिक भी तो नहीं सकता। रोते हुए को भी हँसा देती है। जब से आई है, उसकी चुहल और हँसी से उजाला छाया रहता है। इतने गहरे मजाक की बात सोचना, उसी के वश की बात थी। सचमुच, कल ही उसकी पक्की सहेली की शादी है और मैं एक दिन पहले भी उसके लिए कपड़े लाने में टाल-मटोल कर रहा था। सरासर अन्याय। और क्या ही नायाब तरीका निकाला उसने इस अन्याय को व्यक्त करने का।

केशर मेरे साढ़ू भाई की लड़की है। पत्नी की बीमारी में देखभाल के लिए पिछले साल आई थी। आने के थोड़े दिन बाद ही वह कॉलोनी की हमजोली लड़कियों से लेकर आंटियों तक में समान रूप से लोकप्रिय हो गई। हर एक के लिए

उसके पास कोई-न-कोई स्पेशल देहाती नुस्खा था। बालों को लम्बा और चमकीला बनाने का नुस्खा, बिवाई ठीक करने का नुस्खा, समलबाई से छुटकारा पाने का नुस्खा, कॉलोनी का हर घर अब उसका अपना घर है। हर घर का कोई-न-कोई काम उसके अभाव में रुका रहता है।...जब भी ऑफिस से थोड़ा पहले या दोपहर में लौटता हूँ ड्राइंगरूम को कॉलोनी की लड़कियों से भरा पाता हूँ। कभी गाना हो रहा है, कभी नाचना। सैकड़ों गीत, लोकगीत याद हैं उसे। जो चाहे, जितना चाहे सीखे।

हँसोड़ इतनी कि पत्नी कभी-कभी उसकी हँसी से आतंकित हो उठती है। उदास होने या बिसूरने की बात पर भी हँसी। कभी-कभी तो हँसी के लिए पत्नी की मार खाने के दौरान भी मुँह में दुपट्टा ठूँसकर हँसती रहती है। हँसी ढुलकती देह! हारकर पत्नी भी डाँटना-मारना छोड़ हँसने लगती है।

हँसमुख और व्यावहारिक होने के साथ-साथ केशर के हिस्से में अपूर्व सुन्दरता भी आई है। घर से लेकर पास-पड़ोस तक की बच्चियों पर उसकी सुन्दरता का जादू छाया हुआ है। लड़कियाँ उसके बाल, दाँत, आँख, होंठ और हँसी की तुलना अलग-अलग अभिनेत्रियों से करती हैं।

केशर में सेवा-भावना भी गजब की है। जब से इस घर में आई है, पत्नी ने आराम-ही-आराम किया है। आने के साथ बहुत कम समय में ही उसने इस घर का गणित समझ लिया और पत्नी को सारी जिम्मेदारियों और उलझनों से मुक्त कर दिया। अब स्कूल जानेवाले बच्चे अपनी ड्रेस और टिफिन के लिए केशर के नाम की गुहार लगाते हैं। महरी और धोबिन अपना हिसाब केशर से लिखवाती हैं। मुझे कब क्या पहनना है? कौन-सा कपड़ा धुला है, कौन-सा लांड्री गया है, इसका निर्णय और जानकारी का माध्यम केशर हो गई है। नमक-चीनी से लेकर कपड़े-लत्ते तक के चुनाव पर उसकी मर्जी चलती है। पूरे घर पर इस समय उसी का 'राज' चल रहा है। छह महीने की सेवा से पत्नी पूरी तौर पर स्वस्थ हो गई और केशर के वापस जाने की बात आई तो उदास हो गई कि मेरे लिए बहुत दुख छोड़कर जाएगी यह। इसके जाने के बाद कौन सँभालेगा इस घर को। लेकिन केशर ने एक बार फिर अपने ढंग से पत्नी को सारे दुखों से उबार लिया। उसने पत्नी से कहा, "मुझे सिलाई-कढ़ाई के स्कूल में भर्ती करा दीजिए मौसी। साल भर की गुलामी का पट्टा पक्का हो जाएगा।" केशर ने पहले से पता कर लिया था कि कॉलोनी के पीछे ही कोई महिला यह ट्रेनिंग स्कूल चलाती थी। नया बैच भर्ती हो रहा था। केशर ने भी दाखिला ले लिया।

इस बीच पत्नी के हाथ-पैर दबाकर, मेहँदी-महावर लगाकर, वह उनसे कभी डोलची तो कभी सैंडल, कभी पायल तो कभी बिछिया, कभी साड़ी तो कभी शॉल प्राप्त करती रही। पत्नी कहती है कि कोई चीज माँगने से पहले केशर अपनी बात

अपने व्यवहार से पूरी तरह मोह लेती है। माहौल बना लेती है। जादू जला देती है। दस पैसे की चीज माँगने से पहले माहौल ऐसा बनाएगी कि आदमी दस रुपए की चीज भी खुशी-खुशी देने को तैयार हो जाए। लड़के के जन्मदिन तथा रक्षाबन्धन के त्योहार पर नेग के तौर पर मुझको भी घड़ी, सिलाई मशीन और लोहे का एक सन्दूक मय ताले के लिए वचनबद्ध कर चुकी है।...

केशर की ट्रेनिंग अब लगभग पूरी हो गई है। एक-डेढ़ महीने में उसका गौना होनेवाला है। तिथि निर्धारित होते ही इसे वापस गाँव भेज देना है। ऐसे में गुड्डी की शादी के अवसर पर उसने अपने लिए एक अतिरिक्त साड़ी-ब्लाउज का जुगाड़ लगा लिया।

गुड्डी पड़ोस में रहनेवाले ए.डी.एम. की लड़की है। उसकी शादी किसी आई.ए.एस. लड़के से हो रही है। शहर की शादियों में अब गारी गाने का रिवाज फैशन से बाहर हो गया है। लेकिन केशर ने गुड्डी की मम्मी को राजी कर लिया है। उस शादी में वह 'मार्डन' गारी गाएगी। देखती है, कैसे नहीं पसन्द आती लोगों को। गुड्डी जान छिड़कती है केशर पर। खुद आकर पत्नी से चिरौरी कर गई है कि शादी के दिनों में केशर को उसी के पास रहने दिया जाए।

"अब बैठे-बैठे क्या बिसूर रहे हैं?" पत्नी ने आकर कहा, "जाइए, ला दीजिए न उसकी साड़ी-कपड़े।"

"हाँ-हाँ, जाता हूँ।" मैंने चाय का खाली कप उन्हें पकड़ाया, "केशर बेटे! चलो, तुम भी तैयार हो जाओ। अपनी पसन्द से ले लेना।"

आहा! तैयार होकर निकली केशर तो आँखें जुड़ा गईं। यह रूप!

मेरी अपनी लड़कियाँ इतनी सुन्दर होतीं तो शादी के लिए कम-से-कम पापड़ बेलने पड़ते। इस सोच के साथ ही एक कचोट भी मन में उभरी। केशर के बप्पा ने इसकी शादी दर्जा आठ पास करते ही कर दी, एक हाई स्कूल में पढ़नेवाले लड़के के साथ। यह शादी भी वे तीन साल पहले कर रहे थे, जिस साल केशर ने दर्जा पाँच पास किया था। लेकिन हम लोगों के मना करने और केशर को आगे पढ़ाने के लिए दबाव डालने के कारण तीन साल के लिए टाल दिए थे। लेकिन दर्जा आठ से आगे पढ़ाने के लिए वे किसी तरह राजी नहीं हुए। इस मामले में उनका तर्क था कि तीन मील दूर के स्कूल में सयानी लड़की को अकेले पढ़ने भेजना निरापद नहीं है। गाँव में जातीय विद्वेष दिनोदिन इतना प्रबल हो रहा है कि कभी भी कुछ अघटनीय घट सकता है। शादी के बारे में भी उनका अपना मौलिक तर्क था। उनके अनुसार, बाल-विवाह प्रथा में मात्र इतना अन्तर आया था कि पहले जहाँ शादियाँ सात-आठ साल की उमर में हो जाती थीं, अब पन्द्रह-सोलह साल की उमर में हो रही हैं। जिस लड़के का बाप बहुत टालता है, उसकी शादी भी हाई स्कूल पास करते-करते हो जाती है। ऐसे में बेटी को कुँवारी रखने पर बाद में लड़के कहाँ मिलेंगे? और कुँवारी रखने

का उद्देश्य भी क्या है? लड़की के भाग्य में होगा तो वही लड़का पढ़-लिखकर कहीं हिल्ले से लग जाएगा। नहीं तो अच्छा घर-वर देखकर कर रहे हैं। डेढ़ एकड़ खेती है। बड़ा भाई कानपुर में कमाता है। मँझला खेती-बाड़ी देखता है। सास-ससुर जिन्दा हैं। गाय-भैंस हैं। शाम तक दो रोटी मिलेगी। और क्या चाहिए?

अपनी औकात देखते हुए केशर के बप्पा का तर्क ठीक ही था। उनकी भी माली हालत ऐसी थी कि साल भर खींच-खाँचकर रोटी चल जाती थी। मोटा खाना मोटा पहनना। लेकिन इधर मैंने सुना कि लड़के ने पढ़ाई छोड़ दी। इंटर में फेल होने के बाद पिछले दिनों चंडीगढ़ भाग गया। किसी कारखाने में काम कर रहा है। यह सुनकर मैं थोड़ा चिन्तित हो गया हूँ। पहले जब केशर ने शहर नहीं देखा था यहाँ के खान-पान, रहन-सहन से अवगत नहीं थी तो दूसरी बात थी लेकिन एक बार सुख-सुविधा की सारी चीजें देख-भोग लेने के बाद उस देहात में बेरोजगार पति के साथ दिन काटना पड़ेगा इतनी सुन्दर-सुघड़ बेटी को तो उसके मन पर क्या बीतेगी? मैंने पत्नी से इसकी चर्चा की। बताया कि खोजने पर शहर में छोटी-मोटी नौकरी करनेवाले लड़के मिल सकते हैं। उनमें से किसी के साथ केशर का पुनर्विवाह...। कोई भी लड़का केशर को पाकर धन्य हो जाएगा।

"क्या-क्या सोचते रहते हैं आप?" पत्नी ने एकबारगी घुड़क दिया, "उस लड़के में क्या खोट है? यही न कम कमाता है। केवल इतनी बात पर कोई लड़की अपने बियाहे आदमी को छोड़ देगी? अभी तो वे दोनों एक-दूसरे से मिल भी नहीं पाए हैं। केशर सुनेगी तो क्या सोचेगी? हम लोगों की शादी हुई तब तक आप स्कूल जाना भी नहीं शुरू किए थे। मेरे गौने के बाद भी बहुत दिनों तक बेकार मारे-मारे घूमे थे। उस समय के आपके घर की माली हालत तो केशर के ससुराल से भी गई-गुजरी थी। तब कोई मुझसे दूसरी शादी के लिए कहता तो मुझे अच्छा लगता?"

"अच्छा तो जरूर लगता।" मैंने मुस्कराकर कहा था।

"हटिए। फालतू खीस निकालते हैं।" पत्नी ने बिदककर कहा, "अभी उसकी छोटी बहनों की शादी होनी है। आप उसे यहाँ से ब्याह देंगे तो वहाँ बिरादरी के आगे इसके बप्पा क्या मुँह दिखाँएगे? उस वर को छोड़ने का कौन-सा कारण बताएँगे? बेरोजगारी या कम कमाई तो वहाँ कोई कारण माना नहीं जाएगा। बिरादरी में सब नौकरी ही तो कर नहीं रहे हैं। आप जैसे दो-चार लोग भले पढ़-लिखकर ढंग से लग गए हैं। बाकी तो जैसे भी हो, वहीं गुजर-बसर कर रहे हैं।...फिर कोई नौकरी-चाकरी वाला लड़का मिल भी जाए तो इसके बप्पा फिर से शादी में होनेवाला दस-पाँच हजार का खर्च कहाँ से और क्यों करेंगे? इतना पैसा जुटाएँगे तो वे सयानी होती दूसरी लड़की के हाथ पीले करने की सोचेंगे। आपको भी कई लड़कियों को निपटाना है। जिस दिन शुरू करोगे, समझ में आ जाएगा।"

शायद उसे भय था कि केशर के सम्भावित पुनर्विवाह में होनेवाले खर्च को मैं

भावुकता में आकर जिम्मे लेने का निर्णय न ले लूँ, इसलिए अपनी लड़कियों की शादी की समस्या याद दिलाकर वह सामने से हटकर किचन में व्यस्त हो गई और मुद्दे से मेरा ध्यान बँटाने के लिए बेबी को मेरे पास सवाल पूछने के लिए भेज दिया था।

गौने के लिए गाँव भेजते समय पत्नी ने केशर को यथासम्भव पर्याप्त सामान दिया। कई सामान केशर समय-समय पर पहले ही हासिल कर चुकी थी। सिलाई मशीन, घड़ी और ससुराल ले जाने के लिए लोहे का बड़ा बक्सा मैंने खुद खरीद दिया था। छोटे-मोटे प्रयोग की कई चीजें कॉलोनी की उसकी सहेलियों ने दीं। विदाई के समय घंटे भर तो उसे अपनी सहेलियों से गले मिलने और रोने में लगा था। जीप चली तो सबके गले रुँधे थे। उसकी सहेलियाँ, मेरी लड़कियाँ, पत्नी सब सिसक रहे थे। विदा करके अन्दर आया तो घर काटने को दौड़ता था। आज मेरा आँगन सूना करके उड़ गई मेरी मैना। उसके खिलन्दड़ेपन और खिलखिलाहट की प्रतिध्वनियाँ बहुत दिनों तक मन में गूँजती रही थीं। लेकिन कुछ ऐसा संयोग रहा कि उसके गौने में नहीं जा सका। पत्नी और बच्चे ही गए। पत्नी ने लौटकर बताया कि विदाई के समय आपके 'आखर' के साथ बहुत दूर तक, बहुत देर तक रोती चली गई थी आपकी लाड़ली बेटी।

जाते समय मेरे घर से ही वह ढेर सारे लिफाफे, अन्तर्देशीय खरीदकर ले गई थी। अक्सर पत्नी के नाम, लड़कियों के नाम और पड़ोस की सहेलियों के नाम उसके पत्र आते रहते थे, जिससे पता चलता था कि वह अपनी ससुराल में है। अपने बारे में वह कम ही लिखती थी। उसकी रुचि दूसरों का कुशल समाचार जानने में अधिक थी।

केशर से भेंट का मौका मिला था डेढ़ साल बाद। मेरे एक सहकर्मी मित्र अपनी लड़की की शादी के लिए एक लड़का देखने मेरे साढ़ू भाई के गाँव जा रहे थे। मेरी पत्नी ने ही उन्हें इस लड़के के बारे में बताया था। मित्र ने इस आधार पर मुझे भी साथ ले लिया कि परिचय का बारीक सूत्र भी बातचीत को निर्णायक बनाने में सहायक होगा।

हम लोग पहुँचे तो दरवाजे पर पहले केशर ही मिली। देखते ही मुदित हो गई। हम लोगों का बैग हाथ से ले लिया। बैठने के लिए चारपाई ले आई। फिर लगी कॉलोनी के एक-एक आदमी, यहाँ तक कि गाय, भैंस, कुत्ते, बिल्ली तक का हाल पूछने। मैं आदमियों से सम्बन्धित बहुत सारी जानकारियों से ही अनभिज्ञ था, कुत्ते-बिल्लियों की तो बात ही क्या! बहुत सारी जानकारी देने में असमर्थ रहा।

तब तक उसकी माँ आ गई। लगी डाँटने कि पानी-दाना देने की याद नहीं है। दुनिया-जहान का किस्सा लेकर बैठ गई।

केशर पानी लाने चली गई और मैं खोजने लगा कि वह पहले वाली केशर कहाँ

है ? आवाज की खनक तो बरकरार है, लेकिन वह चपलता, चंचलता! दैहिक आभा क्षीण है। मुख मलीन! कैशोर्य की अकाल मृत्यु हो रही है। मँड़ई के एक कोने में पत्नी द्वारा दी गई प्लास्टिक की डोलची पड़ी थी। उसका टँगना कई बार धागे से सिला गया था। एक तरफ शैम्पू की एक खाली शीशी पड़ी थी। केशर नंगे पाँव इधर-उधर डोल रही थी।

शाम को मेरे मित्र केशर के बप्पा को लेकर लड़के के बाप से बात करने चले गए। केशर खाना बनाने लगी। मैं चारपाई पर लेटे-लेटे केशर की माँ से हालचाल पूछने लगा।

पता चला कि अभी दस दिन पहले केशर अपनी ससुराल से आई है। उसके घर अलगौझा हो गया है। बँटवारे में आधा एकड़ खेत, एक बैल, सत्ताईस सौ रुपए का कर्ज और बूढ़ी सास मिली है। लगता है, केशर के दोनों जेठों के मन में पहले से ही बेईमानी थी। अलगौझा से पहले बड़े जेठ ने अपनी दोनों लड़कियों की शादी कर दी। मँझले ने गया-जगन्नाथ जी का दर्शन करके बिरादरी को इफराती भोज दिया। फिर इन तीनों के खर्च से हुए कर्ज को तीन-तिहाए बाँटकर अलग कर दिया। बड़े जेठ बीस साल से कानपुर में 'परमामिंट' नौकरी करते हैं। वहीं निजी मकान बना लिया है। लेकिन गाँव आए, कर्ज लेकर शादी की और हिस्से में कर्ज बाँट गए। अपनी कमाई की एक कौड़ी का हिसाब नहीं दिया। एक-एक बैल दोनों छोटे भाइयों को दिया और खुद भैंस लेकर कानपुर चले गए। मँझले भाई के मन में भी पहले से ही मैल था। केशर के आदमी को किताब-कॉपी खरीदने के लिए पैसा नहीं देते थे। पढ़ाई के समय जान-बूझकर खेती के काम में बझाए रहते थे। इधर खेत के बँटवारे में भी बेईमानी कर लिये। माँ-बाप तक के बँटवारे में बेईमानी हुई है। बाप अभी तगड़ा है, हल-कुदाल चला लेता है। उसे मँझले भाई ने अपने हिस्से में ले लिया और माँ जो दमे की मरीज और जर्जर है, छोटे भाई के हिस्से में पड़ी है। छोटे भाई ने लाख चिरौरी किया कि वह परदेश रहता है, बाप को उसके हिस्से में आने दिया जाए। जोताई-बोआई करेगा, लेकिन सुनवाई नहीं हुई। सास गाय-गोरू चराने लायक भी नहीं है। दस कदम चलती है तो पहर भर हाँफती है। बड़ी मजबूरी हो तो किसी तरह रोटी सेंकती है।

केशर का आदमी चंडीगढ़ में मकान पुताई का काम कर रहा था। पच्चीस-तीस रुपए रोज मिल जाते थे। लेकिन दो महीना पहले सीढ़ी से गिर गया। पीठ के बल! रीढ़ की हड्डी में ईंट से चोट लग गई। महीना भर चारपाई पर पड़ा रहा। दवाई में बड़ा पैसा लगा। डॉक्टर ने भारी काम करने से मना कर दिया। और इसी बीच भाइयों ने बँटवारा कर लिया। केशर का आदमी पहले बड़े सुधवा स्वभाव का था। लेकिन इधर बहुत चिड़चिड़ा हो गया है। कर्जे की चिन्ता है। बात-बात पर लड़ने लगता है। एक बट्टी साबुन खरीदना भी उसे फालतू का खर्च लगता है।

कहता है, "साहब-सूबा के घर रहने क्यों गई? खर्चा करने की बीमारी साथ लेकर आई हो। केशर के मौसिया, केशर की देह में सोच का परवेश हो गया है। देह देखिए, कितनी गल गई है!"

मन में आया, उन्हें बताऊँ कि एक बार मेरे मन में केशर के पुनर्विवाह की बात आई थी। लेकिन उसकी चर्चा करने का कोई तुक नहीं था। मैं गहरे अवसाद में डूब गया।

सबेरे नींद खुली तो अँधेरा हल्का हो रहा था। केशर दुआर पर झाड़ू दे रही थी। दिशा-मैदान से निवृत्त होकर लौटा तो वह चूल्हे के लिए लकड़ी ले जा रही थी। मेरे दातून करते-करते उसने छोटी बहन को लोटा देकर जल्दी से दूध लाने भेज दिया और चूल्हा सुलगाने लगी। उसकी जल्दबाजी से पता चल गया कि उसे मेरी शीघ्र वापसी की जानकारी है और वह चाय-नाश्ता कराने के बाद ही मुझे जाने देगी। कल से केशर से स्थिर होकर बात करने का अवसर ही नहीं मिला। अब वह अन्दर आँगन में कुछ कर रही थी। बर्तन खनक रहे थे। मैं अन्दर चला गया। वह चाय देने के लिए गिलास धो रही थी। मैंने कहा, "क्यों, सबेरे-सबेरे इतने काम में लगी है मेरी बेटी? मैं चलूँगा अब।"

"इतनी जल्दी क्यों है पापा? चाय बन रही है। पीजिए, फिर नाश्ता कीजिए। आज रुकिए, कल जाइएगा।"

"नहीं बेटा। जाना तो जरूरी है। अभी निकल गया तो पहली बस मिल जाएगी।"

केशर आँचल से हाथ पोंछते हुए खड़ी हो गई। हँसते हुए बोली, "बिना चाय पिए, तो आप दुबारा बाथरूम भी नहीं जा पाएँगे, पापा। आपका सारा दिन बरबाद हो जाएगा।"

"अच्छा, केवल चाय पिलाओ और जल्दी।"

फिर मैंने जेब से सौ रुपए का नोट निकालकर उसकी ओर बढ़ाया, "यह रखो! मिठाई खाने के लिए।"

लेकिन स्वभाव के विपरीत उसके हाथ नहीं उठे। आँखें नीची हो गईं। पता नहीं, कैसे मैं सोच रहा था कि वह पहले की तरह कहेगी, 'सौ रुपए में आजकल क्या होता है पापा? साबुन, शैम्पू, तेल-कंघी, सैंडल और पता नहीं क्या-क्या, पूरी एक सौ एक चीजें लेनी हैं।'

"क्या बात है बेटी? और कोई चीज चाहिए तो बोलो।"

उसकी आँखों से भरभराकर आँसू निकले और टप-टप जमीन पर गिरने लगे। सिर झुक गया और दाहिने पैर का अँगूठा आँगन के कच्चे फर्श को कुरेदने लगा।

"अरे-अरे! रोती क्यों है पगली? बोल न, क्या तकलीफ है। निःसंकोच बोल, तेरा पापा इतना कंजूस नहीं है।"

मैंने उसकी ठुड्डी पकड़कर चेहरा ऊपर उठा दिया, "बोल न मेरी पुतरी।"

केशर ने आँचल से पूरा चेहरा ढँक लिया और सिसकते हुए बोली, ''उनको कोई चपरासी-ओपरासी की नौकरी दिला दीजिए पापा।'' और हिचक-हिचककर रोने लगी। मैं सन्न रह गया। एकाएक कुछ बोल नहीं सका। इस बीच वह गिलास लेकर, आँखें पोंछती, तेजी से चूल्हे के पास चली गई।

चाय का गिलास पकड़ाते हुए उसकी आँखें गीली और झुकी हुई थीं। मैंने कहा, ''तुम उनकी मार्कशीट और सर्टीफिकेट भेज देना। मैं कुछ-न-कुछ जरूर करूँगा।''

और सौ रुपए का नोट जबरन उसकी मुट्ठी में दबा दिया था। विदा करते समय उसने अपनी माँ के पीछे सटकर खड़े-खड़े हाथ जोड़कर नमस्ते किया था। उसकी आँखों में आशा की ज्योति टिमटिमा रही थी।

दो दिन के साथ में मेरे मित्र भी केशर के वर्तमान से कमोबेश परिचित हो गए हैं। इसलिए उन्होंने एम.ए. करके कम्पटीशन की तैयारी करनेवाले तथा दहेज में पचीसों हजार रुपए पाने का सपना पालनेवाले उस लड़के को विचारार्थ लड़कों की अपनी सूची से निकाल देना ही बेहतर समझा। उनके अनुसार, छोटी नौकरी करनेवाले लड़के से लड़की ब्याहना डिप्टी-कलेक्टरी का सपना सँजोए बेरोजगार लड़के की तुलना में ज्यादा व्यावहारिक था।

एक महीने बाद केशर का पत्र मिला। साथ में, दामाद का सर्टीफिकेट और मार्कशीट। हाई स्कूल में तृतीय श्रेणी थी। इंटर में दो विषयों में फेल। लेकिन 'फोर्थ-क्लास' में तो लग ही सकता है। मेरे विभाग में भी पाँच-छह जगहें सम्भावित थीं। मैंने पता लगाया। पता चला कि वे सभी उच्चाधिकारियों के कैंडिडेट्स के लिए अलिखित रूप से रिजर्व हो चुकी हैं। उम्मीदवार किसी अधिकारी के घर चार साल से बर्तन मल रहे थे, किसी के घर छह साल से। मैं ढीला पड़ गया। केशर को लिख दिया कि प्रयास कर रहा हूँ। घबराना नहीं।

महीने भर बाद फिर उसका पत्र आया। मेरे जिले में सीजनल अमीनों की भर्ती हो रही थी, रिक्तियाँ काफी थीं। कुछ अधिकारी परिचित भी थे लेकिन अफवाह यह फैली थी कि कुछ दलाल छूटे हुए हैं। ले-देकर 'सेट' कर रहे हैं। इंटरव्यू वगैरह धोखा है। बहरहाल, मैंने लड़के को बुलाकर इंटरव्यू दिला दिया। लेकिन जैसा कि पहले से ही आशंका थी, उसका चुनाव नहीं हो सका। तीन-चार दिन रुककर लड़का लौट गया। मन दुखी हो गया।

सीजनल वाटरमैन का एक पद तो मेरे अपने ऑफिस में भी था, जिसकी नियुक्ति मुझे ही करनी थी। लेकिन इतने नजदीकी रिश्तेदार को अपने ही कार्यालय में वाटरमैन लगाना किसी दृष्टि से उचित नहीं लग रहा था।

पाँच-छह महीने बीतने के बाद एक दिन फिर केशर का पत्र आया। उसने पत्नी से गुड्डी का पता माँगा था। उसे पता था कि गुड्डी की शादी आई.ए.एस. लड़के से हुई है। जिसके हाथ में सैकड़ों नौकरियाँ रहती हैं। शायद गुड्डी से वह अपने पति

के लिए नौकरी दिलाने की विनती करना चाहती थी। लेकिन गुड्डी के पापा का ट्रांसफर उसी साल देहरादून के लिए हो गया था। अब पता नहीं कहाँ हैं? वही बता सकते थे उनके बेटी-दामाद इस समय कहाँ पोस्टेड हैं? केशर के इस पत्र का उत्तर उसे नहीं दिया जा सका। लेकिन मेरे हृदय-पटल पर एक बार फिर उसका आँचल से मुँह-ढँककर फफकना कौंध गया। सचमुच केशर के लिए कुछ-न-कुछ करना है। मैं कई दिनों बेचैन रहा। फिर एक-दो जगह बात चलाई लेकिन निष्फल और समय के साथ वह संवेदना फिर कुन्द पड़ती चली गई।

पहली बार केशर मेरे घर आई, तब सिर्फ दस-ग्यारह साल की थी। इसी साल उसने दर्जा पाँच पास किया था और इतनी कम उम्र में गाँव पर पूरे घर का खाना बना लेती थी। पत्नी को डिलिवरी होनेवाली थी। और उनकी सहायता के लिए किसी स्त्री का होना आवश्यक था। केशर की गर्मी की छुट्टियाँ थीं। किसी और के उपलब्ध न होने के कारण पत्नी ने केशर को बुला लिया था। वह पहली बार गाँव से बाहर निकली थी। शहर की चीजें आँखें फाड़कर देखती। चलते हुए टेबुलफैन के सामने खड़ी हो, मुँह खोलकर हवा को पेट में भरने और जीभ को ठंडा करने का प्रयास करते हुए आनन्दित होती थी। बिजली से पानी गरम हो जाना, बिना धुआँ-धक्कड़ के गैस के चूल्हे पर खाना पक जाना, सीटी मारने, भाप उगलनेवाला कुकर, बिना मेहनत के टोंटी घुमाते ही बाल्टी भर देनेवाला नल। सब उसे अजगुत-अजगुत लगते और चार-पाँच दिन में ही उसने घर के बच्चों को एक करिश्मा दिखाया। तेजी से चलते टेबुलफैन के ब्लेड के ज्वाइंट पर वह उँगली दबाती और चलता हुआ पंखा रुक जाता। बच्चों को बताती कि मन्तर के जोर से उसने पंखे की बिजली को बाँध दिया है। बच्चे हैरत से देखते। पहली बार उसे सैंडिल और मोजे मिले तो उन्हें पहनकर पैर पटकते हुए सारे दिन कॉलोनी में घूमती फिरी। स्कूल खुले तो यूनिफॉर्म पहनकर स्कूल जाते बच्चों को देखती रह जाती। गाँव के अभाव, नियंत्रण और आर्थिक संयम में पला बचपन यहाँ की स्वतंत्रता और सहज उपलब्धि देखकर आह्लादित था। जल्दी ही जादू-मन्तर, गँवई विश्वास और मान्यताओं का हौवा खड़ा करके बच्चों के दिल-दिमाग पर उसने कब्जा कर लिया। मेरी बच्चियों के कान तो छिदे थे लेकिन नाक नहीं छिदवाई गई थी। एक दिन सबने जिद की कि वे नाक भी छिदवाएँगे। बाद में पता चला, केशर ने सबको यह कहकर डरा दिया था कि जिस लड़की का नाक-कान दोनों नहीं छिदा होगा, वह अगर मर गई तो उसके नाक-कान यमराज के दूत खम्भे में बाँधकर लोहे की लाल छड़ से छेदेंगे।

अपनी बुद्धि-कौशल से वह हमजोलियों की तमाम चीजें शर्त में जीत रही थी, हर बात पर शर्त। घंटी बजानेवाला आगन्तुक ड्राइवर है या अर्दली? आज शाम बिजली गुल होगी कि नहीं? इन बातों पर वह उन्हीं चीजों की शर्त लगाती जो उसके पास नहीं होती थीं। और शर्त भी एकतरफा। जैसे, यदि बिजली गुल हुई तो वह

हारनेवाले की पेन ले लेगी। लेकिन नहीं गुल हुई तो? वह नहीं लेगी, बस। यह नहीं कि अपनी पेन दे देगी। क्योंकि, उसके पास पेन है ही नहीं। और जो चीजें उसके पास आ जातीं, उन्हें वह शर्त से बाहर करती जाती। इस तरह मात्र डेढ़-दो महीने की अल्प अवधि में उसने जाने कितनी गुड़िया, पेन, पेंसिल, रबर, कटर, कॉपी, कलरबक्स, हेयरपिन, क्लिप वगैरह बटोर लिये थे और एक बार जो चीज उसकी हो गई, उसके खोने या दूसरे हाथ में पड़ने का तो सवाल ही नहीं था।

पत्नी कहती, "पूरी 'गिरथिन' (गृहस्थिन) होगी यह लड़की। चुन-चुनकर अपना घर भरेगी। जहाँ से जो पाएगी, हड़पेगी।"

"हड़पेगी क्या खाक," मैं उसे चिढ़ाता, "इसकी शादी में टूटी चारपाई और बूढ़ी गाय दी जाएगी दहेज में।"

"मैं आपकी जीप ले जाऊँगी मौसाजी।" वह कहती।

सबसे ज्यादा सम्मान वह जीप ड्राइवर को देती थी। सबेरे उसके आते ही चाय ले जाकर उसे देती, फिर पूछती, "चाचा, आज हमें जीप मा घुमइबा?"

"हाँ बिटिया, काहे नहीं घुमाएँगे। तुम जब-जब चाय पिलाओगी, हम घुमाएँगे।"

केशर नाम का चुनाव भी उसने खुद किया। पहले उसका नाम था—केश कुमारी। पुकारने के लिए संक्षिप्त नाम 'केशा' प्रयोग में आता था। एक दिन किसी आगन्तुक ने उससे नाम पूछा और 'केशा' के बजाय 'केशर' सुन लिया। तारीफ कर दी—"वाह! कितना सुन्दर नाम है—केशर कस्तूरी, रूप और गन्ध दोनों एक साथ। किसने रखा इतना अर्थवान नाम इस बाल सुन्दरी का?" आगन्तुक ने उसका मुखड़ा दोनों हथेलियों में थामकर पूछा।

तत्काल 'केशा' ने 'केशर' को पकड़ लिया। खड़ी बोली तो पन्द्रह-बीस दिन में ही बोलने लगी थी।

कॉलोनी में रहते हुए अल्प समय में वह अधिकारियों के छोटे-बड़े ओहदे, उनके अधिकारों और सुविधाओं से अपनी बाल-बुद्धि के अनुरूप अवगत हो गई। एक बार एक ट्रेनी डिप्टी-कलेक्टर लड़की घर पर मिलने आई। केशर को पता चला तो वह अविश्वास के साथ बड़ी देर तक पर्दे की आड़ से उसे ताकती रही। फिर जैसे अपना सन्देह मिटाने के लिए पास जाकर नमस्ते किया और पूछा, "आप 'डिप्ती साहेब' हैं?"

"जी हाँ। और आप कौन साहब हैं?"

"हम केशर हैं।" और शरमाकर भाग गई थी।

उसी दिन शाम को उसने मुझसे कहा था, "मौसाजी, हमारे बप्पा से कहिए, हमें और आगे पढ़ा दें।"

"क्यों? क्या बप्पा ने पढ़ाई बन्द करवा दिया है?"

"हाँ, कहते हैं, अब बियाह होगा।"

"नहीं-नहीं, तुम पढ़ने जरूर जाओगी। हम तुम्हारे बप्पा से कह देंगे।"

केशर की इस प्रबल इच्छा-शक्ति और मेरी मध्यस्थता का ही परिणाम था कि उसका विवाह टल गया और शिक्षा काल तीन वर्ष के लिए बढ़ गया।

मेरे घर से लौटते हुए, शर्तों में जीती हुई अपनी तमाम चीजों के साथ केशर अपने साथ दर्जा छह की किताबें-कॉपियाँ तथा पीठ पर लटकानेवाला किरमिच का एक नीला बैग भी ले गई थी।

और आज फिर केशर से मुलाकात होगी—दो साल बाद।

मित्र के आग्रह पर मुझे फिर केशर के मायके जाना पड़ रहा है। वह लड़का, जिसे वे दो साल पहले देखकर मन-ही-मन खारिज कर चुके थे, इस साल अपर सबार्डिनेट सर्विसेज के लिए चुन लिया गया था। मित्र को पता चला तो आतुर हो गए। बिना एक दिन की भी देर किए, वे मुझे साथ लेकर चल दिए। इस बार यह रिश्ता वे किसी भी कीमत पर पक्का कर लेना चाहते थे।

केशर की माँ से पता चला कि केशर अपनी ससुराल में है। उसका पति पास के एक भट्ठे पर इसी दशहरे से मुंशीगिरी करता है। केशर को लड़की पैदा हुई थी जो दो महीने की होकर पिछले हफ्ते गुजर गई थी। उसके बप्पा अगले दिन उसकी विदाई कराने जा रहे थे। उन्होंने मुझसे भी साथ चलने का आग्रह किया। केशर को देखने की इच्छा थी लेकिन उसके सामने पड़ने में थोड़ी झिझक लग रही थी। कुछ अपराध-बोध आड़े आ रहा था। लेकिन शाम को पता चला कि दहेज की रकम घटवाने के लिए मित्र को लड़के के बाप के दरवाजे पर अभी एक दिन और जमना पड़ेगा तो मैं भी केशर की ससुराल जाने को तैयार हो गया। हम दोनों दो साइकिलों पर चले। पता नहीं क्यों, मन बार-बार पीछे लौट रहा था। नहर-डहर और घुमाववाले ऊँचे-नीचे रास्ते पर आगे-पीछे चलते हुए मैंने अपने आपको गुनगुनाते हुए पाया। बहुत पहले किसी नारीकंठ से सुने हुए गीत की एक ही पंक्ति बार-बार।

...भइया आए बहिनी बोलवन, सुनु सखिया।

(सुनती है सखी! बहन की विदाई कराने भइया आ गए हैं।)

इस पंक्ति में ऐसा कुछ नहीं लगता जो उदास करे। लेकिन जाने क्यों, जब-जब मैंने इसे गुनगुनाया है, मेरी आँखें भर आई हैं।...राह बार-बार धुंधला रही है।

हम लोग पहुँचे तो घंटा भर दिन शेष था। पुराने खपरैल घर का पिछला हिस्सा केशर को बँटवारे में मिला था। इसलिए पिछवाड़े पश्चिम तरफ 'मोहार' (द्वार) फोड़ा गया था। सबसे आगे एक मटमैला हड्डहा बैल जाड़े से रोएँ फुलाए खड़ा

था। उसके बाद पुआल का ऊँचा ढेर। ढेर की आड़ लेकर धूप सेंकती बैठी थी केशर की बूढ़ी, अशक्त और लगभग अन्धी सास। बगल में एक चारपाई खड़ी थी। जमीन पर बिछे पुआल के एक सिरे पर डेढ़-दो हाथ लम्बी, तेल और मैल से चीकट एक काली कथरी सूख रही थी। कथरी से बूढ़ी तक ढाई-तीन गज लम्बे क्षेत्र में मक्खियाँ भिनक रही थीं। साँय-साँय करके हाँफती बूढ़ी, रह-रहकर खाँसती और बलगम का एक लोंदा बगल में लुढ़का देती। हर लोंदे पर मक्खियों का काला गोला जमा था।

आस-पास रेह फुलाई थी, जिसमें मिले धान के दानों को एक गिलहरी ढूँढ़-ढूँढ़कर फोड़ रही थी और रह-रहकर चटचटा देती थी। हम लोगों को देखकर वह नीम के पेड़ पर चढ़ गई।

हम लोगों ने साइकिल खड़ी करके बूढ़ी को अभिवादन किया और पास खड़ी चारपाई बिछाकर बैठ गए। मक्खियाँ एक बार जोर से भनभनाईं, फिर अपनी-अपनी जगह जम गईं। सामने ओसारे में कुछ अर्धनग्न बच्चे भागने-कूदनेवाला कोई खेल खेलते हुए ठंड से लड़ रहे थे। मात्र गंदी बनियान पहने एक सबसे छोटा बच्चा आँसू, नाक और राल चुआता बैठा हुचक-हुचककर रो रहा था।

बूढ़ी हम लोगों को पहचान न सकी तो पूछा, "कहाँ घर पड़े?"

केशर के बप्पा ने बताया तो बूढ़ी संकोच में पड़ गई। घुटने तक मुड़ी धोती को खींचकर पैर ढाँपने लगी। घर-परिवार का हालचाल पूछा। फिर नातिन की याद करके रोने लगी। खेलते बच्चों ने आकर घेर लिया। मैंने देखा, बूढ़ी वही स्वेटर पहने थी, जिसे चार साल पहले पत्नी ने केशर को दिया था।

तब तक केशर पड़ोस से कलछुल में आग लेकर लौटी।

हम लोगों को पहचाना तो घूँघट उठा दिया। आग ओसारे के चूल्हे में रखकर मेरे पैरों से लिपट गई। फिर तो जो कारन करके और हिचक-हिचककर रोना शुरू किया उसने कि उसकी 'पिहिक' से कलेजा दहलने लगा।...

"अरे या मोरे पापा! हमरी सुधिया भुलाया मोरे पापा।"

झर-झर झरते आँसू से मोजा भीगने लगा। विलाप की कातरता ने अड़ोस-पड़ोस की औरतों को खींच लिया। भीड़ बढ़ने लगी। लगा, जैसे विलाप करती केशर ताना मार रही थी कि मेरे बप्पा तो गरीब थे, असमर्थ थे। लेकिन आपको तो ऊपर वाले ने समर्थ बना दिया था। आप तो मेरे लिए कुछ कर सकते थे। जितने दिन मौका मिला, आपकी सगी लड़की से बढ़कर मैंने आपकी सेवा की थी। देना नहीं था तो 'माँग-माँग' किस मुँह से कहा था। एक बार मुँह खोलकर माँग लिया तो केशर के घर का रास्ता ही भूल गए।

मेरी आँखें धारोधार बहने लगीं। सचमुच, इस बेटी के लिए लगकर कुछ किया जा सकता था जो नहीं किया गया। बल्कि अपने साथ रखकर, आराम और साधन

सम्पन्नता की दुनिया से परिचय कराकर इसके दुख को और दूना कर दिया मैंने। यह वह केशर नहीं थी जो पहले थी। यह तो उसका कंकाल मात्र थी। इस कनकनाती ठंड में मात्र नायलॉन की घिसी मटमैली साड़ी और सूती ब्लाउज में काँपती।

मैं बेचैन हो गया। किन शब्दों में धीरज बँधाकर चुप कराऊँ।

"मेरी पुतरी रे! केशर बेटी रे! चुप हो जा रे!" मेरे बाद उसने बाप के पैर पकड़ लिये।

इकट्ठा औरतों ने मुझसे मेरा परिचय पूछा। फिर बतलाया कि बहू अक्सर आपको याद करती है।...आपने ही उसे सिलाई मशीन दी है? आप ही के पास रहकर सिलाई भी सीखी है न?

संयत होकर केशर ने परिवार के, अड़ोस-पड़ोस के एक-एक सदस्य की कुशल-क्षेम पूछी। फिर एक मउनी में लाई-गुड़ और लोटे में पानी लाई। लड़कों के झुंड को उसने एक मद्धिम झिड़की से भगा दिया। हम लोग लाई चबाने लगे।

दो छोटी-छोटी लड़कियों ने फिर आकर घेरा और मउनी में रखे गुड़ को एकटक घूरने लगीं।

केशर के बप्पा ने उन्हें थोड़ा-थोड़ा लाई-गुड़ देते हुए बताया, "केशर की जेठानी की लड़कियाँ हैं।"

लइया-गुड़ को एक ही झोंक में मुँह के हवाले करके दोनों ने फिर मउनी पर नजर टिका दी। और खटिया की पाटी पकड़कर कूदने-झूमने लगीं।

बूढ़ी के पास पुआल पर बैठी केशर ने बुलाया, "ए गुड़िया, इधर आओ।" फिर उठकर दोनों को बाँहों के घेरे में पीछे ले गई और समझाने लगी—

"वहाँ नहीं खड़े होते बिटिया! जानती हो, कौन हैं?"

"हाँ। माई कहत रही, नाना हैं।" बड़ी ने कहा।

"नाहीं बिटिया! उ साहेब हैं। आओ, हम तुम्हें घर से दूसरे मउनी में लाई-गुड़ देते हैं।" और दोनों को लेकर अन्दर चली गई।

अँधेरा होने लगा था। केशर ने ओसारे में अलाव जला दिया। बूढ़ी के साथ हम दोनों अलाव तापने लगे। वह बैल को चारा देने और चूल्हे-पानी में लग गई। हम लोग बूढ़ी से हाल-चाल लेने लगे। बूढ़ी ने हाँफ-हाँफकर जो कुछ बताया, उसका सार यह था कि उनकी पतोहू बड़ी मरदाना औरत है। बेटा तो जब से भट्ठे पर रहने लगा है, हफ्ते-हफ्ते पर एक दिन के लिए घर आता है। खेती-बारी का भारी मेहनत वाला काम भी नहीं कर पाता। पतोहू अकेले दम पर घर-गृहस्थी का सारा काज सँभालती है। इसी जंजाल के चलते छौमी जैसी बिटिया निमोनिया से मर गई। इसी की सेवा से जिन्दा हूँ भइया, नहीं तो इस जाड़े में उठ जाती। दिन भर घर के 'भरम-जाल' से जूझने के बाद आधी-आधी रात तक सिलाई में आँख फोड़ती है। गाँव-देश में इतना काम ही कहाँ मिलता है। जो चार-छह रुपए का काम कभी मिला भी

तो उसमें आधा उधार। किसी तरह नोन-तेल भर का निकालती है तो देखकर जेठ-जेठानी की आँखें फूटती हैं। जेठ अक्सर लड़ता है। झूठ-मूठ कलंक लगाता है कि सिलाई तो बहाना है, दुनिया भर के लुच्चे-शोहदे, छोटे-बड़ों के लौंडे-लपाड़े अँधेरा होते ही दुआर पर मँडराने लगते हैं। इसका आदमी तो भट्ठे पर जाकर आँख की ओट हो जाता है। मैं खानदान की पगड़ी उछलते नहीं देख सकता। किस-किससे रार मोल लेता फिरूँ। बहुत-बहुत सिलाई-कढ़ाई वाली देखा है। ई धन्धा करना है तो बाजार में जाकर दुकान खोले। जेठानी अलग राह चलते कुफार बोलती है। चन्दर जैसी लड़की इन लोगों की नजर में बबूल का काठ हो गई है। इसका आदमी पहले एकदम गऊ था लेकिन कुफार सुनते अब वह भी कभी-कभार सनक जाता है। किसी-किसी दिन आधी रात में आकर दरवाजा खोलवाता है।

हम लोग चुपचाप सुनते रहे।

थोड़ी देर बाद केशर के बप्पा ने कहा, ''हम लोग केशर की विदाई कराने आए हैं बूढ़ी। जगह बदल जाएगी तो बिटिया के मन में पैठी बेटी की मौत की गाँठ कुछ फटेगी।''

बूढ़ी चुप हो गई। कुछ देर चुप ही रही। फिर बोली, ''अपनी बिटिया से ही कहिए। वही मालकिन है घर की।''

थोड़ी देर बाद केशर ने खाना लगा दिया। खाने में उसने आज मटर की पूरियाँ बनाई थीं तो इसे अभी तक याद है मेरी पसन्द।

केशर के बप्पा ने खाते-खाते बात चलाई, ''हम लोग तुम्हारी विदाई कराने आए हैं बेटी। नातिन की मौत सुनने के बाद तुम्हारी माँ अक्सर रोती रहती है।''

केशर तुरन्त कुछ नहीं बोली। चुपचाप पूरियाँ सेंकती रही। थोड़ी देर बाद उसके बप्पा ने फिर अपनी बात दोहराई।

''मेरा चलना अब कैसे हो पाएगा बप्पा? बूढ़ा बैल, बूढ़ी सास। इन्हें दाना-पानी कौन देगा?''

''क्यों? तुम्हारी कोई ननद नहीं आ जाएगी कुछ दिनों के लिए। तीन-तीन हैं। कहो तो हम एकाध हफ्ते बाद फिर आएँ। वहाँ चलोगी, डीह-पानी बदलेगा तो मन कुछ उछाहिल होगा। दुख का जाला कुछ कट जाएगा।''

''दुख तो काटने से ही कटेगा बप्पा!'' केशर चूल्हे की आग तेज करते हुए बोली, ''भागने से तो और पिछुआएगा।'' चेहरे पर आग की लाल लपट पड़ रही थी। वह समाधिस्थ-सी लग रही थी। यह केशर थी। एक निश्चिन्त निर्द्वन्द्व खिलखिलाती बेटी की भूमिका से कितनी जल्दी दुख भुजती पुरखिन की भूमिका में उतरना पड़ा था। मैं विषादग्रस्त हो गया। आखिर बोल ही पड़ा, ''तुम्हारे लिए मैं भी कुछ नहीं कर सका बेटी! इसका मुझे बहुत अफसोस है।''

''अरे नहीं पापा।'' केशर ने ताजी सिंकी पूड़ी मेरी थाली में डालते हुए कहा,

"मेरी सोच में अपनी देह न गलाइएगा। जितने दिन आपकी बारी-फुलवारी में खेलना-खाना बदा था, खेले-खाए। अब मेरा हिस्सा मुझे 'अलगिया' मिल गया है। तो जैसा भी है, उसे भोगना होगा, खेना होगा। माँ-बाप जनम के साथी होते हैं पापा। 'करम-रेख' तो सभी की न्यारी है। जब जनक जैसे बाप जो राजा भी थे और 'बरम्ह-ग्यानी' भी, जिनकी इतनी औकात थी कि सौ बेटी-दामादों को घर-जमाई रखकर उमर भर खिला सकते थे—तीन लोक के मालिक से बेटी ब्याहकर भी उमर भर उसे सुखी देखने को तरस गए तो हम गरीब लोगों की क्या औकात?"

यह केशर नहीं, केशर के रूप में मूर्त हिन्दुस्तानी नारी का हजारो-हजार पीढ़ियों से विरासत में मिला अनुभव और यथार्थ को उसके ठोस व्यावहारिक रूप में पकड़ लेने की उसकी अन्तश्चेतना बोल रही थी। इस हकीकी दर्शन को सहसा किसी किताबी तर्क से काटने का दुस्साहस सम्भव नहीं था।

थोड़ी देर कोई कुछ नहीं बोला।

अन्ततः उसके बप्पा ने अपनी आशंका से उसे सावधान कर देना चाहा, "सुना है, तुम्हारे जेठ-जेठानी उल्टे-सीधे कलंक लगाते हैं। तुम तो खुद ही समझदार हो बिटिया! जाने-अनजाने ऐसी कोई बात नहीं होनी चाहिए कि..."

पूड़ी बनाते केशर के हाथ पल भर को रुक गए। उसने सीधे-सीधे बप्पा की आँखों में ताका, "यह क्या कहते हैं बप्पा?"

फिर बिलकुल ही कोई कुछ नहीं बोला।

यात्रा की थकान थी। नींद जल्दी आ गई। लेकिन उतनी ही जल्दी उचट भी गई। कोई रोता है कि गाता है? चारों तरफ सघन अन्धकार। भयावह सन्नाटा। और बीच में उभरता यह दर्द भरा पतला नारी स्वर। मैं दबे पाँव मँड़हे से ओसारे में आ गया। आवाज केशर की थी। अन्दर की कोठरी से आ रही थी। बलिया प्रवास के दौरान सुना, करुण-कवि धीरज का गीत—सीता का दर्द।

...सीताजी को गर्भावस्था में पुनः बनवास हो गया है। लक्ष्मण उन्हें धोखे से जंगल में छोड़ आए हैं। राजा जनक को खबर मिलती है तो अधीर हो जाते हैं। तुरन्त रथ लेकर मंत्री जी को भेजते हैं—जाकर जनकपुर लिवा लाइए। कहना, तुम्हारे माँ-बाप का रोते-रोते बुरा हाल है।

लेकिन सीताजी मंत्री जी को समझा-बुझाकर वापस भेज देती है।

मत रोवे माई, मत रोवे बपई,
मत रोवे भइया, हजारी जी-ई-ई,
अपने करमवा माँ 'जरनि' लिखाई लाए,
का करिहै बाप महतारी जी-ई-ई।

अब मंत्री कैसे समझाएँ कि बात केवल बेटी के दुख-दर्द की ही नहीं है। इससे बाप की प्रतिष्ठा भी जुड़ी है। दुख-अभाव के चलते या कैसे भी अगर बेटी का पैर

कहीं ऊँच-नीच पड़ गया, कोई ऐसी-वैसी बात हो गई, जिससे बाप की मूँछ नीची होती हो तो... ?

क्या कहते हैं मंत्रीजी! इसके माने बप्पा हमें अभी तक समझ ही नहीं सके। बप्पा से जाकर कहिएगा—

मोछिया तोहार बप्पा 'हेठ' न होइहै
पगड़ी केहू ना उतारी, जी-ई-ई
टुटही मँड़इया मा जिनगी बितउबै,
नाही जाबै आन की दुआरी जी-ई-ई।

भीतर जलती लालटेन के प्रकाश की पतली रेखा किवाड़ों की फाँक से बाहर आ रही है। मैं अन्दर झाँकने का प्रयास करता हूँ। एक हाथ में कैंची पकड़े, सिलाई मशीन को आगे रखे बैठी है केशर। चेहरा सामने है, आँखें आँसुओं से भीगी। पलकें बन्द। मशीन में एक अधसिला कपड़ा लगा है।

मैं दबे पाँव वापस लौटता हूँ। निविड़ अन्धकार में मेरी आँखें देख रही हैं—सिलाई मशीन के सामने बैठी गाते-गाते रोती केशर।...शर्त जीतकर छोटी-छोटी चीजें बटोरती केशर।...छत्राकार घाघरा फैलाकर नाचती केशर।...खिलखिलाती केशर।...और बाप के कन्धे को थपथपाकर आश्वस्त करती केशर, कि—

नाहीं जाबै आन की दुआरी हो बपई। नाहीं जाबै...

□□□